AM STRAM GRAM

M.J. Arlidge

AM STRAM GRAM

Traduit de l'anglais
par Élodie Leplat

LES ESCALES

Titre original : *Eeny Meeny*

Première édition publiée par Penguin Books Ltd, Londres.

Édition française publiée par :
© Éditions Les Escales, un département d'Édi8
12, avenue d'Italie
75013 Paris – France
Courriel : contact@lesescales.fr
Internet : www.lesescales.fr

ISBN : 978-2-36569-081-2
Dépôt légal : mars 2015
Imprimé en France

Couverture : Hokus Pokus créations

1

Sam dort. Je pourrais le tuer là, maintenant. Son visage n'est pas tourné vers moi : ce ne serait pas difficile. Se réveillerait-il si je bougeais ? Essaierait-il de m'arrêter ? Ou serait-il simplement soulagé que ce cauchemar finisse ?

Je ne peux pas penser des choses pareilles. Il faut que j'essaie de me rappeler ce qui est vrai, ce qui est bon. Mais quand on est prisonnier, les jours paraissent sans fin et l'espoir est le premier à mourir. Je me creuse la tête en quête de souvenirs joyeux susceptibles de repousser les idées noires : ils sont de plus en plus durs à convoquer.

Nous ne sommes là que depuis dix jours (onze ?), et pourtant la vie normale ressemble déjà à un souvenir lointain. On faisait du stop après un concert à Londres quand c'est arrivé. Il pleuvait des cordes, plusieurs voitures nous avaient déjà dépassés sans même nous jeter un regard. Trempés jusqu'aux os, on s'apprêtait à retourner à l'abri quand une camionnette a fini par s'arrêter. À l'intérieur, il faisait chaud, il faisait sec. On nous a offert du café venant d'une bouteille Thermos. Sa seule odeur a suffi à nous revigorer. Au goût, c'était encore meilleur. Nous n'avions pas conscience que ce serait notre dernière gorgée de liberté.

Quand je suis revenue à moi, j'avais la tête comme une casserole. Une croûte de sang sur les lèvres. Fini la camionnette douillette. J'étais dans un endroit glacial, obscur. Étais-je en train de rêver ? Derrière moi, un bruit m'a fait sursauter. Ce n'était que Sam qui se relevait en titubant.

On avait été dépouillés. Dépouillés et largués. Laborieusement, j'ai avancé en me tenant aux parois qui nous entouraient. Des carreaux froids, durs. J'ai percuté Sam et je l'ai étreint une seconde, inhalant cette odeur que j'aime tant. Cet instant passé, l'horreur de la situation nous a frappés.

On était dans une fosse à plongeon. Délaissée, mal aimée, elle avait été privée de ses plongeoirs, de ses panneaux, même de ses marches. Tout ce qui pouvait être récupéré l'avait été. Ne restait qu'un bassin profond et lisse, impossible à escalader.

Ce putain de monstre écoutait-il nos cris ? Probablement. Car quand on a fini par se taire, c'est arrivé. Un portable sonnait : durant une seconde merveilleuse, on a cru à l'arrivée des secours. Ensuite on a vu l'écran du téléphone éclairé sur le sol du bassin. Sam n'a pas bougé, alors j'ai couru. Pourquoi moi ? Pourquoi fallait-il toujours que ce soit moi ?

« Bonjour Amy. »

À l'autre bout du fil, la voix était déformée, inhumaine. J'avais envie d'implorer pitié, d'expliquer qu'il s'agissait d'une terrible erreur, mais le fait qu'on connaisse mon nom m'a vidée de toute conviction. Comme je ne répondais pas, la voix a enchaîné, implacable, froide :

« Est-ce que tu veux vivre ?

— Qui êtes-vous ? Qu'est-ce que vous nous av...

— Est-ce que tu veux vivre ? »

Pendant une minute, impossible de répondre. Ma langue refuse de m'obéir. Ensuite :

« Oui.

— Par terre, à côté du téléphone, tu trouveras un flingue. Il y a une balle dedans. Pour Sam ou pour toi. C'est le prix de votre liberté. Vous devez tuer pour vivre. Est-ce que tu veux vivre, Amy ? »

Impossible de parler. J'ai envie de vomir.

« Alors, oui ou non ? »

On raccroche. Et là Sam demande :
« Qu'est-ce qu'ils ont dit ? »

Sam dort à côté de moi. Je pourrais le faire. Là, maintenant.

2

La femme hurla de douleur, puis se tut. Sur son dos se dessinaient des traînées violâtres. Jake brandit de nouveau la cravache et l'abattit dans un claquement. La femme s'arc-bouta, poussa un cri et lança :

« Encore. »

Elle disait rarement autre chose. Elle n'était pas du genre bavarde. Pas comme certains de ses clients. Les administrateurs, les comptables et autres employés de bureau embourbés dans des relations platoniques ne pensaient qu'à parler, qu'à être aimés par l'homme qui les frappait pour de l'argent. Elle, c'était différent : un livre fermé. Jamais elle ne mentionnait comment elle avait découvert Jake. Ni pourquoi elle venait. D'une voix claire, elle énonçait sèchement ses instructions – ses besoins – puis lui demandait de s'y mettre.

Il commençait toujours par lui attacher les poignets. Deux lanières en cuir cloutées bien tendues de façon à ce que ses bras soient plaqués contre le mur. Des chaînes de chevilles en fer lui maintenaient les pieds au sol. Ses vêtements étaient bien rangés sur la chaise mise à disposition et ainsi, debout, enchaînée, en sous-vêtements, elle attendait la punition.

Il n'y avait pas de jeu de rôle, pas de « pitié, ne me fais pas de mal, Papa », ni de « je suis très, très vilaine ». Elle voulait simplement qu'il la frappe. Par certains côtés, c'était un soulagement. Tous les boulots deviennent routine au bout d'un moment, alors c'était agréable de ne pas avoir à se plier aux fantasmes de gens tristes qui se rêvent victimes. En même temps ce refus qu'elle lui opposait d'entamer une véritable relation était frustrant. L'élément le plus important de toute rencontre SM, c'est la confiance. Le soumis a besoin de savoir qu'il est entre de bonnes mains, que son maître connaît sa personnalité et ses désirs et qu'il est en mesure de lui fournir une expérience épanouissante selon des termes qui conviennent aux deux parties. Sans ça, on glisse vite dans l'agression, voire les sévices, or Jake n'était pas du tout là-dedans.

Alors il procédait par petites touches : une question par-ci, un commentaire par-là. Et avec le temps, il avait deviné les grandes lignes : elle n'était pas originaire de Southampton, elle n'avait pas de famille, elle approchait la quarantaine et s'en contrefoutait. Leurs sessions lui avaient également appris que son truc, c'était la douleur. Le sexe n'avait rien à voir là-dedans. Elle ne voulait pas qu'on l'excite ni qu'on l'émoustille. Elle voulait être punie. Sans jamais aller trop loin, les coups étaient d'une violence implacable. Elle avait le corps pour les supporter – grande, musclée, diablement tonique – et les vestiges d'anciennes cicatrices trahissaient qu'elle n'était pas novice dans le milieu SM.

Pourtant, malgré toutes ses investigations, toutes ses questions soigneusement formulées, il n'y avait qu'une seule chose dont Jake était sûr à son sujet. Une fois, alors qu'elle se rhabillait, sa carte avait glissé de la poche de sa veste. Elle l'avait ramassée en un éclair, croyant qu'il n'avait rien vu. Erreur. Lui qui pensait cerner assez bien les gens, il en était resté comme deux ronds de flan. Sans cette carte, jamais il n'aurait deviné qu'elle était flic.

3

Amy est accroupie à un ou deux mètres de moi. Il n'y a plus de malaise désormais, elle urine sur le sol sans la moindre gêne. Je regarde le mince filet de pisse frapper les carreaux, de minuscules gouttelettes rebondissent sur sa culotte sale. Il y a quelques semaines, j'aurais détourné les yeux de ce spectacle ; plus maintenant.

Le liquide serpente lentement en bas et rejoint la mare stagnante d'excréments qui s'est formée à l'endroit le plus profond. Je suis captivé par ce cheminement ; hélas, les dernières gouttes finissent par disparaître, la récréation est terminée. Amy se retranche dans son coin. Aucun mot d'excuse, aucun signe à mon égard. Nous sommes devenus des animaux – négligents vis-à-vis de nous-mêmes et de l'autre.

Ça n'a pas toujours été le cas. Au début, furieux, rebelles, on était déterminés à ne pas mourir ici, certains qu'ensemble, on survivrait. Debout sur mes épaules, Amy s'est efforcée d'atteindre le rebord du bassin, se cassant les ongles en agrippant les carreaux. Devant son échec, elle a essayé de sauter. Seulement le bassin fait quatre mètres de profondeur, voire plus, le salut semble à jamais hors de portée.

On a essayé le téléphone : il était bloqué par un code PIN, et au bout de quelques essais, la batterie a rendu l'âme. On a crié, hurlé à en avoir la gorge en feu. Seul l'écho moqueur nous répondait. Parfois j'ai l'impression d'être sur une autre planète, sans un seul être humain à des kilomètres à la ronde. Noël approche, il doit bien y avoir des gens dehors qui nous cherchent, pourtant c'est difficile à croire ici, au milieu de ce terrible silence qui n'en finit pas.

S'échapper n'étant pas une option, on se contente de survivre. On se ronge les ongles jusqu'au sang, qu'on aspire ensuite goulûment. À l'aube, on lèche la condensation sur les carreaux, mais nos estomacs continuent à crier famine. Un moment on a voulu manger nos vêtements... puis on s'est ravisés. Les nuits sont glaciales, or tout ce qui nous empêche de mourir d'hypothermie, c'est le peu d'habits qu'on a et la chaleur de nos corps serrés.

Je rêve ou nos étreintes sont-elles devenues moins chaleureuses ? Moins sereines ? Depuis l'enlèvement, on s'est accrochés l'un à l'autre jour et nuit en s'encourageant mutuellement à survivre, craignant par-dessus tout de se retrouver seul dans cet horrible endroit. On a fait des jeux pour passer le temps, on a imaginé ce qu'on ferait après l'arrivée de la cavalerie : ce qu'on mangerait, ce qu'on dirait à nos familles, ce qu'on aurait à Noël. Mais ces jeux se sont lentement essoufflés à mesure que nous prenions conscience que nous avions été amenés ici dans un but précis et qu'il n'y aurait pas de dénouement heureux.

« Amy ? »

Silence.

« Amy, s'il te plaît, dis quelque chose. »

Elle ne me regarde pas. Elle ne me parle pas. L'ai-je perdue pour de bon ? J'essaie d'imaginer ce qu'elle pense, je n'y arrive pas.

Peut-être qu'il n'y a plus rien à dire. On a tout tenté, exploré le moindre recoin de notre prison en quête d'une échappatoire. La seule chose à laquelle nous n'avons pas touché, c'est le pistolet. Il est là, immobile, il nous appelle.

Je lève la tête et surprends Amy en train de le lorgner. Quand elle croise mon regard, elle baisse le sien. Plus d'énergie, désormais, pour expliquer ni justifier. Aurait-elle le cran de s'en saisir ? Il y a quinze jours, j'aurais répondu :

impossible. Mais aujourd'hui ? La confiance est une chose fragile : difficile à gagner, facile à perdre. Je ne suis plus sûr de rien.

Tout ce que je sais, c'est que l'un de nous va mourir.

4

En sortant dans l'air vif du soir, Helen Grace se sentait détendue et heureuse. Ralentissant le pas, elle savourait cet instant de paix en jetant un œil amusé à la multitude de badauds alentour.

Elle se dirigeait vers le marché de Noël de Southampton. Installé le long de la façade sud du centre commercial WestQuay, c'était un événement annuel, l'opportunité d'acheter des cadeaux originaux et faits main, introuvables sur les listes d'Amazon. Helen détestait Noël, pourtant chaque année, sans faute, elle offrait une bricole à Anna et Marie. C'était là son seul petit plaisir des fêtes, dont elle profitait toujours à fond. Elle acheta des bijoux, des bougies parfumées et autres babioles, sans lésiner non plus sur la nourriture : elle se rua sur les dattes, les friandises, un pudding de Noël hors de prix et un joli paquet de chocolats fourrés à la menthe, dont Marie raffolait.

Après avoir récupéré sa moto sur le parking de WestQuay, elle fendit la circulation du centre-ville, se dirigeant au sud-est, vers Weston. Elle s'éloignait à toute vitesse de l'excitation et de la foule en direction de la pauvreté et du désespoir, attirée inexorablement par les cinq tours monolithiques qui dominaient l'horizon. Ça faisait des années qu'elles accueillaient ceux qui abordaient Southampton par la mer, et dans le passé, imposantes, futuristes, optimistes, elles avaient été dignes d'un tel honneur. À présent, c'était une autre histoire.

La tour Melbourne était de loin la plus délabrée. Quatre ans plus tôt, un laboratoire de drogue clandestin avait explosé au sixième étage. Les dégâts avaient été considérables, le cœur du bâtiment arraché. La municipalité avait promis de reconstruire la tour, mais la récession avait étouffé ce projet dans l'œuf. En théorie, sa rénovation était encore au programme, mais plus personne n'y croyait désormais. Le bâtiment restait donc en l'état, blessé, mal aimé, abandonné par la grande majorité des familles qui y avaient habité. C'était devenu le royaume des junkies, des squatteurs et de ceux qui n'avaient nulle part d'autre où aller. C'était un lieu épouvantable, rayé des compteurs.

Helen gara sa moto à bonne distance des tours et poursuivit à pied. D'ordinaire, les femmes ne marchaient jamais seules de nuit là-bas, mais Helen ne s'était jamais souciée de sa sécurité. Elle était connue ici et les gens avaient tendance à rester à l'écart, ce qui lui allait très bien. Tout était calme ce soir-là, hormis quelques clébards qui reniflaient la carcasse carbonisée d'une voiture. Helen se fraya un passage entre les seringues et les préservatifs et pénétra dans la tour.

Au quatrième étage, elle s'arrêta devant l'appartement 408. Jadis un joli logement social confortable, aujourd'hui Fort Knox. La porte d'entrée était criblée de verrous et, plus frappant encore, des grilles métalliques sécurisées par un cadenas renforçaient le tout. Les graffitis ignobles – *polio, tarée, mongole* – tagués de part et d'autre sur les murs laissaient deviner pourquoi l'appartement était aussi protégé.

C'était la maison de Marie et Anna Storey. Anna, lourdement handicapée, était incapable de parler, de se nourrir et d'aller aux toilettes seules. À quatorze ans, elle avait besoin que sa mère, qui en avait quarante, lui fasse tout, alors sa maman faisait de son mieux. Elle vivait des allocations et de la charité des autres, achetait à manger chez Lidl, économisait sur le chauffage. Cette situation leur aurait convenu – c'était les cartes qui leur avaient été distribuées et Marie n'était pas du genre aigrie – s'il n'y avait pas eu la racaille locale. Le fait qu'ils soient désœuvrés et issus de foyers éclatés n'était pas une excuse. Ces gamins n'étaient que de sales voyous qui prenaient leur pied à rabaisser, persécuter et agresser une femme vulnérable et son enfant.

Si Helen savait tout ça, c'est parce qu'elle s'était intéressée à elles de près. L'un des dégénérés de l'immeuble – un marginal acnéique méchant comme une teigne du nom de Steven Green – avait essayé de foutre le feu à leur appartement. Comme les pompiers étaient arrivés à temps, les dégâts s'étaient limités au couloir et à la première pièce, cependant l'effet de l'incendie sur Marie et Anna avait été dévastateur. Quand Helen les avait interrogées, elles étaient complètement tétanisées. Il y avait eu tentative d'assassinat, quelqu'un allait devoir payer. Helen avait eu beau se démener, en l'absence de témoins, l'affaire n'était jamais allée jusqu'au tribunal. Elle avait alors pressé Marie de déménager, mais cette femme était têtue. Cet appartement était leur nid, il avait été aménagé spécialement pour pallier les limites motrices d'Anna : pourquoi devraient-elles partir ? Marie avait vendu le peu d'objets de valeur qu'il lui restait afin de sécuriser les lieux. Quatre ans plus tard, le laboratoire de drogue avait explosé. Avant ça, l'ascenseur marchait très bien et l'appartement 408 était dans l'ensemble un foyer heureux. Maintenant c'était une prison.

Les services sociaux censés venir de temps en temps pour veiller sur elles évitaient cet endroit comme la peste, et les visites, quand il y en avait, étaient éclair. Alors Helen, que pas grand-chose ne retenait chez elle le soir, passait les voir. Voilà pourquoi elle se trouvait là quand Steven Green et compagnie étaient revenus finir le boulot. Shooté, comme d'habitude, il serrait un bidon d'essence qu'il essayait d'enflammer à l'aide d'un détonateur artisanal. Il n'en avait pas eu le temps. La matraque d'Helen s'était abattue sur son coude, puis sur son cou, l'envoyant s'étaler de tout son long. Les autres, pris au dépourvu par la soudaine apparition d'un flic, avaient lâché leurs cocktails Molotov et s'étaient carapatés. Certains avaient réussi à se faire la malle, d'autres non. Faucher les jambes des suspects en fuite, ça la connaissait. Peu de temps après avoir déjoué l'attaque, elle avait eu le grand plaisir de voir Steven Green et trois de ses acolytes écoper d'une peine de prison bien copieuse. Il y avait des jours où ce boulot valait vraiment le coup.

Elle réprima un frisson : les couloirs miteux, les vies brisées, les graffitis et la crasse lui évoquaient trop sa propre enfance pour la laisser de marbre. Cet endroit faisait remonter des souvenirs qu'elle s'était donné du mal pour refouler et qu'elle devait à présent repousser de force. C'était pour Marie et Anna qu'elle était là : elle ne laisserait rien la mettre en rogne. Elle frappa trois fois – c'était leur code – et après moult déverrouillages, la porte s'ouvrit en grand.

« Aide à domicile ? risqua Helen.

— Fous le camp. »

La réponse fusa, prévisible.

Helen sourit tandis que Marie ouvrait la grille extérieure pour la laisser entrer. Ses idées noires refluaient déjà : l'accueil « chaleureux » de Marie lui faisait toujours un effet bœuf. Une fois dans le salon, elle distribua ses cadeaux, reçut les siens et une paix profonde l'envahit. Pendant quelques heures, l'appartement 408 devint le sanctuaire qui l'abritait de la noirceur et de la violence du monde.

5

La pluie qui tombait à verse noyait ses larmes. L'effet aurait dû être purificateur, mais non : elle avait sombré bien trop bas. Elle se jetait comme une furie à travers le feuillage touffu de la forêt sans savoir où elle allait. Il fallait juste qu'elle avance. Loin. Très loin. Très très loin.

Les épines lui lacéraient le visage, les cailloux lui entaillaient les pieds. Elle continuait. Des yeux, elle cherchait désespérément quelqu'un, quelque chose, mais tout ce qu'elle voyait, c'était des arbres. Une pensée terrible la traversa : était-elle seulement encore en Angleterre ? Elle hurla à l'aide, mais ses cris étaient dérisoires, sa gorge trop irritée pour fonctionner.

Au Sampson's Winter Wonderland, des familles faisaient patiemment la queue pour visiter la grotte du père Noël. Le site n'était en fait qu'une poignée de marquises dressées à la va-vite sur un terrain agricole boueux, pourtant les gamins semblaient ravis. Freddie Williams, père de quatre enfants, venait juste de mordre dans sa première mince-pie de la saison quand il la vit. À travers la pluie battante, on aurait dit un fantôme. La tartelette en suspens, Freddie regarda cette fille qui, les yeux rivés sur lui, traversait le champ d'un pas décidé malgré sa claudication. De près, elle n'était pas fantomatique, elle était pitoyable : déguenillée, en sang, pâle comme la mort. Il n'avait aucune envie d'être confronté à elle – elle avait l'air cinglée – mais ses jambes refusaient de lui obéir, tétanisées par l'intensité du regard de cette fille. Elle parcourut les derniers mètres à une vitesse surprenante et soudain il recula précipitamment : elle se ruait sur lui. La tartelette vola, atterrissant avec un *plouf* jouissif dans une flaque.

Enveloppée au creux d'une couverture dans le bureau du site, la fille avait toujours l'air aussi cinglée. Elle refusait de leur dire où elle avait été et où elle habitait. Elle ne semblait même pas savoir quel jour on était. De fait, tout ce qu'ils arrivèrent à en tirer, c'est qu'elle s'appelait Amy et qu'elle avait assassiné son petit ami le matin même.

Helen freina brusquement et s'arrêta à l'extérieur du commissariat central de Southampton. Le bâtiment futuriste en verre et calcaire qui se dressait au-dessus d'elle offrait une vue superbe sur la ville et les quais. Construit il y a seulement un ou deux ans, c'était un poste de police impressionnant dans tous les sens du terme. Des locaux de garde à vue à la pointe de la technologie, une antenne du ministère public sur place, des laboratoires de test du produit anti-intrusion SmartWater : tout ce dont avait besoin un flic moderne. Elle gara sa moto et entra dans le bâtiment.

« Alors, on s'endort sur le casse-croûte, Jerry ? »

Le capitaine préposé à l'accueil sortit brusquement de sa rêverie et essaya d'avoir l'air de s'affairer au maximum. On se redressait toujours un peu à l'arrivée d'Helen. Ce n'était pas seulement parce qu'elle était commandant, c'était aussi lié à sa façon de se tenir. Quand elle franchissait le seuil moulée dans son cuir, c'était un mètre quatre-vingts d'ambition et d'énergie qu'on voyait débarquer. Jamais en retard, jamais de gueule de bois, jamais malade. Elle vivait à fond son boulot, avec une intensité qu'on ne pouvait qu'envier.

Elle se rendit directement aux bureaux de la brigade criminelle. Le commissariat phare de Southampton avait beau être révolutionnaire, la ville qu'il surveillait demeurait inchangée. Alors qu'elle passait en revue les dossiers, leur familiarité prévisible la désespéra. Une engueulade conjugale qui s'était soldée par un mort : deux vies fichues en l'air et un enfant mis à la D.D.A.S.S. Une tentative de meurtre sur un fana du club des Saints perpétrée par des supporters de Leeds Utd en déplacement, et très récemment, l'assassinat brutal d'un octogénaire lors d'une agression qui avait tourné vinaigre. Les assaillants avaient laissé tomber le portefeuille de la victime en fuyant le lieu du crime, offrant à la police une belle empreinte digitale et une identification rapide. Son propriétaire était bien connu des services de police de Southampton : une énième raclure qui avait anéanti une famille confiante à l'approche de Noël. Helen devait aller exposer les détails de cette affaire le matin même au représentant du ministère. Elle ouvrit le dossier, déterminée à ce que les arguments avancés contre ce minable soient du béton armé.

« Te mets pas trop à l'aise. On a du boulot. »

Mark Fuller, son capitaine, approcha. Flic séduisant et doué, voilà cinq ans qu'il travaillait main dans la main avec Helen. Meurtre, enlèvement d'enfant, viol, proxénétisme : il l'avait aidée à résoudre de nombreuses affaires nauséabondes et elle avait appris à se fier à son dévouement, à son intuition et à son courage. Malheureusement un divorce difficile l'avait ébranlé et il était récemment devenu lunatique et peu sûr. Elle constata avec tristesse qu'une fois de plus, il puait l'alcool.

« Une jeune nana qui dit qu'elle a buté son mec. »

Mark sortit une photo du dossier qu'il avait à la main et la tendit à Helen. Il y avait dans le coin supérieur droit le tampon caractéristique des portés disparus.

« La victime s'appelle Sam Fisher. »

Helen observa le cliché d'un jeune homme au visage juvénile. Soigné, optimiste, voire un tantinet naïf. Mark se tut un moment afin de laisser le temps à Helen d'examiner la photo, puis lui en tendit une autre.

« Et notre suspect. Amy Anderson. »

Helen ne parvint pas à dissimuler sa surprise quand elle posa les yeux sur l'image. Une belle fille un peu bohème – vingt et un ans à tout casser. Avec sa longue chevelure souple, ses yeux cobalt incroyables et ses lèvres délicates, c'était l'incarnation même de la jeunesse et de l'innocence. Helen s'empara de sa veste.

« Allons-y, alors.

— Tu veux conduire ou...

— C'est moi qui conduis. »

Ils se rendirent en silence dans le parc de voitures de service. Helen embarqua au passage son lieutenant, qui avait collaboré avec le bureau des personnes disparues. Charlene « Charlie » Brooks, d'une gaieté à toute épreuve, était un bon officier, appliquée et pleine d'entrain, qui refusait résolument d'adopter une tenue de flic. La proposition du jour : un pantalon en cuir moulant. La sermonner sur la correction de ses fringues n'entrait pas dans les attributions d'Helen, mais la tentation était grande.

Dans la bagnole, l'odeur d'alcool rance de l'haleine de Mark était encore plus prégnante. Helen lui jeta un regard en coin avant de baisser la vitre.

« Alors, qu'est-ce qu'on a ? » demanda-t-elle.

Charlie avait déjà ouvert le dossier.

« Amy Anderson. Déclarée disparue il y a un peu plus de deux semaines. Vue pour la dernière fois à un concert à Londres. Elle avait envoyé un mail à sa mère le 2 décembre au soir pour lui dire qu'elle rentrait à la maison en stop avec Sam et qu'elle serait de retour avant minuit. Depuis, aucun signe ni de l'un ni de l'autre. C'est sa mère qui nous a prévenus par téléphone.

— Et ensuite ?

— Elle refait surface chez Sampson ce matin. Dit qu'elle a refroidi son copain et se ferme comme une huître. Maintenant elle refuse de parler à qui que ce soit.

— Et elle était passée où pendant tout ce temps ? »

Mark et Charlie échangèrent un regard, puis Mark finit par répondre :
« Bonne question. »

Ils se garèrent dans le parking du Winter Wonderland et foncèrent vers le bureau du site. En pénétrant dans le bâtiment en préfabriqué fatigué, Helen fut choquée par la vue qui l'attendait. La jeune femme pelotonnée sous une couverture élimée avait l'air farouche, démente et maigre à faire peur.

« Bonjour Amy. Je suis le commandant Helen Grace – appelle-moi Helen. Je peux m'asseoir ? »

Pas de réponse. Helen s'installa prudemment sur la chaise en face.

« Je voudrais te parler de Sam. Ça ne te dérange pas ? »

La fille leva la tête, une expression horrifiée se dessinait sur ses traits ravagés. Helen se concentra sur son visage, le comparant mentalement à la photo qu'elle avait vue plus tôt. Sans ses yeux bleus perçants et sa vieille cicatrice sur le menton, la police aurait eu du mal à l'identifier. Ses beaux cheveux étaient devenus ternes, emmêlés et gras, ses ongles longs et sales. Son visage, ses bras et ses jambes accusaient les ravages d'une folie autodestructrice. Et puis il y avait l'odeur. C'était l'odeur qui vous frappait en premier. Suave. Âcre. Écœurante.

« Il faut que je trouve Sam. Peux-tu me dire où il est ? »

Amy ferma les yeux. Une larme s'échappa du coin d'une paupière et roula le long de sa joue.

« Où est-il, Amy ? »

Un long silence, puis la jeune fille finit par murmurer :

« La forêt. »

Amy refusant catégoriquement de quitter le sanctuaire du préfabriqué, Helen dut se servir du chien. Elle laissa Charlie dorloter la fille et ordonna à Mark de l'accompagner. Simpson, le chien d'arrêt, enfouit sa truffe dans les haillons ensanglantés qui avaient jadis été les vêtements d'Amy et fila aussitôt à travers bois.

C'était facile de voir par où elle était passée. Elle avait traversé la forêt à l'aveugle, comme une forcenée, si bien qu'elle avait ouvert de grandes brèches dans le sous-bois broussailleux. Des bouts de tissu et de peau que Simpson éjectait en bondissant à travers le feuillage jalonnaient son parcours. Helen suivait de près le chien, et Mark était déterminé à ne pas se laisser distancer par une femme. Mais il en bavait, il transpirait l'alcool.

Le bâtiment solitaire se dessina : une piscine municipale depuis longtemps promise à la démolition, triste vestige d'une époque joyeuse révolue. Le clebs griffa la porte verrouillée puis repartit en trombe, contournant le bâtiment avant de finir par s'arrêter devant une fenêtre brisée. Du sang frais émaillait les panneaux fendus. Ils avaient trouvé le cocon d'Amy.

Y pénétrer ne fut pas une mince affaire. Malgré la décrépitude avancée du lieu, on avait pris grand soin de sécuriser le moindre accès, la moindre issue. Sécuriser contre qui ? Personne n'habitait dans le coin. Ils parvinrent enfin à forcer le verrou et ce fut le début du ballet habituel, les surchaussures stériles patinant sur le sol.

Il était là. Gisant à cinq mètres au-dessous d'eux dans la fosse à plongeon. Il y eut une petite pause le temps d'aller chercher une grande échelle, puis Helen se retrouva dans la piscine, nez à nez avec le « Sam » d'Amy. Ce gamin prude destiné à un cabinet d'avocats était méconnaissable. Son cadavre ressemblait à celui de n'importe quel vieux zonard. Ses vêtements étaient maculés de pisse et d'excréments, ses ongles cassés étaient crasseux. Et son visage. Son visage hâve était déformé par une expression hideuse : peur, souffrance et horreur se lisaient sur ses traits tordus. Dans la vie, il avait été séduisant, charmeur. Dans la mort, il était répugnant.

6

Arrêteraient-ils jamais de la torturer ?

Amy pensait qu'elle serait en sécurité à l'hôpital Southampton General, qu'on la laisserait guérir et pleurer en paix, mais les médecins mettaient un point d'honneur à la martyriser. Malgré ses supplications, ils refusaient de la laisser manger ou boire. Elle avait la langue enflée, disaient-ils, l'estomac trop contracté, et ses intestins risquaient de se rompre si elle avalait des solides. Alors ils l'avaient accrochée à une perfusion. C'était peut-être ce qu'il fallait faire, mais ce n'était pas ce qu'elle *voulait*. Ça leur était déjà arrivé, à eux, de ne pas bouffer pendant plus de deux semaines ? Qu'est-ce qu'ils en savaient ?

Elle avait aussi une perfusion de morphine, ça aidait un peu, même s'ils prenaient bien soin de ne pas trop remplir la poche. Elle actionnait la pompe de la main gauche, pressant sur le bouton quand la douleur devenait insupportable. Sa main droite était menottée au lit. Les infirmières piaffaient, spéculant dans des apartés indiscrets sur ce qu'elle avait commis. Tué son bébé ? Tué son mari ? Elles prenaient vraiment leur pied.

Et ensuite – bon Dieu – ensuite ils avaient laissé entrer sa mère. Là, elle avait pété les plombs : elle avait tellement beuglé que sa mère, médusée, avait dû se retirer sur les ordres du médecin. Qu'est-ce qu'ils avaient dans le crâne, putain ? Elle ne pouvait pas voir sa mère, pas maintenant. Pas comme ça.

Elle voulait juste qu'on lui foute la paix. Elle se concentrait de toutes ses forces sur les objets qui l'entouraient : elle scrutait le tissage en coton de sa taie d'oreiller, contemplait des heures entières le filament à la brillance hypnotique dans l'ampoule de sa lampe de chevet. Elle parvenait ainsi à se mettre dans un état second, à tenir ses pensées en respect. Et quand malgré tout la vision de Sam surgissait au débotté, elle actionnait la pompe à morphine et, l'espace de quelques instants, dérivait dans un lieu plus heureux.

Mais au fond, elle savait pertinemment qu'elle n'aurait pas la paix longtemps. Des démons l'encerclaient, la ramenaient de force à l'enfer qu'elle avait laissé derrière elle. Elle voyait les flics faire les cent pas à l'extérieur de sa chambre en attendant de venir la cuisiner. Ne comprenaient-ils pas que jamais elle ne voudrait répondre à leurs questions ? N'avait-elle pas assez souffert ?

« Dites-leur que je ne peux pas les voir. »

L'infirmière qui était en train d'étudier sa courbe de température leva la tête.

« Dites-leur que j'ai la fièvre, poursuivit Amy, que je dors...

— Je ne peux pas les arrêter, mon petit, répliqua l'infirmière d'une voix égale. Mieux vaut en finir une bonne fois pour toutes, pas vrai ? »

Jamais elle ne souffrirait assez. Elle le savait bien. Elle avait tué l'homme qu'elle aimait, jamais elle ne pourrait revenir en arrière.

7

« Dis-moi comment tu es sortie de la fosse, Amy.

— Une échelle.

— Je n'ai pas vu d'échelle là-bas. »

Amy fronça les sourcils et se détourna. Tirant ses couvertures d'hôpital jusque sous son menton, elle se referma une fois de plus. Helen la dévisagea, intriguée. Si elle mentait, elle était sacrément bonne actrice. Elle jeta subrepticement un œil à Mark, puis poursuivit :

« C'était quelle sorte d'échelle ?

— Une échelle de corde. Elle a été jetée juste après que j'ai... »

Les larmes lui piquaient les yeux, elle laissa retomber sa tête sur sa poitrine. Il y avait effectivement de légères brûlures sur ses mains. Susceptibles de correspondre à l'ascension laborieuse d'une échelle de corde ? Helen se gifla mentalement : pourquoi envisageait-elle une seule seconde cette possibilité ? L'histoire d'Amy était complètement dingue. À la croire, ils avaient été pris en stop sur l'autoroute, drogués, kidnappés, affamés – puis forcés à commettre un meurtre. Pourquoi quelqu'un irait-il faire un truc pareil ? En apparence, Amy et Sam étaient deux gentils gamins, pourtant la réponse à ce crime atroce devait se trouver dans leurs vies.

« Parle-moi de ta relation avec Sam. »

À ces mots, Amy commença à sangloter.

« Il est peut-être temps de faire une pause, commandant ? »

La mère d'Amy avait insisté pour qu'un avocat soit présent.

« Nous n'avons pas encore terminé, aboya Helen.

— Mais vous voyez bien qu'elle est exténuée. Nous pouvons sûrement at...

— Tout ce que je vois, c'est un gamin mort du nom de Sam Fisher. Qui a reçu une balle dans le dos. À bout portant. De la main de votre cliente.

— Ma cliente ne nie pas avoir appuyé sur la ga...

— Mais elle refuse de nous dire pourquoi.

— Je vous l'ai dit, pourquoi, vociféra Amy.

— Oui, et c'est une très jolie histoire, Amy. *Mais elle ne tient pas debout* », tonna Helen.

Sans avoir besoin d'en recevoir l'ordre, Mark lança sa réplique histoire de faire monter la pression.

« Personne ne vous a vus, Amy. Ni vous ni la camionnette. Pas plus les routiers, les agents de la circulation, que les autres gamins qui faisaient du stop dans cette direction. Alors arrête un peu les conneries et dis-nous pourquoi tu as tué ton petit copain. Il te frappait ? Il te menaçait ? Pourquoi t'a-t-il amenée dans cet endroit horrible ? »

Amy ne répondait pas, refusant même de lever les yeux. C'était comme si Mark n'avait absolument rien dit. Helen prit le relais, d'un ton plus doux.

« Ne va pas croire que tu es la première à tomber amoureuse d'un gentil garçon qui se révèle sadique et violent, Amy. Ce n'est pas ta faute, personne ne te juge, et si tu arrives à me dire ce qui s'est passé, ce qui a mal tourné, alors je te promets que je pourrai t'aider. Il t'a violée ? Y avait-il d'autres gens dans le coup ? Pourquoi t'a-t-il amenée là-bas ? »

Toujours rien. Pour la première fois, l'impatience s'immisça dans la voix d'Helen.

« Il y a deux heures, j'ai dû annoncer à la mère de Sam qu'on avait tiré sur son fils et qu'il était mort. Ce dont elle a besoin, ce dont ses petits frères et sœurs ont besoin, c'est de quelqu'un qu'ils puissent tenir responsable de ce meurtre. Et là, tout de suite, tu es la seule personne dans le tableau. Alors pour ton bien autant que pour le leur, arrête tes bobards et dis-moi la vérité. Pourquoi as-tu fait ça, Amy ? Pourquoi ? »

Il y eut un long silence, puis la jeune fille leva la tête, ses yeux lançaient des éclairs à travers ses larmes.

« C'est *elle* qui m'a forcée. »

8

« Alors chef, vous en pensez quoi ? »

Pour la première fois de sa vie, Helen fut incapable de répondre. Oui ou non, coupable ou non coupable, Helen Grace avait toujours une réponse. Là non, c'était différent. Toute son expérience lui disait qu'Amy mentait. Cette histoire d'enlèvement était déjà bien assez tordue, mais le fait que le kidnappeur fût une femme, là c'était le pompon. Les meurtrières tuent leur mari, leurs enfants ou les gens sous leur garde, elles ne kidnappent pas des inconnus et elles ne privilégient pas les scénarios à haut risque comme celui qu'avait décrit Amy, où elles sont en infériorité numérique par rapport à leurs victimes. Et même en admettant que celle-là l'avait fait, comment avait-elle pu être assez forte pour extirper deux adultes d'une camionnette et les balancer dans une fosse à plongeon ? Helen était plus que tentée de faire porter toute la responsabilité à Amy. Peut-être qu'une fois inculpée et confrontée à une condamnation pour meurtre, elle finirait par cracher le morceau.

Cela dit, pourquoi aller inventer une histoire pareille à moins qu'elle ne soit bel et bien vraie ? Amy était une fille intelligente, maîtresse d'elle-même, sans aucun passif de maladie mentale. Son témoignage avait été clair et cohérent du début à la fin. La description de sa « kidnappeuse » avait été précise – cheveux blonds, gras, très courts, lunettes de soleil, ongles ras crasseux – et elle s'y était tenue religieusement, jusque dans les moindres détails sur sa façon de faire gronder le moteur de la camionnette à bas régime.

Et puis c'était clair que la jeune fille aimait Sam – qu'elle l'aimait vraiment – et qu'elle était anéantie par sa mort. Tout le monde les décrivait comme deux moitiés inséparables. Ils s'étaient rencontrés à la fac de Bristol avant de postuler à un master à Warwick histoire de pouvoir rester ensemble, différant leur entrée dans la vie active et une possible séparation. Ils n'avaient pas beaucoup d'argent, mais durant leur relation, ils avaient voyagé à travers tout le pays en stop et n'avaient pris que très rarement des vacances avec d'autres.

Les légistes avaient relié Amy au flingue, c'était donc bien elle qui avait tiré, aucun doute, mais ils avaient également confirmé son histoire de captivité. Leur état physique – les cheveux, les ongles – plus les excréments humains dans la fosse laissaient penser qu'ils étaient restés là-bas au moins deux semaines avant qu'elle le tue. Avaient-ils perdu espoir et tiré à la courte paille ? Passé un marché ?

« Pourquoi lui et pas toi ? »

Amy s'était de nouveau effondrée, mais Helen avait réitéré sa question. Amy avait finalement réussi à répondre :

« Parce qu'il me l'a demandé. »

Un acte d'amour, donc. Un sacrifice. Quel fardeau à porter... si c'était vrai. Et c'était bien ça qui la travaillait : le simple fait qu'Amy soit détruite par ce qui s'était passé. Pas seulement traumatisée, détruite, elle implosait sous le poids de la culpabilité. C'était là une émotion qu'Helen connaissait trop bien, alors malgré tout, elle se surprit à avoir de la compassion pour Amy. Peut-être s'était-elle montrée trop dure envers cette jeune femme vulnérable.

Impossible. Pourquoi quiconque irait-il faire une chose pareille ? Qu'est-ce qu'ils – « elle » – pouvaient bien avoir à y gagner, bon sang ? D'après Amy, cette femme n'était même pas restée les observer, alors où était l'intérêt ? Impossible et pourtant, quand Helen répondit à la question, directe, comme d'habitude, de Mark, ce furent ces mots qui sortirent :

« Je crois qu'elle dit la vérité. »

9

Ben Holland détestait ce voyage hebdomadaire à Bournemouth. Pour lui c'était inutile, un jour de fichu. Mais le cabinet tenait beaucoup à ce que les différents bureaux se voient en chair et en os, alors une fois par semaine, Ben et Peter (Portsmouth) partageaient sandwichs et café avec Malcolm et Eleanor (Bournemouth) et Hellie et Sarah (Londres). Ils discutaient des subtilités de la loi maritime, des litiges bancaires et de l'homologation internationale, avant de se mettre à cracher sur leurs clients respectifs. C'était parfois vaguement informatif, voire amusant, mais une fois intégré le facteur du trajet aller-retour, tout cela n'était qu'une perte de temps colossale.

Ce voyage-là se révélait encore pire que les autres. Comme d'habitude, c'est Ben qui avait pris le volant à l'aller et au retour, histoire de permettre à son collègue et supérieur hiérarchique de boire pendant le déjeuner. Peter était un associé à l'esprit vif, bien connu pour son efficacité. Il était aussi rustre, ennuyeux et puait la sueur. Se retrouver avec lui dans une salle de conférences, c'était déjà pénible. Et voilà qu'il allait être coincé dans la bagnole avec lui pendant deux bonnes heures. Du moins c'est ce qui se serait passé s'ils n'étaient pas tombés en rade.

Ben sortit son portable en jurant entre ses dents. Il ouvrit des yeux ronds, l'air consterné.

« Pas de réseau.

— Quoi ?

— Pas de réseau. Et toi ? »

Peter jeta un œil à son téléphone.

« Rien. »

Long silence.

Ben faisait de son mieux pour contenir sa rage. Qu'est-ce qu'il avait fait au bon Dieu pour se retrouver planté là au beau milieu du parc de New Forest, avec Peter et la nuit qui tombait ? Il avait fait le plein chez Esso juste à la sortie de Bournemouth – l'essence y était moins chère – et pourtant moins d'une heure après, le réservoir était vide. Il n'avait pas cru le témoin du niveau de carburant quand il s'était allumé, et de toute façon il était certain d'avoir assez d'essence pour atteindre au moins Southampton. Or quelques instants après l'allumage du voyant, la voiture s'était arrêtée en toussotant. Il y a des fois où la vie vous en veut. Allaient-ils devoir marcher jusqu'à une station ? Passer la nuit ensemble ?

« À quoi bon avoir le service assistance auto platine, hein ? » commenta obligeamment Peter.

Ben parcourut des yeux la route tranquille dans la forêt. Peter ne le disait pas, mais ça avait été l'idée de Ben de couper à travers le New Forest. Il le faisait toujours, évitant la M27 qui encerclait Southampton, grâce à un raccourci tortueux débouchant à Calmore, malheureusement aujourd'hui cette astuce s'était méchamment retournée contre lui. Il avait le sentiment qu'il allait en entendre parler, mais seulement une fois que cette galère serait terminée. Peter allait en faire des gorges chaudes. Il attendait juste le bon moment.

« T'y vas ou j'y vais ? » demanda Peter.

Question rhétorique. Respect dû aux anciens, sans compter que Peter avait « des problèmes de genoux ». C'était donc à Ben de s'y coller. En consultant la carte, il vit qu'il y avait quelques maisons de vacances à deux ou trois kilomètres seulement. Peut-être qu'en se dépêchant il pourrait les atteindre avant qu'il fasse trop sombre. Remontant son col pour se protéger du froid, il adressa un signe de tête à son collègue et partit d'un pas lourd sur la route.

« *We'll meet again...* » chantonna Peter.

Bouffon, pensa Ben.

Et là, brusquement, coup de chance. Dans le crépuscule, il discerna deux rais de lumière. Il plissa les yeux. Ouaip, aucun doute. Des phares. Pour la première fois de la journée, son corps se détendit. Il y avait un dieu après tout. Il agita vigoureusement les mains en l'air, mais la camionnette ralentissait déjà pour leur venir en aide.

Alléluia, songea Ben. *Sauvés.*

10

Diane Anderson n'avait pas vu sa fille depuis plus de trois semaines. Et elle ne la voyait pas davantage maintenant, bien qu'Amy soit plaquée contre sa poitrine dans une étreinte étouffante. À l'hôpital on l'avait rendue présentable – on lui avait fait prendre une douche et se laver les cheveux – mais elle ne ressemblait toujours pas à Amy.

Charlie, la policière séduisante, les avait accompagnées chez elles. Soi-disant pour aider Amy, pour qu'elle se sente en sécurité au moment de réintégrer le monde extérieur, mais c'était une espionne. Diane en était sûre. Elle était là pour observer patiemment et faire des rapports. Sa fille n'était pas encore sortie d'affaire. Les deux agents en uniforme postés devant leur porte le signifiaient clairement. Étaient-ils là pour la protéger ou pour l'empêcher de s'enfuir ? Enfin, au moins ils avaient congédié la presse. Une journaliste qui travaillait pour le torchon du coin en était venue à hurler à travers la fente de la boîte aux lettres dans la porte : elle exigeait de savoir, dans les termes les plus orduriers qu'on puisse imaginer, pourquoi Amy avait tué son petit ami. Le fait que cette journaliste fût une jeune femme n'arrangeait rien : qu'avaient donc les gens dans le sang ?

« Amy a tiré sur Sam. »

C'était ainsi que l'avait formulé la flic sévère, le commandant Grace. Ça n'avait aucun sens. Amy n'aurait jamais tiré sur personne, et encore moins sur Sam. Elle n'avait même jamais eu un pistolet en main avant. On n'était pas en Amérique.

Diane s'était alors tournée vers son mari, Richard, s'attendant à ce qu'il corrige la police, qu'il clarifie les choses, mais son visage avait été le reflet du sien : stupéfaction. Un éclair de colère l'avait brièvement traversée – Richard n'était jamais là quand on avait vraiment besoin de lui –, avant qu'elle se ressaisisse pour se confronter de nouveau à l'amertume du présent. Amy *aimait* Sam. Plus d'une fois dans ses moments d'oisiveté, Diane s'était demandée comment ça se passerait si – quand – ils se marieraient. Elle avait toujours supposé qu'Amy suivrait la pratique moderne et vivrait en simple concubinage. Mais Amy l'avait étonnée en lui confiant qu'elle avait bel et bien l'intention de passer devant monsieur le maire, au moment opportun. Par contre, sacrée Amy, elle le ferait à sa manière. Il était hors de question qu'elle porte du blanc et elle était déterminée à ce que ce soit sa mère qui lui donne le bras et non son père. Richard avalerait-il la pilule ? Les autres gens apprécieraient-ils ce geste ou trouveraient-ils cela étrange ? Diane se rendit compte dans un sursaut qu'elle rêvassait encore. Au sujet d'un mariage qui n'aurait jamais lieu.

Rien de tout cela n'avait de sens. Sam n'étant ni violent, ni agressif, il ne pouvait pas s'agir de légitime défense. Les réponses évasives du commandant Grace concernant les événements lui avaient fait bouillir le sang : « Mieux vaut que ce soit Amy qui vous raconte quand elle le décidera. » Seulement Amy n'avait pas dit un mot. Elle était muette. Diane avait essayé d'établir un contact : elle lui avait préparé des boissons à base de céréales, ouvert quelques paquets de gâteaux French Fancies (un des péchés mignons de son enfance), décoré de tous ses vieux jouets et bibelots la chambre qu'elles allaient désormais partager. Rien n'avait marché. Elles restaient plantées là, trio guindé. Charlie, perchée au bout du canapé, essayait de ne pas renverser son thé, Diane empilait sur une assiette toujours plus de gâteaux dont personne ne voulait, et Amy se contentait de regarder dans le vide, coquille vide de la fille jadis dynamique qu'elle avait été.

11

C'était une embuscade. La femme attendait tapie dans l'ombre et au moment où Helen sortit de sa voiture, elle bondit.

« Vous avez quelques minutes à m'accorder, commandant ? »

Le moral d'Helen en prit un coup. Ça y est, ça commençait.

« Ravie de vous voir, Emilia, mais comme vous pouvez le constater, je suis très occupée. »

Elle repartit, un bras l'arrêta net. Elle fusilla Emilia du regard – vous plaisantez j'espère ? –, son adversaire comprit le message et desserra lentement sa poigne. Nullement décontenancée, Emilia Garanita se fendit d'un grand sourire. Elle avait une silhouette étonnante : à la fois jeune et svelte, cassée et défigurée. Adolescente, elle avait fait des ravages, mais à tout juste dix-huit ans, elle avait été victime d'une agression sauvage à l'acide. Quand on regardait son profil gauche, elle était jolie et séduisante. Quand on regardait le droit, on ne ressentait que pitié : ses traits étaient déformés, son œil artificiel fixe. Baptisée dans le coin « la Belle et la Bête », elle dirigeait la rubrique homicide du *Southampton Evening News*.

« L'affaire Amy Anderson. On sait qu'elle l'a tué mais on ignore pourquoi. Qu'est-ce qu'il lui avait fait ? »

Helen s'efforça de dissimuler son mépris : elle était persuadée que c'était Emilia qui avait crié à travers la boîte aux lettres des Anderson, mais il n'aurait guère été prudent de se mettre la presse à dos si tôt dans l'enquête.

« S'agissait-il d'une histoire sexuelle ? Est-ce qu'il la battait ? Est-ce que vous cherchez quelqu'un d'autre ?

— Vous connaissez la chanson, Emilia, dès que nous aurons des éléments, l'unité de liaison médiatique vous contactera. Maintenant si vous voulez bien m'ex...

— Si je suis curieuse, c'est simplement parce que vous l'avez relâchée. Elle n'est même pas en liberté sous caution. En général vous les faites transpirer un peu plus longtemps que ça, non ?

— Nous ne faisons "transpirer" personne, Emilia. Le règlement, pour moi, c'est sacré, vous le savez bien. C'est la raison pour laquelle toutes les communications avec la presse se feront via les canaux habituels, d'accord ? »

Elle lui décocha son plus beau sourire et poursuivit son chemin. Elle avait gagné la première bataille de ce qui se révélerait sans nul doute une longue campagne. Emilia avait l'homicide dans le sang. Aînée de six enfants, elle était devenue célèbre quand son dealer de père avait été condamné à dix-huit ans de prison pour s'être servi de ses enfants comme de mules. Depuis leur plus jeune âge, Emilia et ses cinq frères et sœurs avaient été contraints d'avaler des préservatifs bourrés de cocaïne chaque fois qu'ils retournaient sur les docks de Southampton après l'une de leurs nombreuses croisières dans les Caraïbes. Quand son père portugais avait été mis au frais, les revendeurs avaient essayé d'obliger Emilia à reprendre sa vie de mule pour les aider à éponger leurs pertes. Elle avait refusé, ils l'avaient punie : deux chevilles cassées et un demi-litre d'acide sulfurique en plein visage. Elle avait écrit un bouquin pour raconter son histoire, ce qui avait fini par la conduire au journalisme. Malgré le fait qu'elle boitait toujours, elle n'avait peur de personne et était increvable quand elle se lançait à la poursuite d'un récit.

« Ne m'oubliez pas », lança-t-elle au moment où Helen appuyait sur l'interphone de la morgue judiciaire.

Helen savait que sa vie venait de se compliquer d'un cran. Mais elle n'avait pas le temps d'y réfléchir maintenant.

Elle avait rendez-vous avec un cadavre.

12

On aurait dit un fantôme. Le visage insouciant et séduisant qui rayonnait sur sa page Facebook n'avait aucun point commun avec le masque mortuaire creux auquel Helen était désormais confrontée. Le corps décharné de Sam gisait devant elle sur la table d'autopsie, véritable pied de nez à la personne heureuse et optimiste qu'il avait été. C'était une vision profondément affligeante.

Helen se détourna, se changeant les idées en regardant où en était le légiste, Jim Grieves. Même après trente ans de métier, il mettait toujours des plombes à se savonner et à s'équiper en vue d'une autopsie. Ces lavages de mains interminables lui donnaient un air de Lady Macbeth des temps modernes (avec quelques kilos en trop) et le voir essayer de glisser maladroitement ses doigts dans des gants stériles vous donnait envie d'aller les lui enfiler vous-même. Certains flics l'avaient d'ailleurs fait. D'autres pensaient qu'il n'était plus dans le coup, mais Helen n'était pas de cet avis et se gardait bien de le presser. Il valait la peine d'attendre, sans compter qu'il y avait quelque chose de vaguement miraculeux dans cette lente transformation d'un gros balourd couvert de tatouages en un légiste en blouse à l'esprit pénétrant qui avait plus d'une fois aidé Helen à résoudre une enquête.

« Ce que je m'apprête à te dire doit être pris avec les pincettes habituelles, étant donné qu'une fois de plus, on me presse... »

Helen sourit – habituée aux ronchonnements de Jim – et le laissa poursuivre. C'est vrai qu'elle lui mettait la pression, mais nécessité fait foi. Annoncer à la mère de Sam la mort de son fils avait été éprouvant, et ce en partie parce qu'elle n'avait presque rien pu lui expliquer. Olivia Taylor était veuve depuis quelques années, elle n'avait aucun compagnon pour la soutenir aujourd'hui. Elle allait devoir se débrouiller seule pour aider ses enfants à accepter la mort de leur frère aîné chéri, et Helen se devait de lui donner les outils pour y parvenir. Il lui fallait donc d'abord corroborer ou infirmer l'histoire d'Amy.

Jim avait fini de maugréer. Tourné vers le corps de Sam, il entama son exposé :

« Un seul impact dans le dos. La balle est entrée sous l'omoplate droite et est allée se loger dans la cage thoracique. J'emploie des termes techniques, alors n'hésite pas à m'interrompre s'il y a quoi que ce soit qui t'échappe, O.K. ? »

Helen ne releva pas. Les sarcasmes de Jim étaient une figure obligée de toutes les autopsies auxquelles elle avait assisté. Il poursuivit sans attendre sa réaction :

« Cause du décès : arrêt cardiaque. Possiblement provoqué par une hémorragie, mais plus vraisemblablement par le choc de l'impact. Il était dans un sale état avant même de se faire canarder. Traces d'émaciation sur le torse, les membres et le visage, regarde : orbites rentrées, gencives sanguinolentes, perte de cheveux. Vessie et boyaux quasi vides, l'estomac contenait des fragments de tissu, de cheveux, de mastic de carrelage et de chair humaine. »

Il contourna la table afin de lever le bras droit de Sam.

« La chair était la sienne, arrachée avec les dents sur son avant-bras droit. À vue d'œil, je dirais qu'il a réussi à en avaler trois ou quatre bouchées avant d'abandonner. »

Helen ferma les yeux – prenant progressivement conscience de l'horreur des derniers jours du garçon – puis se força à les rouvrir. Jim lui présenta le membre ravagé histoire qu'elle n'en perde pas une miette, puis le reposa délicatement.

« D'après mes estimations, il n'avait pas pris de véritable repas ni ingéré de liquide depuis au moins deux semaines, probablement plus. Pendant tout ce temps son corps a dû subsister sur les réserves de graisse, et une fois celles-ci épuisées, il a dû commencer à filtrer les nutriments des organes internes. Il était à deux doigts d'une insuffisance organique généralisée quand il a été tué. D'après ce qu'on m'a dit de l'état médical de la fille, elle suivait le même chemin. Encore quelques jours et ils seraient tous les deux morts de causes naturelles. »

Il s'interrompit de nouveau, cette fois-ci pour farfouiller dans ses papiers.

« Prise de sang. Ce à quoi on peut s'attendre chez un sujet qui souffre de déshydratation avancée et qui court droit à l'insuffisance organique. Le seul élément inhabituel, c'est des traces de benzodiazépine. Je suppose qu'on en retrouvera aussi dans son sang à elle et encore plus dans leurs excréments. »

Helen hocha la tête : la police scientifique avait déjà confirmé la présence d'un sédatif puissant dans les déjections prélevées dans la fosse à plongeon. Elle repoussa son angoisse grandissante, mais tout cela pointait désormais dans une seule direction. Jim continua encore pendant dix minutes avant qu'Helen ne siffle la fin de la partie. Elle avait tout ce qu'il lui fallait.

Contre toute attente, l'histoire d'Amy commençait à prendre corps. La police scientifique avait trouvé des particules de chancre près d'un coin de la fosse, ce qui concordait avec l'emploi d'une échelle de corde comme échappatoire. Sans compter que les habits qui avaient été récupérés présentaient des taches de terre profondément incrustées, ce qui laissait penser qu'Amy et Sam auraient pu être tirés hors d'un véhicule, puis tractés sur le sol jusqu'à la fosse abandonnée. Une femme aurait-elle pu traîner Sam seule – soixante-seize kilos – ou aurait-elle eu besoin d'un complice ?

Alors qu'elle retournait au commissariat de Southampton, Helen comprit qu'à partir de maintenant, cette affaire allait la consumer entièrement. Elle n'aurait de répit que lorsqu'elle aurait résolu ce crime étrange. En entrant dans le bureau dévolu à l'enquête, elle constata avec satisfaction que Mark était déjà en plein boulot. Il y avait un paquet de problèmes pratiques et théoriques susceptibles d'entraver une enquête aussi importante que celle-là, or elle avait besoin que tout se passe comme sur des roulettes. Mark était l'incarnation même du capitaine – un outil corrosif mais efficace –, expert à faire pagayer tout le monde dans la même direction. Il avait réuni une bonne équipe d'officiers – les lieutenants Bridges, Grounds, Sanderson, McAndrew – en plus du personnel de soutien : l'enquête prenait déjà vie sous les yeux d'Helen. Mark la rejoignit rapidement en la voyant entrer.

« Qu'est-ce qu'on va dire à la presse, chef ? »

Bonne question, qu'elle n'avait cessé de ruminer depuis qu'elle avait quitté Jim Grieves. Emilia Garanita n'allait pas lâcher prise et il risquait d'y en avoir d'autres derrière elle. Une jeune femme avait tiré sur son mec dans un endroit désert. Atroce, donc article juteux à la clef.

« Le moins possible. Tant qu'on ne contrôle pas cette affaire, on ne peut pas lâcher qu'il y a une tierce personne dans le coup. Alors on appelle ça drame conjugal en y allant mollo sur les détails. La presse va déduire toutes sortes de choses sur Sam et sur la raison pour laquelle Amy l'a tué...

— Mais on ne veut pas salir le nom de ce type inutilement.

— Exactement. Lui et sa mère méritent mieux que ça.

— O.K., jouons-la serré pour le moment. »

Il retourna bosser. C'est sûr, il n'était pas au top – maigrichon, pas rasé, hagard – mais quand il était en forme, c'était un flic qu'il faisait bon avoir dans son équipe. Pourvu que ça dure, songea-t-elle.

Satisfaite de voir que tout était sous contrôle, elle s'autorisa cinq minutes pour boire un thé. Elle était crevée : l'interrogatoire d'Amy avait été éreintant, la visite à la morgue encore pire. Elle avait envie de débrancher un moment, mais son cerveau s'y refusait. La mort abominable de Sam l'avait secouée, elle n'arrivait pas à se débarrasser de l'image de son visage tordu et sans vie.

Elle était tellement plongée dans ses pensées qu'elle ne remarqua Charlie que lorsque celle-ci lui marcha presque littéralement sur les pieds.

« Chef. Faut que vous voyiez ça. »

La journée avait déjà été riche en mauvaises surprises, pourtant ça sentait la deuxième couche.

Charlie lui tendit deux photos : deux hommes d'affaires bien habillés, l'un d'une trentaine d'années, l'autre sensiblement plus vieux.

« Ben Holland et Peter Brightston. Portés disparus il y a trois jours. Ils revenaient d'une réunion juridique à Bournemouth. Jamais rentrés chez eux. »

Un horrible pressentiment envahissait Helen.

« On a retrouvé leur bagnole dans le New Forest. Les poulets du coin et les gardes forestiers ont passé les bois au peigne fin. Rien.

— Et ? demanda-t-elle, sentant qu'il y avait autre chose.

— Manteaux, sacs et portefeuilles étaient toujours dans la voiture. On a retrouvé leurs portables à proximité – leurs cartes SIM ont été détruites volontairement. »

Un autre enlèvement, donc. Encore plus étrange que le premier. Deux hommes adultes, intelligents, costauds, capables de se prendre en main s'étaient volatilisés.

13

Comment se réveille-t-on quand on rêve ? Quand on est au beau milieu d'un cauchemar, comment s'extirpe-t-on de l'abysse ?

Ben Holland réfléchissait en boucle à ces questions. Il devait rêver. Non, il rêve. Peut-être que lui et Jennie ont fait une descente au débit de boissons après le boulot pour s'acheter une bouteille de vodka ? Peut-être qu'il rêvasse dans les brumes de l'alcool ? Il va se réveiller d'un moment à l'autre avec la tête comme un tambour et un sourire à la con sur la tronche...

Il ouvrit les yeux. Il le savait depuis le début évidemment : la puanteur vous prenait à la gorge dans ce trou. Comment pouvait-on s'imaginer une seule seconde être ailleurs ? Et quand bien même, les gémissements incessants de Peter vous auraient ramené à la réalité. Depuis leur enlèvement, Ben n'avait été que colère et incrédulité. Peter, lui, avait opté pour le désespoir.

« Peter, tu peux pas la fermer, bon Dieu...

— Va te faire foutre. »

Elles sont où, tes qualités de leader, maintenant, songea Ben, haineux.

Ils étaient piégés. Ça ne rimait à rien, et pourtant. Une minute, ils étaient dans la camionnette, soulagés, heureux, et la suivante ils se réveillaient ici. Groggy, endoloris et couverts d'une épaisse poussière collante. Ben s'était laborieusement mis debout, stupéfait, plissant les yeux afin de percer l'obscurité et d'identifier leur environnement. Ils se trouvaient dans une espèce de gigantesque silo ou de container de stockage, dont le sol était jonché de charbon. C'était ça qui les recouvrait : la poussière de charbon s'insinuait dans leurs oreilles et dans leurs yeux, leur gonflait la langue et la noircissait. D'instinct, Ben se dirigea péniblement vers les côtés. La couche au sol, qui se mouvait à chaque pas, rendait la progression difficile, mais il finit par y arriver. Du métal lisse et froid. Se servant de la paroi comme d'un repère, il fit le tour en trébuchant, espérant en dépit de tout trouver une porte, une trappe, un moyen quelconque de s'échapper. Hélas, les murs étaient lisses et au bout de deux tours, il laissa tomber. En levant la tête, il remarqua que de la lumière filtrait à travers le joint d'une énorme trappe. C'est comme ça qu'ils étaient tombés dans cet enfer.

Il se rendait maintenant compte qu'il avait le visage et le torse zébrés de coupures et de bleus. Ils avaient bien dû faire une chute de six mètres depuis cette ouverture, et le charbon compacté n'avaient pas dû amortir l'atterrissage. Brusquement, il eut mal partout. Le choc se dissipait, son corps meurtri protestait. Un bruit le fit se retourner. Peter se traînait vers lui, l'air l'hébété. S'il cherchait des explications, il ne fallait pas compter sur Ben. Ils se tenaient debout là, exténués, désespérés, quand le téléphone sonna. Ils se figèrent un instant avant de se jeter dessus d'un même mouvement maladroit, Ben arriva d'un cheveu en premier.

Après avoir reçu leur ultimatum macabre, ils furent pris d'un rire hystérique, comme si tout ça n'était qu'une blague grotesque. Lentement, leur hilarité se dissipa.

« Appelons le bureau. »

Soudain Ben avait besoin de sortir de ce trou.

« Bonne idée. Appelle Carol, elle saura quoi faire », dit Peter, se nourrissant de l'énergie de son collègue.

Ben composa les chiffres familiers. Seulement le téléphone était verrouillé par un code PIN. Quatre petits chiffres qui les séparaient de la liberté.

« Qu'est-ce qu'on essaie ? »

Ben lorgnait déjà le symbole de la batterie en haut à droite de l'écran, qui clignotait lentement.

« On n'a pas trente-six tentatives. Qu'est-ce qu'on essaie ? s'impatienta-t-il, prenant conscience de l'impossibilité de leur tâche.

— Je sais pas. 1, 2, 3, 4 », proposa Peter.

Ben lui adressa un regard méprisant.

« Ouais, ben je sais pas, putain, s'emporta Peter. T'es né en quelle année ? »

C'était désespéré, mais ça ou autre chose. Ben tenta l'année de naissance de Peter, puis la sienne. Il mettait à l'épreuve une troisième combinaison quand le portable les lâcha.

« Merde. »

Ce mot se répercuta tout autour de la voûte.

« Et maintenant ? »

Les deux hommes restèrent là en silence à regarder tristement la trappe verrouillée au-dessus d'eux. La lumière qui filtrait par les fentes illuminait l'arme lovée par terre entre eux.

« Rien. Il n'y a rien... »

Les mots de Ben se délitèrent comme il se retournait pour aller se réfugier dans le noir. Alors qu'il se laissait tomber dans le charbon, soudain le désespoir l'envahit. Pourquoi eux ? Qu'est-ce qu'ils avaient bien *fait* ?

Il jeta un œil à Peter, qui faisait les cent pas en marmonnant dans sa barbe. Il n'avait jamais aimé ce type, mais il n'avait aucune envie de le tuer, bon Dieu ! Peut-être que le flingue était un faux ? Il se leva pour aller vérifier, le regard que lui lança Peter le fit se rasseoir aussi sec.

Il resta là dans cet enfer qui était le sien. Il n'avait jamais été très à l'aise dans les espaces clos. Il aimait toujours savoir où était l'issue de secours dans n'importe quelle situation. Or voilà qu'il était pris au piège, pire, retenu prisonnier sous terre. Enterré vivant. Ses mains commençaient déjà à trembler. Il avait la tête qui tournait, des bouffées de transpiration, et des lumières dansaient devant ses yeux. Ça faisait des années qu'il n'avait pas fait de crise de panique, et pourtant il en sentait une venir. Le monde se refermait sur lui.

« Il faut que je sorte. »

Il se redressa péniblement.

Peter se retourna, déboussolé.

« S'il te plaît, Peter, il faut que je sorte. À L'AIDE ! S'IL VOUS PLAÎT, QUELQU'UN, À L'AIDE ! »

Il hurlait comme un damné pour essayer de repousser la crise, mais se sentant partir, il dut s'arrêter. Il y avait bien quelqu'un qui allait les trouver et les secourir ? Il le *fallait.* L'alternative était impensable.

14

Mark Fuller quitta le poste peu après que Charlie avait lâché sa bombe. Une toute nouvelle piste d'investigation s'était ouverte, mais pour le moment c'était les compilateurs de données et les bleus qui allaient s'y coller. Une double et triple vérification générale des faits avait été mise en branle et ce n'est qu'une fois que le caractère inquiétant de la disparition des deux hommes serait confirmé que la P.J. serait déployée. Le lendemain promettant d'être une longue journée pour Mark, Charlie et le reste de l'équipe, Helen les avait envoyés se pieuter. Mais Mark n'avait pas l'intention de dormir.

Au lieu de ça il traversa la ville en direction de Shirley, en banlieue, et se gara dans une rue résidentielle tranquille. Il n'utilisait jamais sa voiture personnelle histoire de ne pas se trahir. La Golf défoncée aux vitres teintées était conçue pour détourner l'attention de sa véritable fonction et ça marchait : les passants la considéraient comme l'énième tentative d'un ado de booster une vieille épave. Idéal pour observer sans être vu.

Une fillette de sept ans apparut à la fenêtre, Mark se redressa, les yeux braqués sur elle. Elle scruta la rue, puis tira les rideaux, bannissant le monde. Mark maudit sa poisse : certains jours, Elsie restait là pendant vingt minutes, voire plus. Son regard glissait d'un point à un autre et avec le temps, il s'était convaincu qu'elle le cherchait. Simple rêve, qui lui nourrissait l'âme.

En entendant des talons hauts claquer sur le trottoir, il se laissa glisser sur son siège. C'était complètement con, personne ne pouvait voir à l'intérieur. Mais la honte vous fait faire des trucs bizarres. Il ne pouvait pas la laisser le découvrir comme ça. Il observa la femme mince de trente-deux ans se diriger d'un pas décidé vers la maison. Avant même qu'elle puisse glisser la clef dans la serrure, la porte s'ouvrit et elle se retrouva engloutie entre les bras d'un grand gaillard musclé. Ils s'embrassèrent longuement, sauvagement.

Bon résumé. Son ex-femme emportée par un autre, Mark délaissé dans le froid. Une violente vague de colère le submergea. Il lui avait tout donné, à cette femme, et elle, elle lui avait piétiné le cœur. Elle avait dit quoi déjà, quand elle avait mis un terme à leur bref mariage ? Qu'elle ne l'aimait pas assez. Aucune critique n'aurait pu plus le miner. Il n'avait rien fait de mal. Simplement il n'était pas *assez.*

Ils s'étaient mariés trop jeunes. Avaient eu un bébé trop tôt. Pourtant pendant un moment le chaos et l'émotion de devenir parents pour la première fois les avaient soudés. L'angoisse partagée à l'idée que leur gamine s'arrête de respirer s'ils la laissaient sans surveillance, la peur obsessionnelle, à cause du manque de sommeil, de s'y prendre comme un pied, mais aussi la joie immense de voir leur petite fille grandir et s'épanouir. Hélas, Christina s'était lentement lassée des rigueurs de la parentalité – la routine abrutissante, les privations – et s'était de nouveau lancée tête baissée dans sa carrière. Ce qui rendait les arguments qu'elle avait déployés pendant les audiences pénibles concernant le droit de garde encore plus indécents. Elle avait joué à fond la carte de la mère, comparant sa nature aimante, son existence ordonnée et son boulot bien payé avec la vie aussi imprévisible que dangereuse de Mark en tant que flic de Southampton – sans oublier de balancer quelques anecdotes bien choisies sur son penchant pour l'alcool. Et qu'est-ce qu'elle avait fait quand elle avait obtenu la garde exclusive d'Elsie ? Elle s'était aussitôt remise à bosser à plein temps et avait confié leur gosse aux bons soins de son amant au foyer. La femme qui avait un jour affirmé aimer Mark de tout son cœur s'était révélée être une petite salope fourbe et vindicative.

Christina et Stephen étaient rentrés à présent, tout était calme. Elsie avait dû prendre son bain et se mettre en pyjama. Bien au chaud dans le peignoir et les chaussons Hello Kitty que Mark lui avait achetés, elle devait maintenant être lovée devant l'histoire rituelle du coucher qui passait sur la chaîne CBeebies. De fait elle était trop grande pour ce programme, mais elle y avait un attachement sentimental et ne le ratait jamais. Soudain Mark sentit sa colère refluer, remplacée par une terrible tristesse. Lui aussi, il avait trouvé ça rude d'être père – la ronde infinie des bains, du coucher, des histoires, des rendez-vous de bac à sable et ainsi de suite – et pourtant il aurait donné n'importe quoi pour se retrouver à nouveau dans ce tourbillon.

C'était débile de venir ici. Il démarra le moteur et s'éloigna en trombe dans l'espoir de laisser ses problèmes là, au beau milieu de la rue. Mais tandis qu'il conduisait, ils crapahutaient dans son cerveau, pareils à des singes, lui lançant comme autant d'aiguilles son échec, son insignifiance, sa solitude. Alors qu'il se dirigeait vers chez lui, il changea brusquement de cap, fonçant dans Castle Way. Il y avait un pub pas loin des docks qui avait des heures d'ouvertures illégales. Tant qu'on débarquait avant minuit, on pouvait boire toute la nuit. Et c'était exactement ce qu'il comptait faire.

15

La demeure des Brightston était une imposante maison mitoyenne dans le quartier riche de la ville d'Eastleigh. Helen faisait les cent pas à l'extérieur, énervée et déçue. Elle avait prévu de retrouver Mark ici à neuf heure trente. Il était maintenant près de dix heures et toujours aucun signe de lui. Après avoir laissé un troisième message sur son répondeur, elle fit la part du feu et alla sonner. Pourquoi fallait-il qu'il soit une telle bouse ?

C'est Sarah Brightston qui lui ouvrit, une belle femme, la quarantaine. Arborant des vêtements coûteux et un maquillage impeccable, elle ne montra aucune émotion à découvrir la police sur le seuil de sa porte et pressa Helen d'entrer.

« Quand avez-vous déclaré la disparition de votre mari ? »

Les politesses avaient été pliées, Helen en venait au fait.

« Il y a deux jours.

— Même s'il n'était pas rentré la nuit encore avant ?

— Peter est un bon vivant. Un peu trop parfois. Ces voyages à Bournemouth, c'est une récréation, ça aurait été tout lui d'emmener l'équipe se pinter et d'aller ensuite se retaper dans un bed-and-breakfast du coin. Mais il n'est pas sans cœur, il m'aurait appelée le lendemain pour me parler, parler aux garçons.

— Et avez-vous la moindre idée d'où il pourrait se trouver maintenant ?

— Ce grand couillon s'est sans doute perdu. Ils ont dû tomber en panne et essayer de marcher jusqu'à un garage. Il a probablement trop bu et s'est foulé une cheville ou que sais-je : ce serait tout lui, ça. Il n'a jamais été très coordonné. »

Elle parlait avec une conviction totale : dans sa tête il n'y avait aucun doute que son mari était vivant et en bonne santé. Helen admirait ce courage, qui ne laissait pas de l'intriguer.

« Combien de gens avez-vous envoyé à leur recherche ? s'enquit Sarah.

— Tous les officiers disponibles. »

Ça au moins, ce n'était pas un mensonge. Les recherches battaient bel et bien leur plein, mais on n'avait rien trouvé et à chaque heure qui passait, l'inquiétude d'Helen pour la sécurité des deux hommes montait d'un cran. La route qu'ils avaient empruntée auraient dû les faire sortir de la forêt à Calmore : une marche longue, mais sans difficulté. Il faisait froid mais beau, donc...

Au fond, elle savait que le calvaire d'Amy et la disparition de Peter et Ben étaient liées, mais elle avait interdit à quiconque de le suggérer : officiellement, il s'agissait toujours d'une recherche de personnes disparues. Elle n'avait pas précisé à Sarah qu'elle était de la crim'. Il y aurait bien le temps.

« Y avait-il quoi que ce soit qui le travaillait ? Était-il tracassé ? » reprit-elle.

Sarah secoua la tête. Helen laissa errer son regard sur l'intérieur bien aménagé. Le salaire de Peter était généreux et Sarah travaillait dans le commerce des antiquités : pas fauchés, quoi.

« Quelqu'un lui avait-il demandé de l'argent récemment ? Avez-vous remarqué des changements dans votre situation financière ? Plus d'argent ? Moins ?

— Non, tout était... normal. Nous sommes aisés. Nous l'avons toujours été.

— Et comment décririez-vous votre mariage ?

— Heureux. Fidèle. Fort. »

Elle accentua ce dernier mot, comme blessée par la question.

« Des problèmes au travail ? » demanda Helen, changeant de tactique.

Peter et Ben bossaient pour un cabinet d'avocats prestigieux qui s'intéressait particulièrement à la loi maritime. Il y avait beaucoup d'argent en jeu dans leurs procès fleuves, en particulier quand il s'agissait de frais de transport. Leur disparition aurait pu profiter à quelqu'un.

« Avait-il subi une pression particulière sur un procès ?

— Pas que je sache.

— Travaillait-il plus longtemps que d'habitude ? »

Sarah secoua légèrement la tête.

« Discutait-il avec vous des affaires dont il s'occupait ? »

Sarah affirma tout ignorer des dossiers de Peter, Helen nota donc mentalement de vérifier cette information auprès du cabinet, mais elle avait peur de se bercer d'illusions. Alors qu'elle scrutait les murs en quête d'inspiration, ses yeux atterrirent sur une photo de Peter : le père de famille souriant posait sur une plage ensoleillée au milieu d'un groupe de voyage organisé. Sarah suivit son regard et lui expliqua où le cliché avait été pris avant d'enchaîner en esquissant leurs projets : un voyage en famille à Boston, à Pâques. Sa conviction que Peter allait réapparaître et que les choses allaient retourner à la normale était inébranlable. Helen essayait vainement d'y croire. Au fond, elle craignait que Sarah ne revoie jamais son mari.

16

C'était le milieu de la nuit, Peter Brightston était congelé jusqu'aux os. À cause de sa tendance à transpirer, il portait toujours des costumes légers, même en hiver – habitude qu'il regrettait désormais amèrement. Quelque part dans le New Forest, il y avait la voiture de Ben et dedans le manteau doublé que Sarah lui avait offert pour son anniversaire. Il jura violemment et resserra un peu plus sa veste autour de lui.

Il poussa un profond soupir, la buée de sa respiration dansait devant lui. Il ne voyait pratiquement que ça : cette nuit-là, dehors, il faisait noir comme dans un four. Il sentait la présence de Ben sans le voir. Que faisait-il ? Au fond, Ben était un type bien, mais il ne supportait pas les espaces confinés. Il avait failli tomber dans les vapes un peu plus tôt, en proie à une espèce de crise de panique, et il hurlait dans son sommeil. Les murs d'acier qui les enfermaient amplifiaient ces terreurs nocturnes, donnant à la scène des allures de cauchemar et insufflant une panique sourde et tenace dans les tripes de Peter. Quelqu'un les trouverait-il à temps ? Ou allaient-ils mourir dans ce triste trou ?

Il jeta un œil dans la direction où devait se trouver Ben puis, profitant de l'obscurité, glissa une main dans sa poche. Il ne voyageait jamais sans un paquet de Soft Mints : rentrer chez lui en puant l'alcool, ça ne le faisait pas. Lentement, prudemment, il extirpa le dernier bonbon du tube d'emballage désormais vide. Il le laissa vite tomber dans sa bouche. Quand ils avaient été balancés ici, il lui en restait la moitié d'un paquet. Il avait sucé une à une ses pastilles à la menthe, sans le dire à Ben. Il était persuadé que son collègue aurait fait la même chose, alors pourquoi s'en priver ? Ses accès de mauvaise conscience avaient été étouffés par la faim qui lui tiraillait l'estomac. Il fit longuement tourner le bonbon dans sa bouche, laissant le sucre se dissoudre doucement et tomber goutte à goutte dans sa gorge. C'était chaud, sucré, réconfortant.

Qu'allait-il faire à présent ? Ses maigres réserves étaient épuisées. Et il n'arrivait pas à dormir, ce qui accentuait encore plus sa faim. Qu'est-ce qu'il allait – ils allaient – bien pouvoir bouffer maintenant ? Du charbon ? Il eut un rire amer qu'il ravala aussitôt. L'écho résonnait bizarrement, or il était déjà suffisamment sur les nerfs comme ça. *Il fallait rester calme.* Il avait subi deux crises cardiaques durant les cinq années précédentes, il n'avait pas besoin d'en faire une autre – pas là-dedans.

D'abord sous le choc de leur incarcération, il avait ensuite été très actif, essayant désespérément de trouver un moyen de s'échapper. Les parois du silo étant rouillées par endroits, après avoir tiré comme un forcené, il avait réussi à arracher un éclat de métal de cinq centimètres. Ça lui faisait un outil. Il avait frappé les murs avec, essayé de percer un trou, et même tenté de s'en servir comme d'un crampon pour l'aider à se hisser en sécurité. Hélas, tout avait été vain et il s'était affaissé au sol, vaincu.

Soudain les larmes roulèrent le long de ses joues. L'idée de mourir dans un trou confiné loin de ses garçons l'emplissait d'un désespoir inconsolable. Il avait mené une bonne vie. Accompli de bonnes choses. Du moins essayé. Il ne méritait pas *ça*. Personne ne méritait ça. Repoussant le charbon d'un geste rageur, il se façonna un petit creux et s'installa pour la nuit. Ben était-il toujours endormi ? Comme les cris avaient cessé, il n'était sûr de rien. Aurait-il dû réconforter son collègue pendant ses terreurs nocturnes ? Ben lui en voudrait-il de ne pas l'avoir fait ?

Cela influerait-il sur sa manière de penser, maintenant qu'ils étaient… Peter laissa mourir cette pensée : il refusait d'aller par là. Au fond, il n'avait aucune idée de ce que Ben pensait ou ressentait. Il le connaissait en tant que collègue, pas en tant qu'homme. Ben avait toujours été très évasif concernant son passé – pourquoi ? Était-ce à cause de *lui* s'ils se retrouvaient là ? Furieux, Peter s'apprêtait à l'interpeller quand il se ravisa brusquement. Mieux valait ne l'accuser de rien : Dieu seul savait comment il pourrait réagir.

Allongé sur sa couche glacée, Peter s'en voulait de ne jamais avoir pris la peine de mieux connaître Ben. Mais la vérité nue, c'est qu'on ne peut jamais vraiment connaître son prochain.

Cette pensée allait le tenir éveillé toute la nuit.

17

Le bureau était une vraie ruche. Sur le tableau, on punaisait des portraits d'Amy et de Sam, des cartes montrant leur trajet de Londres au comté du Hampshire, des schémas et des photos illustrant le plan de la fosse abandonnée, des listes d'amis et de proches et ainsi de suite. Sanderson, McAndrew et Bridges, au téléphone, suivaient la piste de témoins potentiels, tandis que les opérateurs rentraient les détails pertinents dans le logiciel $HOLMES_2$, croisant les spécificités de cet enlèvement avec les dizaines de milliers de crimes stockés dans la vaste base de données de la police. Le lieutenant Grounds se tenait au-dessus d'eux, passant scrupuleusement en revue les résultats.

Mark s'attarda sur le seuil, incapable d'entrer. Sa tête le lançait, il était assailli par des vagues successives de nausée ; la simple activité de la pièce lui donnait le tournis. Il était tenté de se carapater, mais il savait qu'il devait braver la tempête. Il entra et se dirigea droit vers le bureau de Charlie.

« Juste à temps, s'enthousiasma-t-elle. La réunion d'équipe commence dans dix minutes. Je m'apprêtais à y aller au culot, mais maintenant que tu es là... »

Dans des jours comme celui-là, Mark aimait vraiment beaucoup Charlie. Malgré son comportement minable et son manque global de professionnalisme, elle ne le jugeait jamais. Loyale, elle lui apportait toujours son soutien. Le remords le titilla de l'avoir laissée en plan.

« Et si j'allais te chercher un café ? Refais-toi une beauté et prépare-toi à un bon coup de gueule », poursuivit-elle.

Elle s'extirpait de son siège pour mettre son plan à exécution quand la voix d'Helen retentit.

« Capitaine Fuller. C'est gentil de vous joindre à nous. »

Mark se décomposa. Son répit avait été de courte durée. Tournant les talons, il entama la longue marche de la honte jusqu'au bureau d'Helen. L'équipe faisait mine de s'affairer, mais tout le monde avait un œil sur le condamné.

Il referma la porte derrière lui et fit face à Helen. Elle ne lui proposa pas de s'asseoir, il resta debout. Elle voulait clairement que toute l'équipe puisse le voir. Sa honte monta encore d'un cran.

« Je suis désolé, chef. »

Helen interrompit son travail.

« Désolé pour quoi ?

— D'avoir raté notre rendez-vous. De manquer de professionnalisme. De... »

Il avait préparé un discours en se rendant au commissariat, mais maintenant les mots lui échappaient. Il avait beau se creuser la cervelle, ils s'éloignaient en dansant. Dans sa tête, le pilonnement s'aggrava, son vertige s'intensifia : il n'avait qu'une envie, se barrer d'ici.

Helen le dévisageait avec une expression difficile à déchiffrer. Était-ce de la colère ? De la déception ? Ou juste de l'ennui ?

Long silence. Puis elle finit par prendre la parole.

« Bon. »

Mark la regardait fixement, incertain de ce qu'elle attendait de lui.

« Tu veux bien m'expliquer ce qui se passe ? Tu es à la bourre. Tu es beurré. Et pour un homme jeune, t'as vraiment une sale gueule. »

C'était incontestable, Mark garda donc le silence. Il savait d'expérience qu'il valait mieux ne pas interrompre Helen quand elle était lancée.

« Je sais que tu as passé une sale période, Mark, mais maintenant je te le dis, tu es à deux doigts de te griller ici. Whittaker adorerait avoir une bonne excuse pour se débarrasser de toi, crois-moi. Je n'ai pas envie que ça arrive, alors explique-moi ce qui se passe. On est au pied du mur, j'ai besoin de la présence physique et mentale de mon adjoint.

— Je suis sorti et j'ai bu deux ou trois verres...

— Recommence. »

Dans la tête de Mark, le martèlement s'accéléra, s'intensifia.

« D'accord, j'ai bu un paquet de verres, mais je sortais avec deux potes et...

— Recommence. Et si tu me mens encore une fois, je décroche le téléphone et je me charge personnellement d'appeler Whittaker. »

Il baissa les yeux. Il détestait ce coup de projecteur sur ses beuveries, il sentait la désapprobation. Tout le monde savait qu'Helen ne buvait jamais, alors comment reconnaître qu'il se mettait la tête à l'envers tous les soirs sans sembler complètement pitoyable ?

« Où es-tu allé ?

— Au Unicorn.

— Mon Dieu. Et ?

— J'ai bu là-bas de huit heures du soir à huit heures du matin. Bière, whisky, vodka. »

Voilà, c'était dit, il avait tout déballé.

« Ça fait combien de temps ?

— Deux mois. Peut-être trois.

— Tous les soirs ? »

Mark haussa les épaules. Il n'arrivait simplement pas à se résoudre à dire « oui », même s'il était évident que c'était la réponse. Il était clair désormais – pour elle comme pour lui – qu'il glissait dangereusement sur la pente de l'alcoolisme. Il aperçut son reflet dans le mur vitré derrière Helen. Dans son imagination, il était toujours le type séduisant d'il y a un an – grand, mince, épais cheveux bouclés – mais il était tombé dans un gouffre profond à présent, et ça se voyait. Sa peau était flasque, ses yeux ternes. Une épave merdique et mal rasée.

« Je ne crois pas que je puisse continuer. »

C'était sorti comme ça. Il n'avait pas eu l'intention de le dire. Il n'avait pas voulu. Sauf qu'il avait vraiment besoin de parler à quelqu'un. Helen avait toujours été juste avec lui. Il lui devait d'être franc.

« Je ne pense pas que ce soit juste vis-à-vis de toi ni vis-à-vis de l'équipe de laisser traîner cette situation... »

Helen le dévisagea. Pour la première fois ce jour-là, Mark remarqua un adoucissement dans son expression.

« Je sais ce que tu ressens, Mark, et si tu veux t'arrêter un peu, pas de problème. Mais il est hors de question que tu me balances ta démission. »

Il y avait une détermination d'acier dans sa voix.

« Tu es trop doué pour tout foutre en l'air. Tu es le meilleur capitaine avec lequel j'aie jamais travaillé. »

Mark ne savait pas quoi dire. Il s'était attendu à de la dérision, pourtant le ton d'Helen était amical et sa proposition d'aide semblait sincère. C'est vrai qu'ils avaient vécu un tas de choses tous les deux – la résolution des meurtres de Paget Street l'année précédente avait été l'apogée de sa carrière – et avec le temps, une étroite complicité professionnelle s'était nouée entre eux. La bienveillance de sa chef était à bien des égards pire qu'une engueulade.

« Je veux t'aider, Mark, poursuivit-elle. Mais il va falloir que tu bosses avec moi sur ce coup. On est en pleine enquête criminelle, alors quand je te donne rendez-vous quelque part à neuf heures trente, t'as plutôt intérêt à te pointer. Si tu n'es pas capable de faire ça – ou que tu n'en as pas envie – je demanderai ton transfert ou ta suspension. Compris ? »

Mark hocha la tête.

« Plus de petits déj' à la vodka. Plus de pause au pub. Plus de mensonges. Si tu me fais confiance, je t'aiderai et on arrivera à s'en sortir, mais il faut que tu me fasses confiance. Tu me fais confiance ? »

Mark chercha son regard.

« Bien sûr que oui.

— Parfait, alors au boulot. Réunion d'équipe dans cinq minutes. »

Sur ce elle se remit à bosser. Mark quitta son bureau, décontenancé mais soulagé. Helen Grace le surprendrait toujours.

18

En regagnant à moto son appartement en centre-ville, Helen se rejouait la conversation qu'elle avait eue avec Mark. Avait-elle été trop dure ? Trop douce ? Était-elle en train de répéter des erreurs qu'elle avait déjà commises ? Elle ressassait encore ces questions quand elle ferma la porte d'entrée derrière elle. Après avoir mis la chaîne, elle alla droit sous la douche. Ça faisait quarante-huit heures non-stop qu'elle était debout, elle avait besoin de se sentir propre à nouveau.

Elle se plaça face au carrelage, l'eau lui martela le cou et la poitrine, puis elle se retourna. Le jet brûlant lui frappa le dos et aussitôt une vague de douleur lui parcourut le corps. Au début, c'était atroce, puis la sensation cuisante se dissipa progressivement et elle sentit le calme revenir.

Tout en se frictionnant avec une serviette, elle retourna dans sa chambre. Une fois sèche, elle laissa tomber le linge au sol et se regarda dans le miroir en pied. Nue, elle était séduisante, pourtant peu étaient ceux à l'avoir vue ainsi. Comme elle redoutait l'intimité et se méfiait des inévitables questions, ses aventures avaient été pour la plupart occasionnelles et de courte durée. D'ailleurs les hommes ne s'en étaient pas formalisés : globalement, ils avaient paru sacrément contents de tomber sur une femme qui acceptait de coucher avec eux sans leur coller aux basques après.

Ouvrant son armoire, Helen ignora les rangées de jeans et de chemises au profit d'une tenue de sport : comme elle devait se rendre à un cours de kick-boxing plus tard, il n'y avait pas vraiment d'intérêt à se changer deux fois. Elle contempla brièvement les uniformes qu'elle portait quand elle était îlotier, soigneusement conservés dans des housses impeccables. Cette époque l'avait construite. Le premier jour où elle avait noué ses cheveux, sanglé son gilet de protection anti-couteau et mis le pied dans la rue avait été l'un des plus heureux de sa vie. Pour la toute première fois, elle avait eu l'impression d'être à sa place. De compter. Elle se délectait de voir comment l'anonymat asexué de l'uniforme conjugué à la sécurité et à la force qu'il procurait modifiaient son apparence et ses sentiments. C'était comme un déguisement, mais un déguisement que tout le monde reconnaissait et appréciait. Une petite part d'elle se languissait de cette époque, seulement elle était trop ambitieuse et avait trop la bougeotte pour rester longtemps agent.

Remisant la nostalgie, elle se fit une tasse de thé et se dirigea dans le salon. Une vaste pièce spartiate. Pas grand-chose en matière de photos aux murs, pas de magazines qui traînaient. Propre et net, tout était à sa place.

Elle choisit un livre et se mit à lire. Les étagères ployaient sous les volumes. Des bouquins sur la criminologie, les crimes en série, une histoire de la ville de Quantico – tous lus et relus. Elle n'était pas trop fiction – elle ne croyait pas aux happy ends –, en revanche elle attachait beaucoup de prix à la connaissance. Tout en feuilletant un de ses essais préférés sur la psychologie criminelle, elle alluma une cigarette. Après avoir vainement essayé d'arrêter à plusieurs reprises, elle avait arrêté d'essayer. L'effet planant que fumer continuait à lui procurer lui permettait de supporter l'autocritique. Tout le monde a une sale habitude ou deux, se disait-elle.

Soudain elle songea à Mark. Ses mots avaient-ils eu l'effet escompté ou se trouvait-il au Unicorn en ce moment même, à noyer ses chagrins dans l'alcool ? Cette sale habitude-là risquait de lui coûter son boulot, voire sa vie – elle espérait sincèrement qu'il puisse arriver à s'éloigner du précipice. Elle n'avait pas envie de le perdre.

Elle essaya de se concentrer sur son livre, mais elle lisait les mots sans les comprendre et passait son temps à revenir en arrière pour retrouver le fil logique. L'oisiveté n'avait jamais été son truc : c'était l'une des raisons pour lesquelles elle bossait si dur. Elle tira plus fort sur sa clope : elle sentait ce sentiment de mal-être familier l'envahir de nouveau. Elle écrasa son mégot, laissa tomber son bouquin sur la table basse, attrapa son sac de sport et descendit en courant à sa moto. Elle ferait peut-être un saut au bureau en allant au gymnase : si ça se trouve, il y avait du nouveau. Dans un cas comme dans l'autre, elle allait s'occuper pendant quelques heures, ainsi l'obscurité ne vaincrait pas.

19

Je ne me rappelle pas la première fois que j'ai vu mon père frapper ma mère. Je ne me rappelle pas vraiment ce que je vois de toute façon. C'est les bruits dont je me souviens le mieux. Le bruit d'un poing sur un visage. D'un corps qui vient s'écraser sur la table de la cuisine. Un crâne qui percute un mur. Les gémissements. Les cris. Les injures à la chaîne.

On ne s'y habitue jamais. Mais on finit par s'y attendre. Et chaque fois que ça arrive, la colère monte d'un cran. Le sentiment d'impuissance aussi.

Elle ne rendait jamais les coups. C'est ça qui me foutait en rogne. Elle encaissait, point barre. Comme si elle le méritait. Était-ce vraiment ça qu'elle pensait ? N'importe, si elle n'avait pas l'intention de se battre avec lui, moi si. La prochaine fois qu'il s'en prendrait à elle, je m'en mêlerais.

Je n'ai pas eu longtemps à attendre. Johnno, le meilleur pote de mon père, était mort d'une overdose d'héroïne et après l'enterrement, mon père s'était soûlé pendant trente-six heures non-stop. Quand ma mère a essayé de l'arrêter, il lui a foutu un coup de boule : il lui a pété le nez, putain. J'allais pas laisser passer ça. Alors je lui ai balancé mon pied dans les couilles, à ce connard.

Il m'a cassé le bras, défoncé les dents de devant, étranglée avec sa ceinture. J'ai vraiment cru qu'il allait me buter.

Une fois une psy m'a suggéré que c'était de là que venait mon incapacité à nouer des relations sérieuses avec les hommes. J'ai juste hoché la tête, mais j'avais qu'une envie, c'était de lui cracher à la gueule.

20

Peut-on mourir de peur ? Ça faisait des heures que Peter n'avait pas bougé.

« Peter ? »

Toujours rien : l'espoir bondit dans le cœur de Ben. Peut-être que son palpitant avait lâché : overdose d'apitoiement sur soi. Oui, voilà. Ce serait pas génial, ça ? La solution idéale. La loi du plus fort.

Il se rembrunit aussitôt. Souhaiter la mort de quelqu'un. Cette simple idée était pitoyable au vu de ce qu'il avait enduré. Et puis de toute façon, en admettant que Peter ait bel et bien rendu l'âme, cela compterait-il ? Serait-il relâché ? Ce n'était pas lui qui l'avait tué, après tout.

Ses pensées se reportèrent sur sa ravisseuse. Il ne l'avait pas reconnue – elle était frappante avec ces grandes tresses noires et ses lèvres roses pulpeuses –, alors pourquoi les avait-elle choisis ? S'agissait-il de quelque blague malsaine pour une émission de télé réalité ? Quelqu'un allait-il bientôt surgir et révéler que le flingue était rempli de balles à blanc ? Le ton de cette femme au téléphone avait laissé penser le contraire. Elle voulait de l'hémoglobine.

Il se mit à pleurer. Il y avait déjà eu tellement de sang versé dans sa vie que finir ses jours comme ça, c'était pour lui la pire des cruautés.

Maintenant. Pourquoi pas ? Juste pour voir si Peter est mort ou pas. Il en a l'air, alors où serait le problème ?

« Peter ? ... Peter ? »

Ben se releva. Comme il était impossible de le faire en silence, il le fit à grand bruit. S'étirant et bâillant, il dit :

« Je vais devoir chier, Peter. Désolé. »

Rien.

Il fit un pas vers l'arme. Puis un autre.

« Tu m'as entendu, Peter ? »

Il se baissa lentement. Sa cheville craqua – le bruit se répercuta dans tout le silo, et merde –, il s'immobilisa. Puis, lentement, sans bruit, il ramassa le flingue. Il jeta un œil à Peter, s'attendant à ce qu'il se redresse en sursaut, mais non. À son grand regret. Au moins ça aurait été un combat.

Le cran de sécurité se voyait comme le nez au milieu de la figure, il le retira. Puis il visa le dos de Peter. Non, pas comme ça. Il pourrait se louper. Ou simplement le blesser. Dieu seul sait ce qu'un ricochet pourrait faire dans cette putain de boîte de conserve. Les tuer tous les deux ? Ouais, elle serait bien bonne celle-là.

Arrête de tergiverser. Il s'approcha d'un pas.

« Peter ? »

Il est vraiment mort. Mais bon, il ferait quand même mieux de tirer pour être sûr. Être sûr de sortir. Soudain le souvenir de Jennie lui traversa furtivement l'esprit. Sa fiancée. Qui serait dans tous ses états. Qu'il verrait bientôt. Qui lui pardonnerait. Bien sûr qu'elle lui pardonnerait. Il ne faisait que ce qu'il fallait. Ce que tout le monde aurait fait.

Encore un pas.

Il abaissa l'arme de façon à ce que le canon repose presque sur la nuque de Peter. Ça y est, songea-t-il, et il commença à presser la détente. Soudain Peter se redressa et lui enfonça un éclat de métal en plein dans l'œil gauche.

21

Helen n'atteignit jamais la salle de gym. À peine eut-elle mis un pied dans le bureau que Charlie lui sauta dessus. La lieutenant guillerette avait son visage sérieux. Après un bref échange de messes basses, les deux femmes ressortirent aussi sec.

« Soirée lesbienne au gymnase », railla le lieutenant Bridges sans parvenir à dissimuler le fait qu'il fantasmait d'enlever sa culotte à la très hétérosexuelle Charlie.

Elles se faufilèrent dans la circulation du centre-ville pour se rendre au Q.G. de la police scientifique. Ce trajet de cinq minutes pouvait en prendre vingt-cinq aux heures de pointe, or avec les gens qui faisaient leurs courses de Noël et les fêtards qui envahissaient Southampton, ça risquait d'être un jour à vingt-cinq. La saison des fêtes d'entreprises battait son plein. Helen pestait contre les cars qui encombraient les voies de bus. Elle sortit sirène et gyrophare et de mauvaise grâce, on lui céda la place. Elle enfonça l'accélérateur et roula droit dans une flaque toute fraîche de vomi, éclaboussant au passage le coupable surpris. Charlie retint un sourire.

Quand elles pénétrèrent dans le Q.G. de la police scientifique, la Lexus argent de Ben Holland était montée sur le pont élévateur en vue de l'inspection. Sally Stewart, incontournable en ce lieu, les attendait.

« Charlie t'a déjà expliqué l'essentiel, mais je me disais que tu devais voir ça de tes propres yeux. »

Elles se placèrent sous la voiture et levèrent la tête. Sally dirigea le faisceau de sa lampe stylo vers l'arche de la roue arrière droite.

« Assez crado, pas étonnant vu le nombre de kilomètres que votre conducteur faisait chaque semaine. Mais cette arche-là semble plus sale et pue davantage que les trois autres. Pourquoi ? Parce qu'elle a mariné dans l'essence. »

Elle leur fit signe de sortir et une fois qu'elles furent toutes à l'extérieur du pont, Sally baissa la Lexus de façon à ce qu'elle se trouve presque à hauteur d'yeux.

« Voilà pourquoi. »

Aidée par son adjoint, Sally retira délicatement l'aile droite. Les entrailles de la voiture de prestige étaient désormais visibles et la lampe de Sally pointait le réservoir. Helen écarquilla les yeux.

« Le réservoir a été percé. Ce n'est pas un gros trou, mais comme il se trouve sur la partie inférieure, il était condamné à se vider complètement. À en juger par les dépôts sur l'arche de la roue, je dirais qu'il était quasi plein quand vos deux hommes ont quitté Bournemouth. Il a dû se vider vite et de façon régulière – d'après mes estimations à un rythme d'environ 1,5 litres par minute – ce qui signifie que votre conducteur devait tomber en panne d'essence grosso modo au milieu du New Forest. Quant à savoir pourquoi il passait par là, ça me dépasse. »

Helen ne fit aucun commentaire. Les rouages de son cerveau ronronnaient déjà, essayant d'analyser ce nouvel élément.

« D'où votre prochaine question : a-t-il été percé par accident ? Tout est possible, mais je dirais que non. Le trou est trop propre, trop rond : comme si quelqu'un avait enfoncé un petit clou au marteau dans le fond du réservoir. S'il s'agissait bel et bien d'un sabotage, c'était simple et efficace. »

Sur ce, Sally passa à la suite. Son boulot n'était pas d'expliquer le pourquoi du comment, c'était d'exposer les faits. Helen et Charlie échangèrent un regard : il était clair qu'elles pensaient la même chose. Comme il venait juste de faire le plein, Ben n'avait pas dû prêter attention à la jauge du carburant et ne s'était rendu compte que trop tard qu'il était presque à sec. Même quand le voyant s'était allumé, il ne lui restait probablement qu'une minute ou deux avant que le réservoir soit complètement vide.

« Elle devait le savoir, réfléchit Helen tout haut. Elle devait *savoir* que Ben et Peter effectuaient ce trajet chaque semaine. Que Ben faisait toujours le plein à la station Esso. Elle devait avoir mené sa petite enquête : la taille du réservoir, le rythme de la consommation d'essence, la taille du trou requis...

— Histoire qu'ils tombent en rade pile là où elle voulait, compléta Charlie.

— Elle les *suivait.* Le voilà notre point de départ. Va voir la famille d'Amy : est-ce qu'ils ont attiré l'attention sans le vouloir, est-ce qu'il y a eu des cambriolages suspects, n'importe quoi. Même chose pour les Holland et les Brightston. »

Elles tenaient leur ouverture. Helen espérait que ça porterait ses fruits, mais elle avait le sentiment que cette partie allait être longue, acharnée et meurtrière. Ils avaient clairement affaire à quelqu'un d'organisé, intelligent et précis. Si le mobile de ces crimes restait un mystère, le calibre de la tueuse ne faisait, lui, plus aucun doute. La plus grande question désormais était de savoir où étaient Ben et Peter. Et si on reverrait l'un ou l'autre vivant.

22

Plusieurs heures après l'attaque, l'adrénaline pulsait toujours. La colère n'ayant pas encore cédé place à la culpabilité, Peter Brightston faisait les cent pas en insultant sa victime. Ce type s'apprêtait à le *canarder*, et dans la nuque en plus – il s'attendait à quoi, putain ?

Il eut un rire amer en se rappelant que c'était lui qui avait donné ce boulot à Ben au cabinet – le préférant à des candidats plus qualifiés – parce qu'il avait aimé son culot, son énergie. Et c'est comme ça qu'il le remerciait ? Ce type n'avait pas hésité, il s'apprêtait à lui faire sauter le caisson, comme ça. Sale con. Enfin, il avait eu ce qu'il méritait : il avait beuglé comme un cochon qu'on égorge quand Peter lui avait enfoncé l'éclat dans l'œil.

Peter agrippait l'arme sur laquelle le sang de Ben coagulait lentement. Même si le pire était désormais passé, il ne voulait – ne pouvait – pas la lâcher.

Ça avait été de la légitime défense. Évidemment. Il ne fallait pas qu'il l'oublie. Et pourtant il avait façonné cet éclat de métal si soigneusement, si discrètement, qu'il se mentait à lui-même quand il se disait qu'il n'avait rien planifié, non ? Il savait que Ben ne l'aimait pas. Qu'il lui manquait de respect. Blaguait sur lui dans son dos. Y avait-il jamais eu aucun doute quant au fait que Ben se considérerait prioritaire ? Peter l'avait su et avait agi en conséquence. C'était la seule chose raisonnable à faire. Il avait une femme et des gosses. Qu'est-ce qu'il avait, Ben ? Une fiancée que tout le monde disait cruche et cupide. Leur mariage promettait de rivaliser avec celui de Katie Price[1] en termes de ringardise : voiture à cheval rose, robe meringue, poneys, garçons d'honneur, un truc à peine digne de la plus mauvaise presse people et dont on parl…

Ben est mort. Du sang s'écoule par le trou dans son visage. Il n'y aura pas de mariage.

Silence. Le silence le plus horrible, le plus solitaire que Peter ait jamais connu. Un meurtrier seul avec sa victime. Mon Dieu.

Soudain, une lumière aveuglante. La trappe s'ouvrit brusquement, le soleil de la mi-journée s'y engouffra, lui brûlant la rétine. Un objet lourd lui tomba sur la tête.

Une échelle de corde.

Ses poumons s'emplirent d'air frais, d'oxygène, et tout son corps se convulsa sous un sentiment d'euphorie. Il était libre, il était vivant. Il avait *survécu*.

Il boitilla le long de la tranquille route de campagne. Personne ne passait plus par là, alors quelle chance y avait-il que quelqu'un lui vienne en aide ? Même s'il avait gagné sa liberté, il soupçonnait encore tout ce manège de n'être qu'un piège. Qu'elle se moquait de lui qui traînait son corps meurtri sur le bas-côté. Qu'il allait être traqué. Il s'était résigné à mourir dans ce trou noir : se pouvait-il qu'elle honore vraiment le marché qu'ils avaient passé ? Remarquant devant lui des signes de vie, il accéléra.

Il éclata de rire quand il vit le panneau. « Bienvenue » écrit dans une police guillerette au-dessus de la porte de l'épicerie. C'était tellement sympathique qu'il en pleura. Il poussa violemment le battant et fut accueilli par une mer de visages alarmés : des retraités et des écoliers choqués

1. Mannequin britannique née en 1978 connue essentiellement pour ses poses dénudées, ses mariages à répétition et ses apparitions dans des émissions de télé-réalité *(Toutes les notes sont de la traductrice.)*

par cette vision d'horreur. Le visage éclaboussé de sang, puant la pisse, Peter se précipita vers la caisse. Il s'évanouit avant d'y arriver et s'écrasa dans un étalage promotionnel de Doritos. Personne ne leva un doigt pour l'aider. On aurait dit un cadavre.

23

La centrale électrique de Dunston se dressait fièrement sur la rive ouest de l'estuaire Southampton Water. À ses heures de gloire, cette centrale à charbon avait fourni en électricité toute la côte sud et bien au-delà. Mais elle avait été fermée provisoirement en 2012, victime de la détermination du gouvernement à relancer l'alimentation énergétique de la Grande-Bretagne. Vieille et inefficace, Dunston ne pouvait pas concurrencer les alternatives à faible consommation de carbone qui se construisaient ailleurs dans le pays. Le personnel avait été recasé, le site condamné. Son déclassement n'étant pas prévu avant deux ans, ce n'était pour l'heure qu'un simple mémorial attestant d'un passé glorieux. La gigantesque cheminée centrale qui jetait une ombre filiforme sur la scène du crime donna des frissons à Helen tandis qu'elle se dirigeait vers la Rubalise jaune de la police qui battait violemment dans la brise marine.

Mark calquait ses pas sur les siens alors qu'ils s'empressaient de traverser le site. Il avait tenu à la conduire ici depuis le poste. Il n'avait pas bu et semblait un peu plus frais. Peut-être que les mots d'Helen avaient fait mouche, après tout. Ils marchaient côte à côte, elle regardait partout, analysant les possibilités.

La centrale avait jadis été pourvue d'une alarme, mais après que le système avait été saccagé pour la énième fois par des voleurs de cuivre, la décision avait été prise de ne plus s'en occuper. Tout ce qui valait la peine d'être fauché l'avait déjà été. Autrement dit, tout ce qu'« elle » avait eu à faire, c'était d'enlever la chaîne sur le portail principal et d'entrer avec sa camionnette. Y aurait-il des traces de pneus ? Des empreintes de pas ? La trappe qui surmontait le silo à charbon enterré était facilement accessible une fois qu'on se trouvait dans l'enceinte, et bien qu'une personne seule n'eût pas été capable de la soulever, elle aurait pu être ouverte sans problème par une camionnette équipée d'une chaîne. De profonds sillons creusés par des pneus laissaient penser que c'était précisément ce qui s'était produit. Restait le transport des victimes.

« Comment a-t-elle réussi à les transbahuter de la camionnette à la fosse ? s'interrogea Mark, lisant dans ses pensées.

— Ben fait un bon mètre quatre-vingts, mais il n'est pas épais. Tu dirais quoi ? Soixante-quinze kilos ?

— Ouais. Une femme aurait éventuellement pu traîner ce genre de poids mort toute seule, mais Peter…

— Il doit bien faire dans les quatre-vingt-dix kilos, voire plus. »

Helen inspecta le sol de plus près. La terre à proximité de la trappe était certes particulièrement labourée, mais était-ce dû au fait que les deux victimes avaient été traînées à l'intérieur ou à la sortie chaotique d'un Peter terrorisé ?

Cette façon de procéder était clairement mauvaise. Un flic expérimenté se garde bien d'émettre sur-le-champ des avis instinctifs au sujet de la nature du crime ou de l'identité de l'auteur. Mais Helen *savait* qu'il s'agissait-là du deuxième meurtre. Même sans prendre en compte le sabotage de la voiture de Ben, l'histoire de Peter Brightston était tellement proche de celle d'Amy que le lien était indéniable. La douleur, la culpabilité et l'horreur gravées sur le visage de Peter quand ils l'avaient récupéré avaient été les mêmes que sur celui d'Amy. Ils étaient les cartes de visite vivantes, le testament en chair et en os du sadisme d'une tierce personne. Quel était le but de toute cette mascarade ?

Il était désormais évident qu'ils avaient affaire à une serial-killeuse. Helen avait suivi les formations, lu les études de cas, et pourtant rien ne l'avait encore préparée à ça. En général, le mobile et le lien avec la victime sont faciles à identifier, là non. Ce n'était ni une lubie machiste ni un crime sexuel et il ne semblait y avoir aucune corrélation d'âge, de sexe ni de statut entre les victimes. Elle avait l'impression d'être aspirée dans un gigantesque tunnel sans lumière. Une vague de déprime l'assaillit, elle dut se pincer pour se ressaisir. Elle allait choper la responsable. Évidemment.

Ils s'approchèrent de l'embouchure de la fosse. Helen demanda à ce qu'on apporte une échelle : elle tenait à descendre rapidement, ayant hâte de savoir le pire. La trappe était déjà ouverte, elle jeta un œil à l'intérieur. Là, dans la pénombre, le corps gisait. L'homme que Peter avait assassiné. Ben Holland.

« Tu veux descendre ou j'y vais ? »

La question de Mark était pleine de bonnes intentions, il s'efforçait de ne pas être condescendant. Mais il fallait qu'elle voie de ses propres yeux.

« Ça ira. Je n'en ai pas pour longtemps. »

Prudemment, elle descendit l'échelle pour pénétrer dans le corps du silo. La puanteur était ignoble dans ce trou. Un mélange de gaz, de poussière de charbon et d'excréments. L'équipe médico-légale avait détecté des traces importantes d'un sédatif puissant, la benzodiazépine, dans les excrétions de Sam et d'Amy. Ils allaient sûrement en trouver ici aussi. Helen porta son attention sur le corps. Il était étendu face contre terre, la tête baignée dans une mare de sang coagulé. Veillant bien à ne pas le toucher, elle s'agenouilla et tendit le cou pour voir son visage.

Dégoût, puis surprise. Dégoût devant le trou sanglant à la place de l'œil gauche. Surprise en s'apercevant que ce n'était pas Ben Holland.

24

Jake eut un choc à la voir revenir si tôt. Jusqu'à présent, elle avait été relativement prévisible : une séance d'une heure par mois. Il avait été tenté de ne pas répondre à la sonnerie de l'interphone : il était vingt-trois heures passées, et pour des raisons de sécurité, toutes les rencontres se faisaient sur rendez-vous. Mais quand il avait vu son visage sur l'écran, il avait été inquiet. Inquiet et intrigué.

Il se passait quelque chose. Elle entra dans l'appartement sans le regarder et ne mentionna pas l'heure tardive. Normalement, il avait au moins droit à un petit sourire ou à un bonjour. Pas ce soir. Elle était distraite, renfermée sur elle-même, encore moins expansive que d'habitude. Elle posa l'argent sur la table et se déshabilla sans un regard pour lui. Puis elle retira son soutien-gorge et sa culotte : elle se tenait nue devant lui. Ce n'était pas vraiment ce qui se pratiquait : en général ce genre de choses conduisaient à des propositions. Lui, c'était un dominateur, pas une pute. Il fournissait un service, mais pas de ce type-là.

Il avait déjà préparé son discours quand elle se dirigea vers lui, mais elle passa sans s'arrêter, fonçant droit sur l'arsenal de gâteries. Encore une autre règle violée car lui seul était autorisé à choisir la méthode de punition. Ça faisait partie du truc : le dominé ne savait pas exactement à quelle sauce il allait être mangé. Cependant il se tut, il y avait quelque chose ce soir dans le comportement de cette femme qui interdisait toute protestation. Il ressentit un petit frisson de peur et d'excitation mêlées. C'était comme si les choses prenaient une tournure nouvelle et que pour une fois, ce n'était pas lui qui était aux commandes.

Ignorant les cravaches, elle se dirigea directement vers les fouets cloutés. Elle fit courir ses doigts dessus avant de choisir le pire. Celui-là était réservé aux maso hard-core, pas vraiment son truc à elle, pourtant elle le lui donna et se dirigea d'un pas décidé vers le mur. Il la mit aux fers. Toujours pas un mot n'avait été prononcé.

Il se sentait bizarrement hésitant, comme s'il ignorait à quel jeu il jouait. Son premier coup fut donc un peu mou.

« Plus fort. »

Il s'exécuta, ce n'était pas assez.

« PLUS FORT. »

Alors il se lâcha. Et cette fois-ci, le sang coula. Le corps d'Helen tressaillit sous la douleur puis parut se détendre tandis qu'un filet de sang coulait le long de son dos.

« Encore. »

Comment cela allait-il se terminer ? Il n'en savait rien. Sa seule certitude, c'est que cette femme voulait saigner.

25

« Répète-moi ce qui s'est passé. »

Amy ferma les yeux et baissa la tête. Charlie semblait être quelqu'un de gentil, elle s'y était prise tout en douceur avec elle, mais pourquoi fallait-il qu'elle fasse ça ? Depuis la fin de sa détention provisoire, Amy avait essayé tout et n'importe quoi pour *arrêter* d'y penser. Au début, sa mère lui avait collé au train comme un limier, mais elle avait lâché du lest quand Amy avait pété un câble. Débarrassée momentanément de cette ombre, elle avait déniché les restes alcoolisés d'une fête et la planque de Valium « secrète » de sa mère puis, voyant que ça restait sans effet, elle avait eu recours aux somnifères de son père. Grosse erreur. Dans ses rêves – ses cauchemars – Sam était toujours présent. Il lui souriait. Riait. C'était insupportable, elle s'était réveillée en hurlant et s'était retrouvée devant la porte d'entrée en train de secouer la chaîne, essayant désespérément de s'échapper. Elle avait décidé sur-le-champ de rester éveillée tout le reste de sa vie – de ne jamais céder au sommeil – et d'éviter tout contact humain. Mais voilà que la police était revenue, lui rappelant son horrible trahison.

« Vous faisiez du stop. Il pleuvait. Une camionnette s'est arrêtée. »

Amy hocha la tête sans mot dire.

« Décris-moi la camionnette.

— J'ai déjà fait une déposition, je...

— S'il te plaît. »

Profond soupir fébrile. Impression de suffocation. Et soudain les larmes jaillirent de nouveau : Amy se força à les refouler.

« C'était un Transit.

— Quelle marque ?

— Ford ? Vauxhall ? Un truc dans ce genre. Il était blanc.

— Qu'est-ce qu'elle vous a dit ? Les mots exacts, s'il te plaît. »

Amy réfléchit, réticente à replonger dans ce souvenir.

« "Besoin d'aide ?", c'est ça qu'elle a dit. "Besoin d'aide ?" Après elle a ouvert la portière passager, il y avait suffisamment de place pour trois dans la cabine, alors on est montés. Et putain de merde, qu'est-ce que je regrette ! »

Cette fois-ci elle pleura. Charlie la laissa tranquille un instant avant de lui tendre un mouchoir en papier.

« Est-ce qu'elle avait un accent ?

— Du Sud.

— Tu peux être plus précise ? »

Amy secoua la tête.

« Qu'est-ce qu'elle a dit ensuite ? »

Amy se repassa la scène, plan par plan. La femme avait expliqué qu'elle était chauffagiste et qu'elle rentrait chez elle après avoir fait un déplacement d'urgence. Amy ne se rappelait pas avoir vu de logo ni de nom sur la camionnette, peut-être qu'il y en avait un, elle n'avait pas fait attention. Elle leur avait parlé de son mari – qui ne savait rien faire de ses dix doigts – et de ses gamins – elle en avait deux. Elle leur avait demandé où ils allaient par cette nuit d'hiver glaciale, puis leur avait offert à boire.

« Quels mots a-t-elle employés ?

— Elle a remarqué que je frissonnais un peu alors elle a dit : "Ça te ferait pas de mal de te réchauffer". C'est tout. Ensuite elle nous a proposé sa Thermos.

— C'était une boisson chaude ? Ça sentait quoi ?

— Ça sentait ce que c'était. Du café.

— Et le goût ?

— Bon.

— À quoi elle ressemblait ? »

Quand cela allait-il finir ?

« Elle avait des cheveux blonds coupés courts. Elle portait des lunettes de soleil effet miroir sur le sommet du crâne. Un bleu de travail. Des boucles d'oreilles avec un fermoir à vis, je crois. Des ongles courts, crasseux. Je les voyais sur le volant. Les mains sales. Je n'ai vu son visage que de profil. Un nez proéminent, des lèvres assez pulpeuses. Pas de maquillage. Taille moyenne. Elle avait l'air normale. Complètement normale, bordel, O.K. ? »

Sur ce, Amy sortit du salon et monta droit à l'étage, les larmes l'étranglaient, elle peinait à respirer. Assaillie par la plus atroce des culpabilités, elle se laissa aller à la colère. Sam s'en était bien sorti. Il était mort. Pour lui, la souffrance était terminée. La sienne allait durer. On ne la laisserait jamais oublier ce qu'elle avait fait. En regardant les pavés de la rue depuis la fenêtre de sa chambre mansardée, elle se demandait si Sam lui ferait bon accueil au cas où elle déciderait de le rejoindre. Soudain saisie par cette idée, elle tira sur la poignée, mais la fenêtre avait été verrouillée et la clef avait disparu. Même sa famille la torturait à présent.

26

« À quoi ressemblait-elle ? »

Peter Brightston frissonnait. Depuis qu'ils l'avaient récupéré, il frissonnait. Tout son corps tremblait, battant le rythme de son traumatisme d'une manière étrangement primale. Helen était persuadée qu'il allait tourner de l'œil d'un moment à l'autre. Pourtant les médecins de l'hôpital leur avait donné le feu vert pour l'interroger, alors...

Il refusait de la regarder. Les yeux rivés sur ses mains, il tirait sur les perfusions qui jaillissaient de son corps pareilles à des tentacules.

« À quoi ressemblait-elle, Peter ? »

Une longue pause puis, les dents serrées :

« Elle était sacrément bien foutue. »

Helen ne s'attendait pas à ça.

« Décrivez-la. »

Un profond soupir, puis :

« Grande, musclée... les cheveux noirs... noir corbeau. Longs. En dessous des épaules. Un T-shirt blanc moulant. Des beaux nichons.

— Le visage ?

— Maquillée. Lèvres pulpeuses. J'ai pas vu ses yeux. Verres teintés : des Prada.

— Prada, vous êtes sûr ?

— Je les avais trouvées jolies. J'avais pris note. Je m'étais dit que je pourrais en acheter une paire à Sarah pour notre anniver... »

Et là il se mit à sangloter.

Ils finirent par arriver à lui soutirer un peu plus d'informations. La femme conduisait un Vauxhall Movano rouge qui appartenait à son mari. Elle vivait avec son mec et trois gosses à Thornhill. Ils étaient en pleine installation à Bournemouth et économisaient en se chargeant eux-mêmes du déménagement, d'où la camionnette. Elle était bavarde, pétulante, malicieuse, c'est pour ça qu'elle leur avait proposé la flasque de son mari, toujours aussi mal cachée sous l'atlas routier dans la boîte à gants. Évidemment Peter avait accepté, avant de la faire passer à Ben. Parvenu à ce moment-là de son témoignage, il se figea de nouveau.

Helen laissa Charlie le dorloter. Elle savait s'y prendre avec les hommes. D'une beauté plus conventionnelle que la sienne, elle avait une attitude décontractée et sécurisante : pas étonnant qu'elle les attirât comme des mouches. Quand elle était d'humeur mesquine, Helen la trouvait fade, mais c'est sûr, elle avait son utilité et avec le temps, elle deviendrait un bon flic. Cela dit, c'était à Mark qu'elle confiait ses théories et c'était de lui qu'elle avait besoin à présent.

Le White Bear se trouvait à l'écart dans une ruelle derrière l'hôpital. Provocatrice, Helen avait délibérément choisi ce lieu en guise de test et jusque-là, Mark s'en sortait plutôt bien, savourant un Schweppes Light. C'était bizarre de se retrouver dans un pub, on aurait presque dit un rendez-vous amoureux, tous les deux le sentaient. Mais ils avaient d'autres chats à fouetter.

« Alors, à quoi on a affaire ? » attaqua Mark.

Il voyait bien que le cerveau d'Helen s'activait à plein régime pour analyser les derniers rebondissements.

« Ben Holland n'est pas Ben Holland. Son vrai nom, c'est James Hawker. »

Chaque fois qu'Helen pensait à James, c'était toujours la même image qui lui venait à l'esprit : un jeune homme éclaboussé de sang à l'air complètement paumé. Plongé par le choc dans un état catatonique.

« Son père était un homme d'affaires. C'était aussi un doux rêveur et un fraudeur. Après avoir tout perdu suite à une mauvaise opération, Joel Hawker avait décidé d'en finir avec sa vie et celle de sa famille plutôt que de braver la tempête... Il a commencé par tuer les chevaux, puis le chien, avant de mettre le feu aux écuries. Les voisins ont appelé les secours, mais c'est moi qui suis arrivée en premier. »

Sa voix vacilla légèrement au souvenir de la scène. Mark la regardait attentivement.

« J'étais îlotier à l'époque. En voyant la fumée et en entendant des cris à l'intérieur de la maison, je me suis précipitée. La femme était morte, la fille aînée et son petit copain aussi et il s'attaquait à James avec un couteau à découper quand j'ai débarqué. »

Elle s'interrompit avant de poursuivre :

« Je l'ai foutu à terre. Je l'ai tabassé plus longtemps et plus fort que nécessaire. Ça m'a valu des félicitations, mais aussi un avertissement. »

Elle parvint à décocher un sourire contrit, auquel Mark répondit de même.

« Je m'en foutais. Je regrettais de ne pas l'avoir frappé encore plus fort.

— Du coup James a changé de nom ?

— T'en ferais pas autant, toi ? Il n'avait pas envie que ce genre de réputation le poursuive toute sa vie. Il a suivi une psychanalyse pendant un temps, essayé de vivre avec, mais en réalité tout ce qu'il voulait, c'était faire comme s'il ne s'était rien passé. J'ai essayé de rester en contact avec lui, mais un an ou deux après les meurtres il m'a laissée tomber. Il n'avait pas envie qu'on lui rappelle cet événement. J'étais triste, mais je comprenais et j'avais envie qu'il s'en sorte. Et de fait il s'en était sorti. »

C'était vrai. James avait fait des études, décroché un bon boulot et fini par trouver une fille – bienveillante, inoffensive – qui voulait l'épouser. Après un départ aussi déplorable qui vous bousille de l'intérieur, il avait réussi à se forger une vie agréable. Jusqu'à ce que quelqu'un force son collègue à le poignarder dans l'œil. Bien sûr, c'était de la légitime défense, et c'était ça le pire. James/Ben avait horreur de la violence : qu'avait-il bien pu endurer pour en arriver à essayer de tuer Peter ?

Tant de perversité, tant de malchance laissait sans voix. Et pourtant c'était bien ce à quoi ils étaient confrontés.

« Tu penses qu'ils étaient liés ? Les meurtres de Joel Hawker et la mort de Be –... James ? demanda soudain Mark, interrompant les pensées d'Helen.

— Peut-être. Mais Amy et Sam n'avaient rien à voir avec cette histoire. Où est leur place dans tout ça ? »

Le silence s'installa. S'il y avait des connexions à faire, elles étaient pour l'instant difficiles à établir.

Qu'est-ce qu'il leur restait, du coup ? Deux meurtres sadiques sans mobile qui semblaient complètement distincts et un auteur qui était soit une chauffagiste blonde négligée, soit une femme au foyer malicieuse avec de gros airbags et de longues tresses corbeau. Un beau merdier, voilà ce qu'il leur restait.

Tandis que Mark parcourait le pub du regard, il sentait gonfler son besoin d'alcool. Tout autour de lui des hommes et des femmes riaient, blaguaient, buvaient. Vin, bière, alcool fort, cocktails, digeos : ils levaient le coude avec désinvolture.

« Tu t'en sors très bien, Mark. »

Les mots d'Helen le sortirent brutalement de sa contemplation. Il lui lança un regard en coin. Sa pitié, c'était bien la dernière chose qu'il souhaitait susciter.

« Je sais que c'est dur, mais c'est le début d'une nouvelle vie. On va faire en sorte que tu ailles mieux. Et on va le faire ensemble. D'accord ? »

Mark hocha la tête, reconnaissant.

« Tu peux m'envoyer paître et préférer aller aux Alcooliques Anonymes, je comprendrai. Seulement je ne pense pas qu'ils te connaissent. Ils ne savent pas ce qu'on vit jour après jour. Ce que ça nous fait. Et c'est pour ça que je vais t'aider. Chaque fois que tu auras besoin de compagnie, chaque fois que tu auras besoin d'aide, je serai là pour toi. Il y aura des moments – des tas de moments – où tu auras vraiment vraiment envie de boire. Et ce n'est pas grave : que tu le veuilles ou non, ça arrivera. Voilà le marché que je te propose. Tu ne boiras jamais qu'en ma présence. Et quand je te dirai d'arrêter, tu arrêteras. Compris ? »

Il ne dit pas non.

« C'est comme ça qu'on arrivera à vaincre cette saloperie. Mais si je découvre que tu n'as pas respecté cette règle, que tu m'as menti, je te laisserai tomber comme une merde. Compris ? Parfait. »

Elle disparut vers le bar et revint avec une bouteille de blonde, qu'elle poussa vers lui à travers la table. Il s'en empara d'une main tremblotante. Porta le goulot à ses lèvres. La bière fraîche coula le long de sa gorge. Helen la lui reprit aussitôt. Pendant un instant, il eut envie de la cogner. Ensuite l'alcool atteignit son estomac. Et tout s'améliora momentanément. Il se rendit alors compte qu'elle lui tenait toujours la main. D'instinct, il se mit à la lui caresser avec le pouce. Elle se dégagea.

« Laisse-moi te dire clairement une chose, Mark. Il ne s'agit pas de *nous*. Il s'agit de *toi*. »

Il avait mal analysé la situation. Et maintenant il avait l'air d'un con. Caresser la main de sa supérieure. Quel crétin. Ils partirent peu après. Helen le regarda s'en aller en voiture : sûrement pour s'assurer qu'il n'allait pas remettre les pieds au pub. À présent que l'optimisme chaleureux de l'après-midi induit par la bière se dissipait, Mark se sentait vide et seul.

À la tombée de la nuit, il gara sa Golf devant ce qui avait jadis été sa maison familiale. Elsie devait être dans sa chambre à l'heure qu'il était, avec son doudou Sheepy, baignée dans la lueur verte de sa veilleuse. Même s'il ne la voyait pas, la savoir là le remplissait d'amour. Ça ne suffisait pas, mais il faudrait faire avec – pour l'instant.

27

Une fois de retour au commissariat de Southampton, Helen trouva le commissaire Michael Whittaker qui l'attendait. Cet homme charismatique de quarante-cinq ans – fana de plein air, bronzé, athlétique – était le chouchou des membres féminins de son personnel administratif, qui rêvaient d'emballer ce célibataire jouissant de pouvoir et de succès. Malin, il avait l'œil pour repérer tout ce qui était susceptible d'aider ou d'entraver sa carrière. À une époque il avait excellé dans l'art de choper les voleurs, jusqu'à ce qu'une vilaine fusillade lors d'un cambriolage de banque merdique l'allège d'un demi-poumon et le place aux commandes d'un bureau. Dans l'incapacité d'être sur le terrain pour diriger les opérations, il avait tendance à jouer au chef quand il avait l'impression que les choses n'avançaient pas assez vite ou commençaient à déraper. S'il avait survécu – et prospéré – depuis si longtemps, c'était grâce à son souci du détail.

« Comment elle s'y prend ? aboya-t-il à l'adresse d'Helen. Elle opère seule ou elle a de l'aide ?

— Difficile à dire pour l'instant. Elle travaille discrètement, sans laisser de traces, ce qui laisse penser qu'elle n'a pas de complice. Elle est méticuleuse, précise, et personnellement je la vois mal impliquer quelqu'un d'autre dans une opération aussi soigneusement planifiée. Elle utilise la drogue et non la force pour soumettre ses victimes, donc là encore, cela pourrait signifier qu'elle n'a ni besoin ni envie d'aide. De toute évidence, la question qui suit est celle-ci : comment les déplace-t-elle ? Ils sont transportés dans une camionnette de type Transit où ils peuvent facilement être dissimulés une fois K.-O. et jusqu'à l'arrivée à destination. Elle choisit pour les emprisonner des lieux oubliés et reculés, de façon à ce qu'elle ait peu de chance de se faire repérer quand elle les sort de la camionnette. A-t-elle besoin d'aide pour les déplacer ? Possible, cela dit ses quatre victimes présentent des brûlures de frottement autour des chevilles. On aurait donc pu les ligoter pour les traîner. Leurs écorchures sur les jambes, le torse et la tête pourraient faire suite à une traction sur un sol accidenté, mais ça n'aurait pas été une mince affaire. Mettons qu'on ligote les chevilles de Peter Brightston, il reste quand même toujours quatre-vingt-dix kilos de poids mort à se traîner. Possible, mais difficile.

— Et les camionnettes, alors ? repartit Whittaker, laissant peu de répit à Helen.

— Rien de concret. Amy n'est pas sûre de la marque de la sienne et il n'y a aucune caméra de circulation à proximité de l'endroit où elle a été retrouvée pour nous aider. Peter est certain d'avoir été enlevé dans un Vauxhall Movano, mais rien que dans le Hampshire, il y en a des dizaines de volés par mois. Il est rouge, ça aide un peu, mais elle aurait pu le repeindre. Comme les deux hommes ont été récupérés dans le New Forest et transportés via des routes de campagne jusqu'à la centrale électrique de Dunston, on n'a ni caméras de circulation, ni caméras de surveillance à l'appui. »

Whittaker soupira.

« J'espère que je ne vous ai pas promue à un rang trop élevé, Helen, lâcha-t-il d'une voix égale. J'avais espoir que vous pourriez me succéder un jour... mais des affaires comme celles-là peuvent mettre à mal une carrière. Il nous faut des arrestations, Helen.

— Entendu, commissaire.

— Cette salope de Garanita campe dans l'atrium, putain, elle est en train de rameuter tous les autres pisse-copie. Deux journaux nationaux sont entrés dans la bataille ce matin. Ces crétins de la liaison médiatique se tapent une descente d'organes chaque fois que le *Times* appelle et se précipitent dans mon bureau. Qu'est-ce qu'on leur dit ?

— La mort de Sam est traitée comme un drame conjugal. On ne cherche pas d'autre coupable, etc. On présente la mort de Ben comme un accident. La version officielle, c'est que lui et Peter Brightston étaient à Dunston pour raisons professionnelles, il y a eu un accident tragique et ainsi de suite. Pour le moment, la presse a l'air de gober. »

Whittaker ne disait rien. Jamais il ne reconnaîtrait que ses supérieurs lui avaient chauffé les couilles, mais Helen savait comment ça marchait. Dans des affaires comme celles-là, la merde monte tout en haut de l'échelle avant de redescendre puissance dix.

« Ça ne va peut-être pas durer, on pourrait donc faire des révélations publiques si on sent que c'est nécessaire. Informer la presse qu'il y a une tierce personne impliquée. S'assurer l'aide des lecteurs...

— Trop tôt, coupa Whittaker. On n'a pas assez de matière. On aurait l'air d'imbéciles.

— Bien, commissaire. »

Helen percevait son angoisse – et son mécontentement –, ce qui la surprenait. D'ordinaire il avait plus de sang-froid que ça. Elle aurait voulu apaiser ses craintes – elle avait toujours réussi à le faire par le passé – mais dans le cas présent, elle n'avait rien à lui offrir. Whittaker avait tendance à agir sans réfléchir quand il était sous pression. Or Helen n'avait pas besoin de ça en ce moment. Elle fit donc tout son possible pour le rassurer – lui décrivant les efforts titanesques mis en œuvre pour retrouver la tueuse – et lentement, il commença à se détendre. Il avait toujours fait confiance à Helen et si quelqu'un pouvait mener la barque droit, c'était bien elle. Même si un type comme Whittaker ne l'admettrait jamais, Helen était exactement le genre de flic qu'appréciaient les pontes. Une femme accro au boulot, qui ne boit pas une goutte d'alcool, et qui n'a aucune envie d'avoir des mioches. Avec elle, pas de risque d'alcoolisme, de corruption, de congé maternité ni de tout autre désagrément. Avec son énergie débordante, elle boostait à elle seule leur taux de meurtres résolus. Alors même si c'est vrai qu'elle leur racontait des conneries de temps en temps, ils faisaient avec, parce que c'était la crème de la crème.

Elle blablata si bien que l'espace d'une seconde, elle se sentit regonflée par ses propres mots. Mais alors qu'elle rentrait chez elle à moto, cette fausse confiance se dissipa peu à peu. Le lendemain serait la veille de Noël, tout Southampton était sous l'emprise de l'esprit festif. On aurait dit qu'une décision collective avait été prise d'ignorer les gros titres à sensation du *Evening News* au profit des festivités à tous crins. Les groupes de l'Armée du Salut jouaient en boucle des airs de saison, des lumières criardes clignotaient joyeusement au-dessus des vitrines et partout on voyait des sourires excités sur le visage des gosses. Pourtant Helen ne ressentait rien de cette gaîté de Noël. Ce spectacle était à ses yeux tapageur et déplacé. Il y avait quelque part en liberté une meurtrière qui tuait sans états d'âme et sans laisser de trace. Était-elle en train de pister ses prochaines victimes en ce moment même ? Étaient-elles déjà emprisonnées, implorant pitié ? Helen ne s'était jamais sentie aussi désemparée. Il ne semblait y avoir aucune base solide dans cette affaire, aucune hypothèse sûre. Du sang serait encore versé, hélas, pour l'heure, tout ce qu'elle pouvait faire, c'était attendre de voir qui seraient les prochains à y passer.

28

C'est marrant les trucs qu'on se rappelle, non ? Pourquoi ce renne reste-t-il ancré dans ma mémoire ? Il était sacrément minable, même pour l'époque, un renne en feutre miteux avec des yeux tout défoncés. Il avait l'air mort. Mais je ne pouvais pas m'empêcher de le regarder pendant qu'on attendait dans la file démesurée. Peut-être que le désespoir m'attire. Ou peut-être pas. C'est le genre de trucs qu'on a tendance à surinterpréter.

C'était Noël et pour une fois, la vie n'était pas pire. Papa s'était barré : est-ce qu'il avait une autre famille avec qui passer les fêtes ? J'ai jamais su, bref, y avait que les filles à la maison. Maman se bourrait la gueule, mais j'avais imaginé un stratagème histoire d'éviter qu'elle se bousille trop. Pour qu'elle se fatigue pas les guiboles, je lui avais proposé d'acheter l'alcool moi-même. Je filais à l'épicerie du coin récupérer quelques canettes, et au passage je prenais un truc à manger. Du pain, des chips, n'importe quoi. Au retour, je restais avec elle pendant qu'elle buvait. Je crois que ça la foutait un peu mal à l'aise de se biturer devant moi, alors sans papa pour l'influencer, elle a réduit petit à petit sa conso, jusqu'à ne presque plus boire du tout. Je n'ai jamais été proche d'elle, mais ce Noël-là, c'était pas pire. C'est pour ça qu'elle nous avait emmenées au centre commercial.

Musique d'ambiance, décos cheap et odeur de peur. Y avait des parents en panique à perte de vue, acculés par une fête qui encore une fois était revenue trop vite. Notre liste de courses était courte – très courte – mais on a quand même mis des plombes. Fallait s'assurer que le vigile du BHS soit occupé ailleurs avant que maman bourre les fringues et les bijoux fantaisie vulgaires sous nos pulls. Notre « cadeau », c'était d'aller voir le père Noël après. Vu que le type déguisé était prof à l'école catho du coin, le cadeau à mon avis, c'était surtout pour lui.

J'ai un souvenir hyper précis de son visage. Il m'a assise sur un genou et avec son plus beau « ho ho ho », il m'a demandé ce que je voudrais plus que tout pour Noël. J'ai souri, je l'ai regardé droit dans les yeux et j'ai dit : « Je voudrais que mon père meure. »

On est parties assez vite après ça. Le père Noël commérait avec les mères horrifiées : des salopes qui adoraient cracher des insultes sur la racaille blanche comme nous. On est passées fissa devant le renne miteux, à qui j'ai balancé un gros crochet du droit. J'ai pas eu le temps de voir les dégâts : on avait franchi la porte avant que la sécurité puisse nous choper.

Je m'attendais à ce que maman me frappe ou au moins qu'elle gueule. Mais non, rien. Elle a juste chialé. Elle s'est assise à l'arrêt de bus et elle a chialé. Quel dommage : c'est l'un de mes plus beaux souvenirs.

29

Sa visite était un plaisir inattendu. Elles n'avaient presque jamais de visiteurs – qui, en pleine possession de ses moyens, viendrait ici ? – et ceux qui venaient ne mijotaient en général rien de bon. Des voleurs ou des voyous. La police mettait rarement les pieds ici et les services sociaux, il ne fallait même pas y penser. Quelle blague ceux-là.

Sa mère avait sursauté quand la sonnette avait retenti. Marie était tellement captivée par l'émission *Strictly Come Dancing* qu'elle n'avait pas entendu les pas approcher dans le couloir. Anna, si. Chaque fois qu'elle entendait des bruits à l'extérieur, son cœur battait un peu plus vite. Aucun des autres appartements n'était occupé, donc à moins qu'il s'agisse de junkies en quête d'un logement vide ou de romanichels en mal de cul, ça ne pouvait signifier qu'une chose : c'était après *elles* qu'on en avait. Les pas avaient ralenti, puis s'étaient arrêtés devant leur porte. Voulant alerter sa mère, elle avait grogné du mieux qu'elle pouvait, mais Flavia dansait un fox-trot, Marie était scotchée. Et puis la sonnette avait retentit : un son clair, confiant. Marie avait lancé un regard à Anna – un instant d'hésitation – puis avait résolu de ne pas répondre.

Anna était soulagée. Elle n'aimait pas les visiteurs. Elle n'aimait pas les surprises. Et pourtant elle était curieuse. Parce que les pas dans le couloirs étaient légers et cliquetants. Comme si la personne portait des talons. Cette pensée l'avait fait intérieurement glousser. Elle n'avait rien entendu de tel depuis que les putes étaient parties.

La sonnette avait de nouveau retenti. Juste une fois : polie mais insistante. Et c'est là qu'elles avaient entendu sa voix : elle les avait appelées par leurs prénoms et demandé si elle pouvait leur parler. Marie avait baissé le son de la télé : peut-être que si la femme n'entendait pas de bruit, elle se dirait qu'elles n'étaient pas là et s'en irait. Tu parles : la lumière et le bruit provenant de leur appartement étaient comme un phare dans l'obscurité. À la troisième sonnerie, Marie se leva et se dirigea à pas de loup vers la porte. Anna la regarda partir : elle détestait rester seule. Et s'il se passait quelque chose là-bas devant ?

Heureusement Marie revint, suivie par une jolie femme chargée de quelques sacs en plastique. Elle avait un peu une tête d'assistante sociale, sauf qu'elle n'était pas déprimée et que ses fringues ne craignaient pas trop. Elle jeta un regard circulaire à la pièce avant de se diriger vers Anna et de s'agenouiller à son niveau.

« Salut, Anna. Je m'appelle Ella. »

Elle avait un sourire tellement chaleureux. Elle lui plut instantanément.

« Je viens juste d'expliquer à ta mère que je travaille pour une organisation appelée Shooting Stars. Tu as peut-être vu nos annonces dans le journal local. Je sais que ta mère aime bien te le lire. »

Elle sentait super bon. Comme les roses.

« Chaque année on apporte des paniers garnis de Noël aux familles comme la tienne qui ont du mal à se déplacer. Qu'est-ce que tu en dis ? Chouette, non ?

— On veut pas de pitié ici, lança sèchement Marie.

— Il ne s'agit pas de pitié, Marie, protesta Ella en se levant. Seulement d'une main tendue. Et vous n'êtes pas obligées de la saisir. Il y a plein d'autres gens qui adoreraient mettre le grappin sur ces friandises, c'est moi qui vous le dis ! »

Le mot « friandises » parut faire son effet. Marie s'assit en silence pendant qu'Ella sortait d'un sac boîtes de conserve et paquets. Une vraie mine d'or – loukoums et gingembre enrobé de chocolat en plus de tous les trucs habituels – plus des soupes, des smoothies et du sorbet liquide pour Anna. Ça avait été très réfléchi : Anna était surprise que quelqu'un se fût intéressé à elles au point de se donner autant de mal. Ella n'aurait pas pu se montrer plus prévenante, elle posait à Marie des tonnes de questions sur Anna : qu'est-ce qu'elle aimait qu'on lui lise ? Était-elle fan de la série *Tracy Beaker* ? Qu'est-ce qu'elle regardait à la télé ? Anna se délectait de cette attention.

Cette année, elles avaient eu de la chance. Cette année, elles avaient été repérées. Marie était aux anges, mais l'ambiance festive retomba brièvement quand elle partit en quête du sherry. Anna observa leur visiteuse. Elle souriait en hochant la tête, pourtant elle semblait désormais tendue. Anna se dit qu'elle avait peut-être un planning serré, mais ça ne devait pas être ça, puisqu'au retour de Marie, elle insista pour ouvrir les mince-pies. Elle-même n'en prit pas mais elle tint à ce que Marie se serve. Ils sortaient tout juste du four : une boulangerie dans St Mary's Road, touchée par la grâce de l'esprit de Noël, en avait préparé plusieurs dizaines gratuitement.

Ella parut se détendre un peu quand Marie en eut englouti un. Et c'est là que les choses commencèrent à dégénérer. Marie fut prise de malaise : elle avait la nausée et la tête qui tournait. Elle essaya de se lever, en vain. Ella s'empressa d'aller l'aider, puis tout à coup, sans prévenir, elle la renversa. Que faisait-elle ? Anna aurait voulu crier, hurler, se battre ; elle ne pouvait que grogner et pleurer. Maintenant Ella immobilisait sa mère au sol. Elle lui attachait grossièrement les mains dans le dos avec du vilain fil de fer. Arrêtez, s'il vous plaît, arrêtez. Elle lui fourrait quelque chose dans la bouche, lui criait dessus. Pourquoi ? Qu'avait-elle fait de mal ? Ensuite « Ella » s'était tournée vers Anna. On aurait dit une autre personne. Son regard était froid à présent, et son sourire glacial. Elle se dirigea vers elle. Anna se débattit intérieurement, mais son corps inutile était figé, impuissant. La femme lui passa alors un sac sur la tête et tout devint noir.

30

Sandra Lawton. Âge : 33 ans. Nymphomane monomaniaque.

Helen parcourut le dossier. Sandra Lawton était une amoureuse obsessive qui pétait les plombs quand elle se faisait éconduire. Elle avait déjà été condamnée trois fois pour harcèlement et intimidation. On pouvait dire sans trop s'avancer que son traitement ne semblait pas marcher : sa conviction que les hommes intelligents et diplômés qui occupaient des postes à responsabilités voulaient coucher avec elle était plus ancrée que jamais.

Helen passa au dossier suivant d'un roulement de souris. Sandra était dingue, mais elle n'était pas violente.

Isobel Screed. Âge : 18 ans. Monomaniaque cybernétique. Là encore, Helen rejeta cette possibilité. Cette fille n'était qu'une gamine qui passait sa vie à insulter des actrices de feuilleton via Twitter ou par textos. Elle les menaçait de leur taillader le vagin et ainsi de suite, mais selon toute apparence, elle n'avait jamais quitté sa chambre meublée, on pouvait donc l'exclure. La froussarde classique du web.

Alison Stedwell. Âge : 37 ans. Possession d'une arme offensive. Agression occasionnant des lésions corporelles. Multiples inculpations pour harcèlement. Voilà qui était plus prometteur. Une multirécidiviste expérimentée qui avait tenté de tirer à l'arbalète sur un collègue qu'elle suivait partout, avant d'être arrêtée puis plus tard internée. Elle avait réintégré la société à présent, apparemment sous surveillance, et n'avait pas commis d'infraction depuis plusieurs mois. Serait-elle capable de mettre au point un truc pareil ? Helen s'affaissa sur sa chaise. De qui se moquait-elle ? Alison était peut-être une sale teigne, mais les techniques qu'elle employait n'étaient pas franchement subtiles – elle pistait ouvertement les gens – et c'était loin d'être un canon. La description qu'avait faite Peter Brightston d'une bombe aux cheveux corbeau ne pouvait en aucun cas s'appliquer à la grosse aux dents écartées qui dévisageait Helen depuis l'écran. Encore une autre à rayer de la liste.

Ça faisait des heures maintenant qu'elle était sur $HOLMES_{2,}$ à débusquer toutes les femmes britanniques monomaniaques qui avaient été déclarées coupables au cours des dix années précédentes. Sans résultat. L'individu qu'ils traquaient était exceptionnel, bien loin des désaxées maladroites qu'Helen était en train d'étudier. Leur désaxée à eux devait avoir filé ses victimes pendant des semaines pour découvrir la propension d'Amy et Sam à faire du stop ainsi que les moindres détails des trajets hebdomadaires de Ben et de Peter à Bournemouth. Avoir manigancé leur enlèvement de manière à ce qu'il se déroule sur des routes reculées, dans des zones dépourvues de réseau, c'était déjà impressionnant. Mais trouver aussi des lieux de captivité où ils ne seraient ni découverts, ni entendus, où la faim et la terreur pouvaient lentement les rendre fous, là c'était du lourd. Un individu pareil ne risquait pas d'être enfoui dans les entrailles de $HOLMES_2$, sinon ç'aurait déjà été une légende vivante, l'objet régulier de séminaires et de romans policiers.

Après la découverte qui avait été faite sur la voiture de Ben, Helen et Charlie avaient de nouveau interrogé Amy, Peter et leurs familles, en quête d'un signe quelconque de filature. Amy et Sam n'étaient pas du genre à s'en faire, pas méfiants pour deux sous, ils vivaient dans un campus universitaire très fréquenté. Rien – ni personne – ne leur avait paru bizarre. Peter Brightston répondit qu'il l'aurait remarqué si une belle femme l'avait suivi, mais ça sonnait comme une fanfaronnade creuse : il n'avait eu aucune raison d'être suspicieux ni sur ses gardes. Ben, c'était une autre histoire : il était par nature prudent et vigilant, hélas, il n'était plus là pour répondre aux questions, et sa fiancée était certaine qu'il ne lui avait exprimé aucune inquiétude durant les jours précédant son enlèvement.

La seule minuscule faille exploitable, ils l'avaient décelée grâce à la voiture de Ben. La meurtrière avait eu une fenêtre de tir très étroite pour percer un trou dans le réservoir. Ça avait été l'histoire de trois ou quatre heures maximum, puisque la réunion de groupe dans le bureau de Bournemouth avait été ce jour-là plus courte que d'habitude. En général, Ben se garait dans le parking du bureau, mais celui-ci étant complet à cause d'un déjeuner d'un client sur le site, il était allé se stationner dans un parking payant au coin de la rue. Son instinct disait à Helen que tout ce qui sortait de la routine habituelle de Ben était susceptible de poser problème à sa meurtrière et valait donc la peine d'être étudié. Les enregistrements de la caméra de surveillance montraient Ben et Peter en train de se garer au quatrième étage, non loin des ascenseurs. Cinq minutes après leur départ du parking, une silhouette féminine vêtue d'une doudoune vert citron et d'une casquette blanche Kappa apparaissait. Était-elle en train d'explorer la zone ? Probablement, car quelques instants plus tard, une main gantée surgissait devant la caméra de surveillance, dont elle obstruait la vue sur le monde à l'aide d'une bombe de peinture. Helen avait demandé à ce que le film soit analysé, amélioré si possible, et avait confié à Sanderson la tâche de visionner tous les films de surveillance captés aux alentours du parking afin de reconstituer le trajet de la suspecte jusque dans le bâtiment, mais pour l'heure, ils allaient devoir bosser avec ce qu'ils avaient. Ce n'était pas grand-chose, mais c'était un aperçu de leur tueuse, qui semblait confirmer tout ce que Peter et Amy leur avait dit à son sujet. Notamment le fait non négligeable qu'il s'agissait d'une femme. Certains membres de son équipe – Grounds et Bridges en particulier – avaient mis en doute l'hypothèse selon laquelle une femme puisse réellement être derrière tout ça. Ils avaient maintenant leur réponse.

Helen ferma $HOLMES_2$ et se mit en route vers le pub The Parrot and Two Chairmen au coin de la rue. C'était la fête de Noël du poste ce jour-là, et bien qu'elle considérât cet événement totalement déplacé au vu des circonstances, elle se devait d'y aller. Pour les officiers haut gradés, ça ne se faisait pas d'esquiver, ce qui était complètement ridicule vu que la dernière chose que veulent les subalternes quand ils se laissent aller, c'est bien que leurs patrons soient dans les parages.

Elle repéra son équipe et se fraya un chemin à travers la foule pour les rejoindre. Mal à l'aise de ne pas bosser sur l'affaire alors qu'il restait encore des tonnes de boulot, ils essayaient malgré tout d'en profiter un maximum. Mark en particulier était de bonne humeur et brandissait fièrement son Schweppes Light comme un trophée de sobriété. Ça lui réussissait, d'ailleurs : son visage maigre était plus coloré, ses yeux plus pétillants. Il accueillit chaleureusement Helen, qu'il semblait tenir à inclure dans les plaisanteries que s'échangeait le groupe à propos du cauchemar du Nouvel An, etc. Il en faisait un peu trop, songeait-elle, et elle surprit plus d'une fois chez Charlie un regard lourd de sous-entendus.

« Alors, à qui ça dirait un baiser sous le gui ? »

Whittaker. C'était un autre homme en dehors du bureau. Envolées l'angoisse et la politique politicienne, remplacées par une bonhomie naturelle.

« Tellement de jolies filles, si peu de temps », se lamenta-t-il en jetant des coups d'œil faussement lascifs aux femmes autour de lui.

« J'ai déjà donné, répliqua sèchement Helen. Ça casse pas trois pattes à un canard.

— Charlie, alors. Ce serait mon plus beau Noël. »

Charlie rougit jusqu'à la racine des cheveux, ne sachant trop comment s'y prendre face aux avances humoristiques d'un commissaire un tantinet éméché.

« Elle est mariée, commissaire. Ou c'est tout comme, intervint Helen.

— J'ai entendu dire qu'elle vivait toujours dans le péché, ce qui doit vouloir dire que j'ai ma chance, rétorqua Whittaker sans se démonter.

— Moi je laisserais tomber, commissaire. Une de perdue, dix de retrouvées.

— Dommage. Enfin, il faut savoir reconnaître la défaite. »

Son regard se porta sur la jeune et séduisante lieutenant McAndrew.

« Si vous êtes désespéré, je vous rendrai volontiers service », lança Mark.

Helen éclata de rire, les autres aussi, mais ça n'amusa pas Whittaker. Il n'avait jamais vraiment porté dans son cœur les officiers de sexe masculin : son truc à lui, c'était les femmes.

« Je crois que je vais m'abstenir. Si vous voulez bien m'excuser... »

Et il partit trouver d'autres têtes de Turc. La conversation reprit, le lieutenant Sanderson demandant à tout le monde où ils allaient passer Noël. Ce fut le signal du départ pour Helen.

Elle constata avec surprise qu'elle était restée une bonne heure dans le pub. De fait, ça avait été assez agréable – un moment où son cerveau avait pu baisser le rideau – mais à présent qu'elle retournait au poste dans l'air glacial de la nuit, son esprit était de nouveau entièrement occupé par l'affaire. Elle voulait creuser le lien de la benzodiazépine. Où la tueuse se fournissait-elle ? Pourrait-ce être une piste qui les mènerait à elle ?

Elle réintégra le bureau désert et reprit sa traque de la tueuse qui leur glissait entre les doigts.

31

Sa fureur était à son comble, elle avait envie de hurler à s'en faire exploser les poumons. Ces derniers jours n'avaient été que terreur et incompréhension pour Anna, mais le refus de sa mère de lui parler rendait à présent la situation cent mille fois pire.

Quand Ella lui avait enfilé le sac sur la tête, sa première pensée avait été qu'elle allait étouffer : comme elle était parfaitement incapable de bouger la tête, si ses voies aériennes étaient recouvertes, elle mourrait d'une mort aussi lente qu'inexorable. Mais heureusement le sac, fait d'une espèce de fibre naturelle, ne la comprimait pas, elle avait donc pu respirer. En sursis, elle avait tendu l'oreille, s'efforçant d'entendre ce qui se passait. Étaient-elles cambriolées ? Sa mère se faisait-elle assassiner ? Mais rien, pas un bruit à part celui de la porte d'entrée qu'on refermait et de la grille qui se baissait. Était-ce Ella qui s'en allait ? Sa mère ? Je vous en prie, mon Dieu, ne me laissez pas seule ici comme ça, avait prié Anna. Hélas, personne n'ayant répondu à ses prières, elle était restée assise là, petite fille seule au monde, enveloppée dans une obscurité atroce.

Plusieurs heures s'étaient ainsi écoulées puis soudain, comme on lui retirait le sac de la tête, il y avait eu une lumière aveuglante. La douleur lui avait fait fermer les yeux, puis lentement elle les avait rouverts, peinant à s'acclimater à sa vue retrouvée. Quand elle avait été plongée dans le noir, elle avait imaginé toutes sortes de scénarios horribles – l'appartement sens dessus dessous, sa mère assassinée – pourtant maintenant qu'elle regardait autour d'elle, tout semblait relativement… normal. Rien n'avait été emporté, elle et sa mère se retrouvaient une fois de plus seules dans l'appartement. Au début Anna avait été soulagée, attendant que Marie lui explique que la folle avait volé quelques trucs, qu'elle était partie et qu'elles étaient de nouveau en sécurité. Seulement sa mère ne disait rien. Anna grognait et haletait pour attirer son attention, tout en faisant rouler ses pupilles dans ses orbites dans un effort désespéré de croiser son regard. Mais Marie refusait de la regarder. Pourquoi ? Que s'était-il passé pour qu'elle ait trop honte de regarder sa propre fille ?

Anna se remit à pleurer. Elle n'avait que quatorze ans : elle ne savait pas de quoi il retournait. Pourtant sa mère ne leva pas les yeux, elle n'essaya pas non plus de la réconforter. Non, elle quitta la pièce. Trois, peut-être quatre jours s'étaient écoulés depuis la visite d'Ella, et sa mère ne lui avait encore pas dit une seule parole significative. Elle lui avait fait la lecture, l'avait emmenée aux toilettes, encouragée à dormir, mais elle ne lui avait pas *parlé*. Anna ne s'était jamais sentie aussi mal aimée. Et si profondément ignorante. Elle avait toujours été un fardeau, elle le savait, et elle avait toujours adoré sa mère sans réserve pour la patience, l'amour et la tendresse qu'elle lui témoignait. Mais désormais elle la détestait. Elle la détestait de tout son cœur à cause de la cruauté qu'elle lui faisait subir.

Elle était pire qu'affamée. Son estomac se contractait en permanence, elle avait la tête qui tournait, sa bouche était tellement sèche qu'elle avait le goût du sang. Mais sa mère refusait de lui donner quoi que ce soit à manger. Pourquoi ? Et pourquoi ne se nourrissait-elle pas non plus ? Qu'est-ce qui se passait, bon Dieu !

Un bruit venu du couloir. Un battage et des hurlements terribles. Des poings qu'on martelait, sa mère qui pleurnichait. Soudain Marie fut de retour dans la pièce. Elle passa à côté d'Anna sans s'arrêter, l'air affolé, épuisé.

Elle ouvrait la fenêtre maintenant. Comme elles étaient dans une tour, elles avaient en leur milieu des charnières transversales et ne s'ouvraient que de quelques centimètres histoire qu'on ne puisse pas se défenestrer – brillante idée, vu le désespoir des habitants. Mais on pouvait avoir un peu de brise sur le visage, si c'était ce qu'on voulait.

Marie hurlait, implorait à l'aide. Elle criait pour que quelqu'un – n'importe qui – vienne à leur secours. Et c'est là qu'Anna comprit. Elles étaient prisonnières. C'était ça que sa mère lui taisait. Ella les avait enfermées chez elles, emprisonnées. Elles étaient prises au piège.

C'était pour ça que sa mère hurlait dans la nuit. Espérant en dépit de tout qu'un passant l'entendrait. Que quelqu'un se soucierait d'elles. Mais Anna savait d'expérience qu'il ne fallait pas compter sur la bonté des inconnus. Alors que sa mère se laissait tomber au sol, vaincue, Anna prit enfin conscience qu'elles étaient enterrées dans leur propre maison.

32

Devaient-il annuler Noël ? C'était la première question que Sarah avait posée à Peter quand elle l'avait ramené de l'hôpital. Elle ne s'était pas enquise de sa santé – elle voyait bien que son état s'améliorait lentement mais sûrement – et n'avait pas non plus voulu parler de ce qui s'était passé. Personne ne voulait parler de *ça*. En revanche elle voulait savoir à quoi s'en tenir concernant le vingt-cinq. Peter souhaitait-il le fêter chez eux, comme de coutume, avec les invités – cousins et proches – habituels ? une espèce de Noël du type « la vie continue on est contents que tu sois parmi nous ». Ou valait-il mieux marquer le fait que la vie était brusquement devenue lugubre et qu'il n'y avait pas de quoi se réjouir ?

Au final, ils avaient décidé de procéder comme de coutume. La moindre fibre de son être voulait éviter les amis et la famille. Il ne supportait pas leurs roucoulements pleins de sollicitude ni les questions en suspens qui leur emplissaient la tête. Seulement l'idée de se retrouver en tête-à-tête avec Sarah à Noël était encore plus terrifiante. À chaque seconde qu'il passait seul, des pensées sombres et des souvenirs encore plus noirs commençaient à proliférer. Il devait s'occuper l'esprit en permanence, se concentrer sur les choses positives, même si tout ça n'était qu'hypocrisie, ennui et angoisse.

Au début, il avait été tenté de détester sa femme. Elle était manifestement déboussolée, ne sachant trop comment s'y prendre avec son assassin de mari. Incapable de se figurer ce qu'il avait enduré, elle papillonnait à droite et à gauche en faisant un million de petites choses afin de lui témoigner sa sollicitude, agitation foncièrement inutile. Et pourtant, à mesure que les jours passaient, Peter prenait conscience qu'il l'aimait justement pour toutes ces petites attentions et parce que clairement elle ne lui reprochait pas ce qui s'était passé. Il esquissa un sourire quand il se rendit compte que cette année, elle avait banni les pétards. Elle n'avait pas une idée très nette de ce qu'il avait vécu dans ce trou infernal, mais elle avait senti d'instinct que son mari n'apprécierait pas les explosions bruyantes cette fois-ci. Elle avait raison, et pour ça – et bien d'autres choses encore – il lui était reconnaissant.

La fine équipe arriva comme d'habitude, et Dieu ce qu'ils étaient gais. Ils passèrent l'air de rien entre les policiers en uniforme qui surveillaient la porte d'entrée, suintant littéralement la joie de Noël dans une hystérie forcée. Des tas de bouteilles furent offertes et reçues, comme s'ils avaient décidé d'un commun accord qu'ils avaient bien besoin d'un petit remontant. L'arrivage de cadeaux était incessant, on aurait dit que la moindre interruption des opérations aurait pu se révéler fatale. Les piles de paquets s'accumulèrent jusqu'à menacer de prendre possession de la pièce.

Soudain Peter fut pris de claustrophobie. Il se leva brusquement et s'éclipsa dans la cuisine, qui ouvrait sur le jardin. Il s'escrima à déverrouiller la porte, à croire qu'il avait deux mains gauches. Il finit par y parvenir avec force jurons, et sortit à grands pas sur la pelouse gelée. L'air frais l'apaisa, il décida de fumer une cigarette. Depuis son retour de l'hôpital, il avait repris cette habitude qu'il avait chassée plusieurs années auparavant et bien sûr, personne n'avait osé commenter. Petite victoire.

Soudain Ash fit son apparition à ses côtés. L'aîné de ses neveux.

« J'avais besoin de faire une pause. Je pourrais pas t'en taper une, par hasard ? demanda-t-il en désignant le paquet de Peter.

— Pas de problème, Ash. Fais-toi un trip », répondit son oncle en lui tendant clopes et briquet.

Peter observa son neveu qui allumait maladroitement sa cigarette. Ash n'était pas un grand fumeur et comme acteur, il était encore pire. Peter comprit tout de suite qu'il avait été missionné pour le garder à l'œil. À l'hôpital, les médecins avaient passé plus d'une heure à discuter de son état mental avec Sarah, remplissant son esprit déjà surangoissé d'une foule de scénarios catastrophe. Autrement dit, Peter était en mission de surveillance anti-suicide, même si personne ne l'avait exprimé en ces termes. C'était complètement idiot : il n'avait pas l'énergie de faire une chose pareille en ce moment, même si Dieu seul savait que ça lui avait traversé l'esprit plus d'une fois. Ash bavardait, Peter répondait d'un grognement ou d'un sourire, mais son neveu aurait tout aussi bien pu parler mandarin. Peter se foutait comme d'une guigne de ce qu'il racontait.

« On rentre ? »

Ash n'ayant vraiment pas l'air d'apprécier sa clope, Peter abrégea son supplice. Ils regagnèrent le combat festif. La table avait été débarrassée, les jeux de plateau étaient sortis. Il n'y aurait pas moyen d'y échapper, Peter s'installa donc, prêt à subir une énième et lente torture. Il s'efforçait au mieux d'être joyeux mais il avait la tête ailleurs. Quelque part de l'autre côté de la ville, la fiancée de Ben Holland passait un Noël noir, haïssant la vie – haïssant l'homme – qui avait tué son amant quelques semaines seulement avant leur mariage. Comment pouvait-elle continuer à vivre ? Comment le pouvaient-ils tous ?

Peter souriait, lançait le dé, mais au fond il mourait. Difficile d'apprécier Noël quand on a du sang sur les mains.

33

L'odeur des épices était enivrante, Helen inspira à fond. Le seul truc qu'elle appréciait vraiment à Noël, c'était de pouvoir nager à contre-courant, par provocation. Elle n'avait jamais aimé la dinde et selon elle, le pudding de Noël était l'une des choses les plus détestables qu'elle avait jamais goûtées. Elle était d'avis que, quand on n'aime pas la saison des fêtes, on se doit de suivre ses sentiments et d'aller dans l'autre sens. Ainsi donc, pendant que d'autres se battaient dans les magasins de jouets et dépensaient 80 livres sur une volaille élevée en plein air, Helen choisissait une voie différente, allant aussi loin que possible dans la direction opposée. Le menu à emporter qu'elle s'achetait chez Mumraj Tandoori le jour de Noël était le clou de sa rébellion annuelle.

« *Murgh zafrani, nan peshwari, aloo gobi, riz pilaf* et deux *papadum* avec un supplément de coriandre hachée », marmottait Zameer Khan en emballant sa commande.

C'était une personnalité du quartier : cela faisait plus de vingt ans qu'il dirigeait ce restaurant populaire.

« Parfait.

— Vous savez quoi, vu que c'est Noël et tout, je vous rajoute quelques After Eight. Qu'est-ce que vous en dites ?

— Vous êtes mon héros », répondit Helen, tout sourire, en s'emparant de son repas.

C'était une commande énorme, Helen se retrouvait toujours à manger les restes le lendemain, mais l'une des joies du vingt-cinq, c'était d'étaler ce festin indien sur la table et d'en garnir lentement, soigneusement, son assiette. Tenant fermement son butin, elle retourna chez elle. Là, ni décorations, ni cartes : de fait, les seules nouveautés étaient les dossiers sur l'enlèvement d'Amy et de Peter qu'elle avait apportés chez elle afin de les réexaminer. Elle passa presque toute la nuit à les étudier sans s'arrêter et elle se rendit soudain compte qu'elle était affamée. Elle alluma le four et se tourna pour prendre une assiette à réchauffer. Ce faisant, elle heurta du bras le sac, qui valsa du plan de travail. Il atterrit violemment sur le carrelage et les fragiles barquettes en carton éclatèrent, projetant la nourriture épicée partout.

« Merde, merde, merde. »

Helen avait passé la serpillière le matin même et les relents citronnés du produit ménager se mêlaient aux huiles indiennes pour produire une odeur âcre très désagréable. Elle contempla un instant le désastre, choquée, puis soudain des larmes lui picotèrent les yeux. Furieuse, frustrée, elle avait envie de piétiner ce gâchis infâme. Elle parvint de justesse à réfréner sa pulsion et se rua dans la salle de bains.

Elle alluma une cigarette et s'assit sur le rebord des toilettes. S'en voulant d'avoir réagi de manière aussi disproportionnée, elle tirait de grandes taffes. D'ordinaire la nicotine l'apaisait ; ce jour-là elle n'avait qu'un goût amer. Elle jeta sa clope dans la cuvette, dégoûtée, regardant l'extrémité rougeoyante s'éteindre dans l'eau. Belle métaphore de son état d'esprit. Chaque année, elle faisait un pied de nez à Noël et chaque année, Noël lui balançait un coup de poing dans la gueule. Des tourbillons d'idées noires l'enveloppaient à présent telles des rafales de neige diaboliques, lui rappelant que personne ne l'aimait et qu'elle n'était bonne à rien. Ces pensées prirent lentement possession d'elle et alors que la déprime commençait à lui grignoter le cerveau, elle jeta un œil au placard de la salle de bains et aux lames de rasoir qui y étaient savamment cachées.

La lame trancha la chair de la dinde, faisant s'écouler les sucs clairs. Charlie, un chapeau en papier sur la tête, était dans son élément. Elle aimait tout dans Noël. Dès que les feuilles commençaient à tomber, l'excitation montait. Toujours très organisée, elle achetait tous ses cadeaux en octobre et commandait la volaille en novembre de façon à ce que quand décembre était enfin là, elle pût en savourer chaque seconde. Les soirées à boire, les chants de Noël dans la rue, emballer les cadeaux devant la cheminée, se pelotonner devant un film de saison : c'était le clou de l'année.

« Est-ce qu'on peut ouvrir les cadeaux maintenant ? »

C'était sa nièce, Mimi. Impatiente, comme toujours.

« Seulement après le repas de Noël. Tu connais les règles.

— Mais c'est dans super longtemps.

— Ça n'en sera que plus excitant quand le moment arrivera enfin. »

Charlie n'allait certainement pas céder sur ce point : tout l'intérêt de la fête résidait dans les rituels familiaux singuliers.

« De qui te moques-tu ? intervint Steve. Tu ne fais que repousser l'inévitable désillusion.

— Parle pour toi, répliqua Charlie en assénant une tape à son petit copain. Je mets beaucoup d'énergie dans mes achats de Noël. Si tu n'en fais pas autant, c'est ton problème.

— Je te ferai ravaler tes paroles. Tu verras », riposta Steve d'un ton suffisant.

Charlie savait déjà ce qu'elle allait recevoir de sa part : de la lingerie. Il faisait des allusions depuis un moment, sans compter que leur vie sexuelle était très active ces derniers temps. Ce que Charlie souhaitait par-dessus tout, c'était avoir un bébé. Elle avait l'impression que c'était le bon moment pour elle : en vérité, c'était le seul cadeau qu'elle désirait vraiment. Ça n'avait pas encore marché, même s'ils essayaient depuis longtemps, et pour la première fois, son angoisse avait commencé à croître. Et si elle avait un problème ? L'idée de ne pas avoir de famille était atroce : elle avait toujours voulu au moins deux ou trois enfants.

Enfin, ce n'était pas le moment d'avoir des pensées négatives, elle repoussa donc ses inquiétudes dans un coin de sa tête. C'était Noël, bon sang, le meilleur jour de l'année, alors quand elle distribua les morceaux de dinde, elle afficha son plus beau sourire et fit de son mieux pour propager autant de gaîté qu'elle pouvait.

Il n'y avait plus longtemps à attendre désormais. Mark se sentait déjà de meilleure humeur à l'idée de revoir Elsie. Cette année Christina lui avait concédé le vingt-six : le lendemain à la première heure, il irait chercher sa gamine pour un jour de fête bourré de divertissements. Il avait vraiment passé une année de merde, mais au moins elle se terminerait dans l'euphorie. Il avait réservé patin à glace, places de cinéma et une table chez Byron pour manger des cheeseburgers : ils allaient se faire un gueuleton d'enfer.

La perspective de passer une journée en ville avec Elsie avait tout juste réussi à le faire marcher droit durant les trente-six heures précédentes. Comme d'habitude, il avait déposé ses cadeaux chez Christina la veille de Noël. Elsie n'étant pas là – elle était allée assister avec sa mère à un office du Christingle[2] à l'église du quartier – c'était Stephen qui lui avait ouvert. Il avait pris poliment les cadeaux puis demandé à Mark s'il voulait entrer boire un verre. Mark aurait voulu lui défoncer la mâchoire : comment osait-il jouer les hôtes dans ce qui était jadis *sa* maison ? De

2. Cérémonie religieuse chrétienne destinée à rappeler que le Christ est la lumière qui est venue au monde le jour de Noël. Elle est symbolisée par une orange ceinte d'un ruban rouge, plantée d'une bougie et piquée de brochettes de fruits secs.

quoi allaient-ils bien pouvoir discuter ? De ce que papa Noël allait leur apporter sous le sapin ? Il ne savait pas si Stephen l'avait fait exprès – il avait l'air plutôt sincère, mais il était peut-être bon acteur –, en tout cas il ne s'était pas attardé pour le découvrir. Quand la moutarde lui montait au nez, il savait d'expérience qu'il valait mieux prendre le large. Depuis, son sang n'avait cessé de bouillir, et il avait pesté plus d'une fois contre les aiguilles de l'horloge qui se traînaient lamentablement mais... son heure était enfin venue. Tout vient à point à qui sait attendre.

Fini Noël jusqu'à l'année suivante.

34

Allongée sur son lit, Marie regardait au-dessus d'elle. Serait-ce la dernière chose qu'elle verrait ? Cette surface irrégulière et décolorée qui tenait lieu de plafond ? Ça ne l'avait jamais perturbée auparavant, mais après maintenant plus d'une semaine qu'elle avait les yeux rivés dessus, cette vision éveillait en elle une colère aussi violente qu'absurde. Elle n'aurait pas dû être là : sa place était dans la pièce principale avec Anna. Dès le moment où c'était arrivé, elle avait su qu'elle devait lui dire la vérité, mais comment trouver les mots ? C'était tellement atroce, tellement incroyable, que pouvait-elle bien lui dire ? Alors elle se taisait. Les jours, horribles, se succédaient. Sa fille ne savait rien de l'ultimatum mortel ni du pistolet qu'elle avait caché dans sa table de nuit. Anna n'était que tristesse et perplexité, et elle devrait rester dans cet état car Marie ne voulait pas – ne pouvait pas – lui dire la vérité.

C'était une mauvaise mère. Une mauvaise personne. Sinon comment expliquer cette malchance incroyable qui s'abattait sur elles ? Elle n'avait pas tiré le bon numéro en matière de mari et avait conçu un enfant qui fonctionnait à peine. Sans penser à mal, elle avait provoqué des maltraitances infinies et d'innombrables gestes de violence aveugle. Et maintenant ça. Le plus cruel des coups, qui serait aussi celui qui allait finir par mettre un terme à leur triste histoire. Elle avait cessé de se demander pourquoi c'était sur elles que ça tombait : c'était comme ça, point final. Elle avait aussi arrêté de se battre. La ligne téléphonique était coupée depuis le départ d'Ella, les portes étaient verrouillées de l'extérieur et personne ne répondait à ses cris. Une fois elle avait cru discerner une silhouette – un gamin peut-être – quand elle hurlait à la fenêtre. Mais la personne avait vite passé son chemin. Peut-être avait-elle imaginé cette scène. Pas facile de distinguer le réel de la fiction quand on est coincé dans un cauchemar perpétuel.

Anna pleurait de nouveau. Cela faisait partie des rares fonctions dont elle était capable, Marie avait le cœur brisé. Sa fille était seule et apeurée, deux sentiments qu'elle s'était jurée de toujours lui épargner.

Elle se retrouva debout. En chemin vers la porte, elle s'arrêta. Ne fais pas ça. Mais elle le devait. Au fond, elle le savait. Leur seul bouclier contre le monde était leur amour et leur solidarité, or elle l'avait bêtement fait voler en éclats à cause de sa propre peur et de sa lâcheté. C'était pitoyable, pathétique. Elle savait désormais qu'elle devait révéler à Anna la vérité sur leur calvaire. C'était sa seule arme. Leur seul espoir.

Malgré tout, elle s'arrêta. Elle essayait de trouver les mots pour excuser sa cruauté, son silence. N'y parvenant pas, elle prit son courage à deux mains, quitta la chambre et entra dans le salon. Elle s'était attendue à être accueillie par le regard accusateur d'Anna, mais ô miracle, elle était endormie. Les larmes avaient fini par avoir raison de la jeune adolescente et l'espace d'une sieste, elle s'était libérée de leur cauchemar. Anna était en paix.

Et si elle ne se réveillait jamais ? Cette idée rendit soudain Marie euphorique. Elle savait qu'elle ne tirerait jamais sur sa fille : c'était impossible. Mais il existait d'autres moyens. Depuis que la maladie d'Anna avait été diagnostiquée, au fil des ans, Marie avait lu de nombreux articles où des mères incapables de faire face aux handicaps sévères de leur gosse leur avaient ôté la vie. Elles expliquaient que c'était pour remédier aux souffrances de leur enfant, mais c'était aussi pour mettre un terme aux leurs. La société les considérait avec compassion, alors pourquoi pas elle ? Tout sauf mourir lentement de faim ici. Leurs corps allaient bientôt se retourner contre elles de toute façon, alors quel choix restait-il ?

Marie se retrouva de nouveau dans sa chambre. Elle alla prendre le mince oreiller sur le lit et le retourna entre ses mains. Elle réfléchissait à toute vitesse à présent. Aurait-elle le courage de le faire ? Ses nerfs allaient-ils la lâcher ? Une vague de nausée lui remonta brusquement dans la bouche : elle se laissa tomber à genoux et vomit violemment dans la poubelle. En se relevant, elle se rendit compte qu'elle agrippait toujours l'oreiller.

Mieux valait ne pas hésiter. Ne pas tergiverser. Elle sortit précipitamment de sa chambre et pénétra d'un pas décidé dans le salon, où sa fille dormait paisiblement.

35

Je n'aurais pas dû, mais je n'ai pas pu résister. J'avais vainement cherché des façons de lui faire mal. Y avait jamais moyen. Et puis d'un coup, c'était tombé du ciel...

Ma mère l'avait trouvé en train de fouiner dans les poubelles à la limite de la cité. Un drôle de petit bâtard avec une tache blanche sur un œil. Mignon, même s'il était un peu miteux. Elle l'avait offert à mon père en guise de cadeau d'anniversaire. Je crois qu'elle se disait qu'il resterait peut-être dans les parages s'il avait quelque chose à s'occuper. Simple comme plan, mais ça avait plutôt bien marché. O.K., il continuait à se barrer plusieurs jours d'affilée pour se pinter, se battre et sauter les salopes du quartier, mais il adorait ce clebs. Il n'arrêtait pas de le câliner pendant que nous on l'observait, ignorées.

C'est marrant, mais quand on sait qu'on va faire quelque chose de mal, tout semble aussitôt aller beaucoup mieux. On se sent grisé, euphorique, libre. Personne d'autre ne sait ce que vous mijotez. Personne ne peut vous arrêter. C'est votre sale petit secret. Les jours qui ont précédé le passage à l'acte ont été les plus heureux de ma vie.

Au final, j'ai opté pour le poison. Le gardien de notre immeuble n'arrêtait pas de se plaindre des rats : qu'importe la quantité de poudre qu'il balançait, il n'arrivait pas à s'en débarrasser. Alors ça n'avait pas été difficile de chourer un tube de ce machin. Je me disais que c'était le meilleur moyen. Ce clebs était un petit goinfre, toujours à mendier, jamais il refusait de bouffer. Alors je lui ai préparé une pâtée bien spéciale. La moins chère et la plus dégueu des boîtes pour chien fourrée de mort-aux-rats. Il s'est jeté dessus.

Plus tard je me suis marrée en voyant le bordel. De la merde et du dégueulis de clébard partout dans la cuisine. La vie lui échappait par les deux bouts et en l'espace de quelques heures, il était mort. Maman crevait de trouille, elle voulait le foutre à la poubelle avant le retour de papa, faire comme s'il s'était barré ou quoi. Mais mon père avait mis les voiles en avance et il l'a chopée en pleine action.

Il a pété un câble et l'a tabassée en lui gueulant dessus. Mais elle n'en savait pas plus que lui. Au final, il a trouvé le tube vide de mort-aux-rats dehors, dans la poubelle. Erreur à la con, franchement, mais j'étais encore jeune. Il est rentré furax dans la pièce, le tube à la main, et crétine que je suis, j'ai souri. Et là, ça a été la fin des haricots.

Il m'a piétiné la tête, flanqué des coups de pied dans le bide, entre les jambes. Ensuite il m'a attrapée par le cou et m'a collé la tête contre le radiateur électrique à trois résistances. Il appuyait, il relâchait, appuyait, relâchait. Je sais pas combien de temps ça a duré. Passées vingt minutes, je suis tombée dans les pommes.

36

On commençait à décrocher les décorations, la vie reprenait son cours normal. Il y a quelque chose d'étrangement triste et de déprimant dans un bureau encore lardé de guirlandes argentées une fois les festivités de Noël passées. Si certains aiment les garder jusqu'à la mi-janvier bien tassée, Helen n'était pas de ceux-là : elle avait confié à un lieutenant accommodant la tâche de retirer jusqu'aux derniers bibelots et banderoles. Elle voulait que le bureau dévolu à l'enquête retrouve son aspect originel. Elle souhaitait recadrer les choses.

Comme il fallait s'y attendre, Whittaker réclamait un topo, Helen se rendit donc directement à son bureau. La couverture médiatique du meurtre de Sam semblant s'être un peu calmée – une grosse saisie de cocaïne au port de Portsmouth avait pour l'heure détourné l'attention des journalistes locaux spécialisés dans l'homicide –, Whittaker était relativement content, leur entretien, une fois n'est pas coutume, fut donc bref.

De retour dans la salle, Helen sentit immédiatement qu'il se passait quelque chose : il y avait de la tension dans l'air, personne n'osait même croiser son regard. Charlie s'empressa d'aller à sa rencontre, puis s'arrêta, ne sachant trop par où commencer. C'était bien la première fois qu'Helen la voyait bouche cousue.

« Que s'est-il passé ? demanda-t-elle.

— Sanderson vient juste d'avoir l'appel d'un bleu.

— Et ?

— Ils sont à la tour Melbourne. »

Mon Dieu, non.

« Une mère et sa fille ont été retrouvées mortes dans leur appartement. Marie et Anna Storey. Je suis vraiment désolée. »

Helen la regarda comme si elle était folle – comme si elle lui jouait un mauvais tour – mais le visage de Charlie était si solennel, si peiné qu'Helen sut immédiatement qu'elle disait vrai.

« Quand ?

— L'appel est arrivé il y a une demi-heure. Mais tu étais avec le boss, alors...

— Tu aurais dû nous interrompre. Nom de Dieu, Charlie, pourquoi tu n'es pas venue me chercher ?

— Je voulais avoir plus de détails d'abord.

— Quels détails ? Pourquoi ?

— Je crois... Nous croyons qu'il pourrait s'agir du troisième enlèvement. »

Toute son équipe ayant les yeux scotchés sur elle, Helen s'efforça de garder son sang-froid. Elle lança les procédures habituelles, mais elle avait déjà la tête à l'autre bout de la ville. Il fallait qu'elle aille sur place voir de ses propres yeux si c'était réellement possible. En se rendant à moto à la tour Melbourne, elle pensait à toutes les choses – bonnes et mauvaises – qu'Anna et Marie avaient traversées ensemble. Était-ce vraiment la fin qui les attendait depuis le début ? Était-ce là leur récompense pour s'être battues pendant toutes ces années ?

Il y a des jours comme ça où la vie vous balance un grand coup de pied au cul. Helen avait eu la nausée quand Charlie lui avait annoncé la nouvelle. Elle voulait désespérément que ce soit une erreur, elle souhaitait de tout son cœur pouvoir revenir en arrière et faire en sorte que ce soit faux. Mais c'était impossible : Marie et Anna étaient mortes. Une équipe d'experts en démolition venus en reconnaissance sur le site avait remarqué un étrange S.O.S.

barbouillé sur un drap, lequel était pendu à une fenêtre du quatrième étage. Ils avaient été voir, mais n'ayant réussi à entrer en contact avec personne en dépit du fait que les lumières et la télé étaient encore allumées, ils avaient appelé la police. Les agents n'avaient pas été ravis : ils avaient mis des heures à faire tomber la grille en fer, et la porte d'entrée était tellement cadenassée qu'il avait fallu plusieurs tentatives successives pour la forcer. Tout du long ils avaient été convaincus que cette histoire était une perte de temps, que les habitants se cachaient volontairement, qu'ils étaient défoncés ou un truc de ce genre. Mais en entrant, ils avaient trouvé une mère et sa fille gisant par terre dans le salon.

D'emblée, ils avaient pensé au suicide. On s'enferme et on fait ce qu'on a à faire. Sauf qu'en y regardant de plus près, ils n'avaient trouvé aucune clef – ni pour les verrous, ni d'ailleurs pour les cadenas qui renforçaient les grilles. Encore plus étrange, les victimes avaient un pistolet chargé. Il gisait au sol à côté d'elles, inutilisé. Il n'y avait pas de liens, pas de flacon de pilules vide ni de Javel : aucun signe de suicide visible nulle part. L'examen de l'extérieur de l'appartement n'avait révélé aucune trace d'effraction et rien ne semblait avoir été emporté. Tout cela était très étrange, elles étaient juste… mortes. Et les mouches qui survolaient leur corps laissaient penser que ça faisait un moment.

Helen demanda aux agents de fouiller l'immeuble et les terrains alentour – « On cherche un téléphone portable » – pendant qu'elle rejoignait les flics de la police scientifique auprès des corps. Elle qui n'avait jamais perdu son calme devant des collègues, elle se décomposa. C'était trop effroyable de les voir toutes les deux comme ça. Elles avaient vécu tellement de choses, tellement souffert, et pourtant l'amour avait toujours été là. Il y avait toujours eu des sourires et des rires, même au milieu des dégradations et des insultes quotidiennes. Pour cette simple raison, Helen était convaincue qu'il ne s'agissait pas d'un suicide, et la présence du flingue confirmait son intuition.

Elle alla se ressaisir dans la cuisine minuscule. Négligemment, elle se mit à ouvrir les placards, le frigo. Pas de bouffe. Pas même en conserves ni en bocaux. Il n'y avait plus le moindre produit comestible nulle part et pourtant... la poubelle était vide. Il n'y avait ni papiers d'emballage ni bouteilles éparpillés. Alors qu'elle commençait à prendre conscience de la situation, Helen eut un haut-le-coeur. Elle se força à déglutir et se dirigea vers l'évier. Alluma le robinet. Rien. Prévisible. Décrocha le téléphone. Pas de tonalité. Elle se laissa tomber sur la chaise la plus proche.

« Tu penses que c'est elle la responsable ? »

Mark était entré dans la pièce. Elle hocha la tête, puis expliqua :

« Elle les a enfermées chez elles. Elle a emporté leur bouffe, coupé l'eau, coupé le téléphone, et leur a laissé le flingue. On ne trouvera pas les clefs des verrous ni des cadenas puisqu'elle les a pris avec elle... »

La mère et la fille piégées dans leur propre maison, incapables de s'enfuir, incapables d'alerter qui que ce soit susceptible de se soucier d'elles. C'était la mort la plus solitaire qui soit. S'il y avait la moindre consolation dans le fait qu'« elle » n'avait pas gagné, qu'elle n'avait pas réussi à pousser Marie à tuer sa propre fille, pour l'instant Helen ne la ressentait pas.

37

Ce jour-là fut le plus noir. Le pire depuis les événements. Ce jour-là, c'était le jour des funérailles de Ben. Au début, Peter Brightston avait évité sa victime comme la peste : il n'avait aucune envie de connaître l'étendue de la souffrance de sa fiancée et de ses amis ni la teneur de leurs pensées. Seulement, au fur et à mesure, il se rendait compte qu'il passait de plus en plus de temps sur Internet, à regarder la page commémorative dédiée à Ben, les messages laissés sur sa page Facebook, à pénétrer dans la vie qu'il avait détruite.

Trois jours plus tôt, il avait vu la date et le lieu de l'enterrement que le meilleur ami de Ben avait postés. Apparemment, ça n'allait pas être un gros truc, et Peter se surprit à se demander qui du cabinet allait s'y rendre. Les associés y assisteraient tous, ainsi que la majorité de l'équipe de Ben, évidemment. Mais est-ce que les secrétaires iraient aussi ? Peter serait-il la seule personne à ne pas être là ? Pendant un instant de folie, il se demanda s'il ne devrait pas y aller lui aussi, puis il rejeta aussitôt cette idée. Si les amis de Ben le voyaient, ils le démembreraient. Et qui pourrait le leur reprocher ? Malgré tout, une grande partie de lui aurait voulu être présent. Pour le saluer. Pour s'excuser.

Il avait songé à écrire à la fiancée de Ben, mais Sarah l'en avait dissuadé. Elle avait raison bien sûr. Par dépit, il l'avait défiée et s'était installé pour écrire à Jennie : il n'avait pas réussi à sortir un seul mot. Tout ce qu'il souhaitait dire – je ne voulais pas, j'aimerais pouvoir revenir en arrière – lui semblait tellement creux, tellement vain. Ce qu'il pensait, ce qu'il ressentait ne comptait pas pour elle. Ce qui comptait, c'était qu'il avait poignardé son fiancé en plein visage pour sauver sa peau.

Avait-ce valu la peine ? Il n'en était plus certain à présent. Quand l'adrénaline et le choc s'étaient dissipés, il n'avait rien ressenti d'autre qu'une vacuité écrasante, comme s'il avait perdu le goût, l'odorat, le toucher et que désormais il ne faisait qu'exister plutôt que vivre.

Qu'allait-il faire de sa vie maintenant ? Pourrait-il retourner travailler ? Serait-il accepté ? Tout sauf perdre lentement la boule chez lui.

Si seulement Ben avait appuyé sur la détente. Il aurait pu. Il avait eu le temps. Avait-il hésité parce que c'était une femmelette ou parce qu'il avait une morale ? S'il avait appuyé sur la détente, ça aurait été *lui* qui aurait été en train de se noyer dans un océan de culpabilité, tandis que Peter aurait été bien au chaud sous terre.

Salaud. Égoïste.

38

Il arrive à tout le monde de devoir fixer une limite. Pour Jake, ce moment était arrivé. Ce n'était plus ni agréable, ni amusant, ni même professionnel : c'était une vilaine situation qui commençait à déraper. Il était avec un client quand elle s'était pointée, mais elle semblait s'en ficher complètement. Elle s'était assise devant la porte de son appartement, le visage baissé, pendant que Jake finissait sa session. Mais l'ambiance avait été complètement bousillée et il avait dû promettre à son client mécontent une séance gratuite pour arriver à s'en débarrasser. Ce genre d'incident n'était pas bon pour les affaires : sur la côte sud, la scène SM est un tout petit monde, où la rumeur a vite fait de se propager.

Elle s'excusa, mais le cœur n'y était pas. Elle divaguait et avait les nerfs à fleur de peau. Il se demandait si elle avait bu et lui posa la question. Ça ne lui plut pas du tout, elle lui rappela qu'il était dominateur, pas docteur. Il avait laissé couler, ne voulant pas la provoquer, et avait suggéré pour cette fois-là une séance courte et modérée afin d'apaiser les esprits. Ensuite peut-être qu'ils pourraient parler.

Rien à faire. Elle voulait une séance d'une heure pleine, où tous les coups sont permis. Elle voulait autant de douleur qu'il pouvait lui en procurer. Plus que ça, elle voulait des insultes : elle voulait qu'il la traite de salope, de thon, de pauvre merde inutile qu'on devrait buter ou pire. Elle voulait qu'il la *détruise.*

Devant le refus de Jake, elle s'emporta, toutefois il devait être franc. Il y a des gens qu'il aurait volontiers avilis – chacun voit midi à sa porte – mais pas elle. Non seulement il l'aimait bien, mais il savait aussi d'instinct que ce n'était pas ce dont elle avait besoin. Il s'était souvent demandé si elle suivait une thérapie ailleurs : si non, il était tenté de le lui suggérer. Plutôt que de faire grimper encore d'un cran le caractère extrême de leurs séances, il avait le sentiment qu'il était temps de fixer une limite et de lui conseiller d'explorer des voies complémentaires.

« Vous vous foutez de ma gueule, putain ? Comment osez-vous me donner des ordres ? »

Jake resta pantois devant la force de cette explosion.

« C'est une simple suggestion, et si ce n'est pas pour vous, très bien. Mais ça me met mal à l'aise d'aller dans cette di…

— Ça vous met *mal à l'aise* ! Vous êtes une pute, bordel. Vous êtes à l'aise avec tout ce pour quoi je vous paie. »

Elle fonçait droit sur lui et il crut un instant qu'elle allait l'attaquer tellement elle était enragée. Il avait toujours un Taser rangé à portée de main, dont il n'avait jamais eu à se servir. Quelle ironie s'il était amené à l'utiliser maintenant sur *elle* ! Heureusement, au moment où il se dirigeait vers son arme, elle tourna les talons et sortit de l'appartement, furieuse, claquant sauvagement la porte derrière elle.

Il se retint de lui courir après. Ils n'étaient pas amis, ce n'était qu'une cliente. Il avait déjà franchi cette frontière auparavant et il s'en mordait les doigts. Mieux valait se détacher de cette femme maintenant sans se retourner. Il l'aimait bien mais il n'avait pas demandé à être insulté. Il avait trop de bouteille pour tolérer ça. Il laissa tomber les rideaux avec un soupir et la bannit définitivement de sa vie.

39

Helen accéléra jusqu'à atteindre 150 kilomètres à l'heure et se plaça dans un grondement sur la voie de droite. Il était tard à présent, le périphérique était presque vide. Elle jouissait de cette liberté, tournant la poignée de gaz de plus en plus fort. La vitesse était apaisante : l'espace d'un instant, les événements atroces des jours passés cessèrent de l'accabler.

Plus que quelques kilomètres. L'idée de ce qui l'attendait l'aidait à se concentrer. Elle avait un boulot à faire. Et il fallait le faire bien : des vies en dépendaient. Elle connaissait personnellement trois des victimes : Ben, Marie et Anna. La coïncidence était un peu trop forte. Le fait qu'elle les connaissait importait-il ? Ou y avait-il un détail dans leurs traumatismes passés qui leur avait valu d'attirer l'attention de la tueuse ?

C'était Amy la pierre d'achoppement. Helen ne l'avait jamais rencontrée, et autant qu'elle sache, son casier judiciaire était vierge. Même chose pour Sam. Donc si le lien avec Helen était important, pourquoi avaient-ils été choisis eux ? Il était tard, la mère d'Amy n'allait pas apprécier qu'elle débarque pour poser d'autres questions, mais il n'y avait pas d'autre solution.

C'est le père qui ouvrit la porte, prêt à lancer une volée d'injures. Emilia Garanita et ses collègues étaient omniprésents depuis qu'Amy était rentrée chez elle : les Anderson étaient proches du point de rupture. Voyant qu'il s'agissait d'Helen, il ravala ses insultes et la laissa entrer.

Elle fut conduite dans le salon, où on lui demanda d'attendre pendant que Diane Anderson allait chercher sa fille dans sa chambre. Helen scruta les murs, en quête d'inspiration. Une poignée de joyeuses photos de famille – la maman, le papa et leur fille chérie – lui retournèrent son regard, se moquant de son ignorance.

Amy était l'agressivité incarnée, de toute évidence elle n'avait aucune envie qu'on l'oblige à revivre son cauchemar. D'ailleurs elle était en train de dormir – ce qui était rare – et Helen dut s'escrimer pour la mettre en condition. Lentement, à mesure qu'Amy prenait conscience qu'on ne la cataloguait pas comme le méchant de l'histoire, elle se mit à coopérer, répondant de façon franche et ouverte aux questions. Elle n'avait jamais eu d'ennuis avec les flics et n'avait en aucun cas croisé Helen avant. Sam avait-il déjà eu des problèmes ? Pas à sa connaissance. Voulant être avocat, il avait toujours été clairement au fait qu'avoir maille à partir avec la justice risquait de lui coûter son choix de carrière. Résultat, certaines personnes l'avaient jugé un peu ennuyeux, mais Amy appréciait sa solidité et sa fiabilité. Il avait toujours été là pour elle – jusqu'à ce qu'elle lui tire une balle dans le dos.

Elle se referma de nouveau comme une huître : la culpabilité se forçait un passage dans sa conscience, l'attirant une fois de plus au fond du gouffre. Sa mère voulut l'accompagner dans sa chambre, mais Helen insista pour qu'elle et son mari restent répondre à ses questions. Diane Anderson réagit sèchement, et une fois n'est pas coutume, Helen perdit patience, la menaçant de l'arrêter si elle refusait de s'asseoir et d'obtempérer. La femme s'exécuta et durant les trente minutes qui suivirent, Helen mitrailla le couple de questions sur leur vie. Avaient-ils déjà eu affaire à la justice ? Avaient-ils déjà rencontré Helen avant, à n'importe quel titre ? Hélas, à l'exception d'un délit de conduite en état d'ivresse commis par le mari, Richard, trois ans auparavant, il n'y avait rien. Un lien avec Ben, peut-être ? Ou avec Anna et Marie ? Helen les sondait tout en sachant que c'était peine perdue : ils venaient de milieux totalement différents et évoluaient dans des sphères distinctes.

Richard Anderson la raccompagna. Elle avait débarqué tard dans la soirée et avait gâché son crédit auprès d'eux sans avoir rien obtenu de tangible. Il devait exister un lien – elle en était sûre – mais pour l'instant, il restait insaisissable.

40

Elle attachait sa moto dans le parking du commissariat quand elle entendit des pas approcher derrière elle. Une main se posa sur sur son épaule, elle tressaillit, mais nul besoin : elle avait reconnu son assaillant.

Mark lui avait laissé des tonnes de message sur son portable. Il s'inquiétait pour elle.

« Ça va ? »

Difficile de répondre à cette question, Helen se contenta donc de hocher la tête.

« Tu as filé tellement vite de l'appart de Marie. Je n'ai pas eu l'occasion de te parler.

— Je vais bien, Mark. Sur le moment j'étais secouée, mais maintenant ça va. J'avais juste besoin de prendre un peu de temps pour moi.

— Bien sûr, bien sûr. »

Mais il n'en était pas convaincu. Elle était si irritable et pourtant si distante. Après avoir fondu en larmes dans l'appartement, ce qui avait choqué tout le monde, elle avait désormais retrouvé son attitude fuyante habituelle. Il ne l'imaginait pas adepte de la thérapie primale, elle n'avait pas de mec, pas de mari ni de gosses, alors c'était quoi sa soupape ? Chez lui au moins c'était évident : il se bourrait la gueule. Elle, c'était une putain d'énigme, elle refusait de lâcher quoi que ce soit sur elle. Et lui, ça l'énervait à mort.

« Merci, Mark. »

Elle lui posa une main sur le bras, esquissa une petite pression puis pénétra dans le commissariat. Pendant un quart de seconde, Mark se sentit redevenir ado : le moindre signe le remplissait bêtement de joie.

« Passons en revue ce qu'on a. »

Helen avait rassemblé toute l'équipe dans la salle d'enquête histoire de passer les indices au crible.

« Des témoins ?

— Jusqu'ici, rien, répondit le lieutenant Bridges. On est toujours sur les lieux, mais il y a surtout des junkies en quête d'une récompense ou des gens en mal d'attention. Y en a un qui a vu une voiture de couleur sombre, un autre une moto, un autre un OVNI... La ligne téléphonique n'a pas arrêté de sonner mais en gros ce sont des vieilles ou des gosses qui veulent se marrer un bon coup. »

Qu'est-ce qu'elle espérait ? Marie et Anna devaient avoir été enfermées près de deux semaines : pourquoi quiconque se serait-il rappelé quoi que soit qui remonte aussi loin ?

« O.K., et le rapport d'autopsie ? »

Charlie mit les deux pieds dans le plat : aucune raison d'arrondir les angles.

« Les deux victimes étaient décharnées et sévèrement déshydratées. Anna Storey est morte d'asphyxie. On a retrouvé un oreiller avec des traces de sa bave et de sa morve non loin de son corps. »

Helen s'efforça de rester impassible. Marie avait bel et bien tué sa fille, finalement – même si c'était avec tendresse. Quelque part, c'était encore pire. Charlie poursuivit :

« Marie Storey est morte d'un arrêt cardiaque suite à une insuffisance organique généralisée. Le tout provoqué par la faim et les effets de la déshydratation. »

Mark, voyant les effets de ces simples mots sur Helen – et sur tous les autres membres de l'équipe –, s'empressa de lancer ses miettes de bonnes nouvelles.

« Il n'y a aucune caméra de surveillance aux alentours de la cité : ça fait un bail qu'elles ont été vandalisées. L'équipe scientifique a passé de la poudre du sol au plafond sans trouver une seule empreinte, en revanche ils ont découvert un fragment de trace de pas en bordure d'un parterre de fleurs à côté de l'entrée de la tour. Une chaussure à talon, pointure estimée : 39. Les officiers font le tour du quartier avec une photo de la femme en doudoune vert citron et casquette Kappa histoire de voir si ça fait remonter des souvenirs.

— Parfait. Et le flingue ? demanda Helen.

— Encore chargé quand il a été retrouvé. Manifestement pas utilisé, répondit le lieutenant McAndrew, prenant le relais. C'est un Smith and Wesson, datant probablement du début des années 1990. L'arme qu'avait Ben Holland était un Glock et celle qui a tué Sam Taylor était un Taurus trafiqué.

— Où se les procure-t-elle ? s'interrogea Helen. Est-ce que c'est une ancienne militaire ? Un flic ? Vérifions si, dans la moisson de flingues qu'on a récoltés pendant l'amnistie[3] de l'an dernier, il y en a qui manquent à l'appel. »

McAndrew partit aussitôt exécuter cette mission. Sans aucun indice digne de ce nom – les sédatifs utilisés pouvaient s'acheter librement en pharmacie ; les portables, sans contrat, étaient à carte rechargeable – et pas grand-chose en matière de dépositions de témoins pour décrire cette tueuse caméléon, la seule chose sur laquelle ils pouvaient se baser, c'était le schéma et le mobile. *Pourquoi* « elle » faisait ça ? Elle obligeait ses victimes à se livrer à un am stram gram diabolique, en sachant pertinemment que le tireur souffrirait au final beaucoup plus que la victime. Était-ce le traumatisme qu'endurait le survivant, le but, le plaisir ? Helen posa cette question à l'assemblée. Si oui, la tueuse reviendrait-elle observer ses victimes traumatisées afin de savourer sa victoire ? Peut-être devraient-ils mettre plus d'hommes et/ou de surveillance sur Amy, Peter, etc.

3. Système qui permet aux gens qui détiennent illégalement des armes de les restituer à la police sans encourir de poursuites.

Ça allait coûter les yeux de la tête, mais ça valait peut-être le coup.

« Comment pouvait-elle savoir lequel allait être tué ? s'enquit Charlie.

— Bonne question. Connaît-elle vraiment les duos au point de pouvoir supposer qui sera la victime ? enchaîna Helen.

— Impossible, non ? répondit le lieutenant Sanderson.

— Improbable en effet, acquiesça Helen. Elle ne pouvait certainement pas prédire la réaction des gens soumis à ce genre de pression. Ce qui soulève la question suivante : les victimes sont-elles choisies complètement au hasard ? »

Voilà qui était déjà plus probable. Si certains tueurs en série se préparent minutieusement et suivent leurs victimes à la trace, la plupart les sélectionnent en fonction de l'opportunité et non de leur identité. Fred West choisissait des auto-stoppeurs, Ian Brady enlevait les enfants qui séchaient les cours, l'éventreur du Yorkshire frappait au hasard...

Sauf que. Helen connaissait personnellement trois des victimes. Elle mentionna cela à l'équipe, mais se heurta au silence. À quoi s'attendait-elle ? À une théorie fulgurante qui lui aurait fait porter le chapeau, ou bien à un déni ferme et énergique de l'importance de ce détail. Elle n'eut ni l'un ni l'autre car, comme le souligna Mark, elle n'avait jamais croisé Amy avant. Il avait raison, bien sûr : cette théorie avait beau être intéressante, elle ne tenait pas debout. Amy était l'intrus : il n'y avait pas de schéma.

« Et si elle les avait choisis parce que c'était des cibles faciles ? intervint de nouveau Charlie. Parce qu'ils étaient isolés et vulnérables ? »

Murmure d'acquiescement général.

« Amy et Sam formaient un couple tranquille. Elle n'est pas franchement un animal social et lui non plus. Ils étaient secrets, avaient peu d'amis proches. Ben Holland ne se mêlait pas aux autres. Sa confiance s'était accrue avec le temps et il s'était fiancé, mais il vivait encore seul, même si quelques semaines seulement le séparaient de son mariage. Anna et Marie étaient seules au monde. Peut-être que la tueuse les vise parce qu'elle le *peut* ? »

Helen se surprit à hocher la tête, pourtant là encore il ne s'agissait pas d'une théorie à toute épreuve. Ce n'était pas comme si personne n'allait pleurer leur perte. Amy était très proche de sa mère et celle de Sam jouait un rôle actif dans la vie de son fils. Ben était fiancé et allait se marier : nul doute qu'il allait être regretté. Anna et Marie n'étaient dans les petits papiers de personne, certes, mais les services sociaux auraient fini par les retrouver.

La clef, c'était de découvrir un lien entre les victimes. Ou de prouver qu'elles se faisaient enlever uniquement parce qu'elles étaient par deux.

Helen déclara la réunion terminée. Les tâches avaient été distribuées – fouiller les bases de données en quête d'anciennes condamnées qui auraient pu avoir une dent contre Helen, ou de meurtrières avec un penchant pour le sadisme élaboré ou les jeux – même si au fond, Helen ne s'attendait à aucun résultat.

C'était une énigme – pure et simple.

41

Tout le monde fut surpris quand Peter Brightston annonça soudainement qu'il allait retourner travailler. Ses collègues et associés l'avaient encouragé à prendre trois mois de congé maladie – six même, s'il voulait – en partie parce qu'ils s'inquiétaient pour lui, mais surtout parce qu'ils redoutaient la réaction du personnel à son retour. Peter avait beau être rustre, dans l'ensemble les gens l'adoraient, ne serait-ce que parce qu'il connaissait la loi comme sa poche.

Seulement il avait poignardé Ben. Tué un collègue. Or il n'y avait rien dans le manuel des ressources humaines qui expliquait comme gérer cette situation. On avait l'impression qu'il n'allait pas être inculpé : la police avait vaguement laissé entendre qu'il s'agissait de quelque terrible accident. Peter s'était mis au diapason, ne livrant à personne les détails qu'ils mouraient d'envie de connaître tout en les redoutant.

Quand il se présenta après quelques semaines d'arrêt, ce fut contre l'avis des médecins et des psychologues. Mais il était déterminé – janvier était toujours un mois très dense au cabinet – et puis que pouvaient-ils faire ? L'évincer alors qu'il n'avait été inculpé de rien ? Mettre un terme à ses vingt ans d'exercice et le jeter à la casse à cause d'un accident ? La vérité, c'était que personne ne savait quoi faire, et donc, comme il fallait s'y attendre, personne ne fit rien.

Il arriva à la première heure le lundi matin. Ponctuel, comme toujours. Le bureau était bizarrement silencieux ce jour-là, tandis que Peter envoyait quelques mails et se faisait un ou deux cafés. Personne n'avait programmé de réunion avec lui « Vas-y mollo pour commencer, Peter » – et ses collègues eurent tôt fait de trouver des prétextes pour filer au bureau de Bournemouth ou emmener un client à un long déjeuner. Après tout le battage qu'il y avait eu autour de sa reprise du travail, les questions polies concernant sa santé et son bien-être n'avaient duré qu'une demi-heure, puis tout était revenu à la normale.

À part le fauteuil vide. Le poste de Ben n'avait pas encore de remplaçant – l'enterrement venait tout juste d'avoir lieu, après tout – son bureau et son fauteuil restaient donc vacants. Ses effets personnels avaient été empaquetés et restitués à sa fiancée, si bien que l'ensemble du poste de travail semblait nu. Un trou vide là où jadis il y avait eu une vie.

Pile dans la ligne de mire de Peter. Dans leur ligne de mire à tous. Rappel insistant des événements. Tout le monde – depuis la direction jusqu'aux employés de cantine – s'était attendu à ce que ce soit dur pour Peter. Ce à quoi personne ne s'était attendu, en revanche, c'était qu'à 15 h 30, lors de sa première journée de reprise, il se dirigerait vers le toit du bureau, crierait le nom de sa femme, puis se donnerait la mort en sautant par-dessus la barrière de sécurité.

42

Japon ? Australie ? Mexique ?

On avait une mappemonde quand on était gosses. Une qui s'allumait. Dieu seul sait pourquoi et où on l'avait eue. On n'était pas du genre cultivés et les connaissances en géographie de ma mère s'arrêtaient au débit de boissons le plus proche. Mais je l'adorais cette mappemonde. C'était le siège de tous mes fantasmes. Faire courir sa main sur la surface lisse, changer de continent en l'espace de quelques secondes, c'était facile de m'imaginer que j'étais libre.

Je me voyais en train de faire du stop pour aller au port, le sac à dos rempli de provisions – sans oublier des biscuits Jammie Dodgers – en vue d'un long voyage. J'escaladais la chaîne glissante de l'ancre, aux maillons aussi gros que moi, et une fois à bord je glissais me cacher dans le canot de sauvetage. Mon corps entier frissonnait de joie en sentant le navire gigantesque se détacher de la terre et, alors qu'il voguait à travers les océans et par-delà les continents, j'étais bien au chaud dans mon petit trou de souris.

On finissait par atterrir dans je ne sais quel lieu lointain et exotique. Je me laissais glisser en bas de la chaîne et plantais les pieds sur ce sol nouveau. Le mien. Le début d'une toute nouvelle aventure.

Parfois mes fantasmes se rapprochaient dangereusement de la réalité. Je prenais quelques sacs en plastique que je bourrais de sandwichs au fromage, de barres chocolatées et d'un duvet moisi.

Et puis je m'éclipsais en refermant discrètement la porte derrière moi. Je longeais l'allée qui puait la pisse et descendais la rue. Liberté.

Mais quelque chose – ou quelqu'un – me ramenait toujours à la maison avant que je quitte l'enceinte de la cité.

C'est toi qui me ramenais toujours à la maison.

43

Les badauds sont une cible facile, non ? De vrais déterreurs de cadavres qui se nourrissent de la malchance des autres. Et pourtant, qui parmi nous pourrait affirmer qu'il ne regarderait pas ? Qu'il n'a pas regardé en passant au ralenti à côté d'un carambolage sur une autoroute ou ne s'est pas attardé à proximité d'un cordon de police ? Que cherche-t-on ? Des signes de vie ? Ou des signes de mort ?

Une chose est sûre, Peter Brightston avait créé un gros attroupement, les gens étant désireux de voir à quoi ressemblent quatre-vingt-dix kilos de chair et d'os qui percutent le trottoir. Helen et son équipe arrivèrent quelques minutes seulement après les secours. Mais contrairement aux pauvres types dont le boulot consistait à ramasser ses restes à la petite cuillère, Helen, Charlie et Mark ne s'intéressaient pas à Peter. Des collègues à lui l'avaient vu sauter – il ne pouvait s'agir d'un acte commis sous la contrainte –, c'était un cas de suicide évident. Non, ce qui intéressait Helen, c'était les badauds. Ceux qui étaient venus se repaître du carnage.

Quelque chose lui disait que la tueuse n'abandonnerait pas ses victimes une fois qu'elle les aurait mis en orbite. Le suicide de Peter constituait certainement l'apogée de tous ses rêves et de tous ses espoirs. La carte de visite vivante incapable de supporter la culpabilité que lui avait imposée sa ravisseuse. La meurtrière n'avait même pas eu à lever le petit doigt cette fois-ci. Elle avait pu savourer son œuvre en toute décontraction. Cela dit, elle aurait sûrement eu envie de voir, non ?

C'est la raison pour laquelle ils avaient apporté des caméras. Depuis divers emplacements discrets – certains en hauteur, d'autres au niveau de la rue – ils filmaient la foule, enregistrant l'intérêt morbide des masses pour le désespoir d'un quinquagénaire.

Plus tard, le visionnage des prises de vue fut un travail déprimant. Ils avaient capturé le moment où la femme de Peter, Sarah, était arrivée. Elle était dans tous ses états, complètement folle. Elle n'avait pas encore digéré l'enlèvement de son mari et son étrange réapparition. Ni réussi à pénétrer cette tristesse qui envahissait tout : elle avait fait appel à des psychologues, mais l'armure de son mari était trop forte. Et maintenant ça. Tout son univers – et la place qu'elle y occupait – avait été détruit en l'espace de quelques semaines. Elle avait vécu jusque-là dans un monde fait de confort, d'école privée et de vacances au ski, le tout enrobé d'un sentiment de sérénité et de contentement. Désormais le monde semblait être un lieu obscur, berceau du mal, du sadisme et du danger.

« Avançons un peu », suggéra Helen.

Personne ne s'y opposa. Les images accélérèrent brièvement avant de retrouver un rythme normal. Un défilé interminable de secouristes et de voyeurs.

« On cherche une femme de taille moyenne, entre un mètre soixante-cinq et un mètre soixante-quinze, mince. Grand nez, lèvres pulpeuses. Poitrine ronde à forte. Oreilles percées. »

C'était Mark qui rappelait au groupe ce qu'ils traquaient. Pourtant, tout en parlant, il se demandait s'ils ne perdaient pas leur temps. Même s'ils voyaient la tueuse, la reconnaîtraient-ils ? Ils avaient projeté au tableau les portraits-robots électroniques compilés grâce à Amy et à Peter, mais ils étaient rudimentaires, avec des couleurs de cheveux différentes, etc. Allaient-ils regarder la tueuse droit dans les yeux sans l'identifier ?

Peu après, le film s'arrêta.

« Qu'est-ce qu'on fait, maintenant, chef ? » demanda Charlie.

Ils avaient visionné le film deux fois sans remarquer quoi que ce soit d'intéressant. Seulement il était difficile de regarder tout le monde en même temps – il y avait tellement de gens à l'écran –, alors après une seconde d'hésitation, Helen répondit :

« Une dernière fois. »

Ils s'installèrent pour une nouvelle session. Mark fit tourner un paquet de biscuits : ils avaient tous besoin d'une dose de sucre et ils lui furent reconnaissants de les laisser entamer sa réserve secrète de friandises. Les yeux de nouveau rivés sur l'écran, ils essayèrent de se concentrer au maximum.

« Là ! »

Charlie parla si fort qu'elle fit sursauter Helen et Mark. Elle rembobina le film, puis le relança. Et soudain elle appuya sur pause.

« Regardez ici. »

Elle désignait une femme au cœur de la foule, qui regardait les secouristes mettre la housse mortuaire sur un brancard.

« Si je zoome juste un peu, on aura peut-être une meilleure image…

— Qui est-ce ? coupa Helen.

— Je l'ai déjà vue. À l'enterrement de Ben Holland. Elle était seule et avait disparu aussitôt le service terminé. Je n'y avais pas accordé beaucoup d'intérêt sur le moment, mais de fait, il ne m'a pas semblé l'avoir vue adresser la parole à qui que ce soit pendant la cérémonie. »

Le visage de la femme apparaissait en gros plan sur l'écran, à présent. Était-ce la première image de leur serial-killeuse ? Ils étudièrent attentivement son visage. Elle avait les traits fins, un nez assez proéminent, un carré blond, bien habillée, respectable. Elle aurait très bien pu être la femme des portraits-robots. C'était franchement dur à dire avec ce genre d'outils : on a parfois tellement envie que ça corresponde que nos yeux nous jouent des tours.

Tandis qu'ils se rendaient en voiture chez les Anderson, Helen sentit un profond soulagement l'envahir. Et autre chose aussi : l'espoir. Elle avait enfin matière à travailler. Elle scrutait la photo imprimée de la suspecte pendant que Mark conduisait : qui était cette femme ?

Ils furent invités à pénétrer dans le foyer des Anderson avec la mauvaise grâce habituelle. C'est drôle comme les victimes en viennent à détester les intrusions policières, même quand elles ont besoin d'aide. Assise dans le salon, Helen en vint vite au fait.

« Nous avons la photo d'une suspecte, Amy. Nous aimerions que tu y jettes un œil. »

Maintenant leur présence présentait de l'intérêt. Helen remarqua un échange de regards entre les parents : commençaient-ils à espérer eux aussi ? Elle tendit la sortie d'imprimante à Amy. Celle-ci l'examina attentivement, puis ferma les yeux, essayant de convoquer le souvenir de sa ravisseuse. Silence. Elle rouvrit les yeux. Scruta l'image une fois de plus.

Un long, très long silence, puis :

« Ça pourrait être elle. »

Pourrait ?

« Quel est ton degré de certitude, Amy ?

— Difficile à dire. Il faudrait que je la voie en vrai pour être sûre, mais ça pourrait effectivement être elle. Les cheveux, le nez... Oui, ça pourrait. »

Ce n'était pas parfait, mais ça suffisait pour le moment. Amy tendit la photo à ses parents, qui n'avaient que trop envie de voir la salope qui avait kidnappé leur fille. Helen aurait voulu la leur arracher des mains : ce n'était pas le moment de jouer au furet.

« Je la connais. »

La voix de Diane Anderson retentit, sèche et claire.

Il y eut un silence. Puis Helen demanda :

« Êtes-vous en train de dire que vous l'avez déjà vue ?

— Je l'ai rencontrée. Je lui ai parlé. Je *sais* qui elle est. »

Helen regarda Mark : enfin un lien entre les victimes. Il leur avait fallu longtemps – trop longtemps – pour en arriver là. Mais désormais ils avaient un suspect numéro un. Helen ressentit une décharge d'adrénaline et l'espace d'une seconde elle se rappela la raison première qui l'avait poussée à devenir flic.

44

Son excitation fut de courte durée. Alors qu'elle sortait de chez les Anderson, elle repéra la Fiat rouge d'Emilia Garanita, reconnaissable entre cent, garée en travers de l'allée de manière à bloquer le passage. Et voilà la journaliste qui approchait, un sourire à lui donner le bon Dieu sans confession plaqué sur le visage.

« Savez-vous ce que vous encourez pour entrave au travail de la police, Emilia ?

— Le problème, c'est que je n'ai pas d'autre moyen de vous parler, si ? répliqua innocemment celle-ci. Vous ne répondez jamais à mes messages et les gens de votre liaison médiatique en savent moins que moi sur cette enquête, alors que faire ?

— Dégagez. »

Mark commençait à s'impatienter mais il n'eut pour seule récompense qu'un regard profondément méprisant.

« Je voudrais vous parler de Peter Brightston, poursuivit Emilia.

— Tragique.

— Bizarre qu'il se suicide si tôt après l'accident de Ben. Ce n'était qu'un accident, n'est-ce pas ?

— C'est ce que nous pensons.

— Sauf que des collègues de son cabinet font courir la rumeur qu'il l'aurait *tué*. Auriez-vous un commentaire à faire là-dessus, commandant ?

— Les gens spéculent toujours, Emilia, vous le savez bien. »

À ce jeu-là, Helen refusait de suivre une autre règle que la sienne.

« S'il y a un changement quelconque, je vous le ferai savoir, mais il ne s'agit pas d'une ligne que nous...

— À quel sujet se sont-ils disputés ? Amour ? Argent ? Étaient-ils homosexuels ? »

Helen força le passage.

« Vous me faites perdre mon temps, Emilia. Et aux dernières nouvelles, il s'agissait d'un délit. »

Helen et Mark montèrent dans la voiture banalisée. Mark alluma ostensiblement le moteur en fusillant Emilia du regard. La journaliste le gratifia d'une expression hautaine avant de retourner lentement à sa Fiat. Helen était soulagée et contente qu'Anna et Marie ne soient pas entrées dans leur discussion : leur mort avait été mise sur le compte de causes naturelles, ce que personne ne semblait remettre en question – du moins pas encore.

Alors qu'ils s'éloignaient, elle jeta un œil dans le rétroviseur histoire de s'assurer qu'Emilia ne les suivait pas. Pour une fois, celle-ci s'était dit que prudence était mère de sûreté et avait abandonné sa chasse. Helen poussa un soupir satisfait. Hors de question qu'il y ait du public pour ce qu'elle s'apprêtait à faire.

45

Hannah Mickery était en pleins préparatifs d'un dîner d'amis quand Helen débarqua à sa porte. Elle était en tous points aussi respectable et séduisante qu'elle en avait l'air sur son site. Exemple typique de ce que permet le fric. Les bouteilles de Clos Vougeot qui avaient été mises à décanter en prévision de l'arrivée des invités renforçaient le sentiment général de richesse.

Elle nageait tellement dans l'opulence qu'Helen l'aurait classée parmi les très bon partis. Pourtant elle vivait seule. Ce fut la première bizarrerie qui la frappa. Plus tard, dans la salle d'interrogatoire, Hannah Mickery affirma avec véhémence que c'était à cause de son travail. Qu'elle donnait tant à ses clients qu'elle avait rarement le loisir de fréquenter des gens ou d'avoir des rendez-vous amoureux. La soirée qu'Helen avait gâchée avait déjà été reportée deux fois à cause du caractère imprévisible de son métier. Le ressentiment qu'elle nourrissait envers Helen du fait de son irruption cinglait la pièce.

Elle avait son avocat à ses côtés. Lui aussi coûtait un bras. Elle attendait toujours qu'il intervienne et c'est seulement s'il s'abstenait qu'elle répondait aux questions. Ils formaient une équipe soudée, réfléchie, crédible. Il serait difficile de les discréditer si cette affaire allait jamais au tribunal.

Elle souligna que si elle s'était rendue sur les lieux du décès de Peter, c'était uniquement du fait de ses liens avec Ben. Psychothérapeute, elle avait passé du temps avec ce dernier après les événements épouvantables de son enfance. Le meurtre était le pire des cas de figure, pire encore que le suicide, car le suicide possède au moins une dimension tragique dans sa vacuité même et son désespoir. Mais comment aider un jeune homme à dépasser la destruction de sa famille par son père ? Comment digérer le fait qu'une personne que vous aimiez vous a bousillé la vie et laissé seul au monde ?

Elle avait l'impression de progresser avec le jeune Ben – ou James comme il s'appelait à l'époque. Et quand au bout de trois ans il avait arrêté de venir la voir, il était à peu près remis sur pied. Opérationnel.

« Êtes-vous restés en contact ? lança Helen, déjà agacée par le ton attendri des souvenirs d'Hannah.

— Non, mais je me suis tenue au courant de son parcours. Grâce à Facebook et ce genre de choses.

— Pourquoi ?

— Parce que je l'aimais bien. Je voulais qu'il survive. J'étais aux anges quand j'ai appris qu'il allait se marier.

— Et qu'avez-vous ressenti quand vous avez "découvert" qu'il avait été assassiné ?

— J'étais effondrée. Évidemment. »

Dit sans passion, songea Helen.

« Et quand un ami m'a raconté que son assassin s'était suicidé, je... enfin, je n'arrivais pas à y croire.

— Donc il fallait que vous le voyiez de vos propres yeux.

— Oui, en quelque sorte. Ce n'est pas joli joli, pas très louable, mais je tenais à voir.

— Est-ce vrai que vous avez offert vos services à Peter Brightston après qu'il s'est échappé de son lieu de captivité ? »

Il y eut un silence. Un regard en coin jeté à l'avocat, puis :

« Oui.

— En dépit du fait qu'il avait tué votre ami Ben ?

— Peter était manifestement mal en point. Sans compter qu'il avait été relâché sans être inc...

— Comment saviez-vous qu'il était mal en point ? L'avez-vous vu après sa libération ? »

Un silence plus long cette fois-ci. Vraiment très long.

« Je suis allée chez lui une fois. J'ai sonné et j'ai demandé à le voir. Je lui ai proposé mes services mais ça ne l'intéressait pas.

— Comment saviez-vous où il habitait ?

— Ça n'était pas difficile à trouver. Avec les informations publiées dans les journaux.

— Donc vous l'avez traqué jusque chez lui ?

— Je ne suis pas sûr d'apprécier ce terme, commandant, intervint l'avocat.

— Toutes mes excuses, Sandy. Je ne te savais pas aussi sensible. Combien de temps ont duré les séances avec Diane Anderson ? demanda Helen, reportant son attention sur la suspecte.

— Quelques mois. C'est un collègue à elle qui lui avait parlé de moi. Sa meilleure amie était morte très brusquement et elle avait besoin d'aide. Mais pour tout dire, le cœur n'y était pas. Je crois qu'elle avait l'impression que voir un psychothérapeute, c'était faire preuve de "faiblesse".

— Avez-vous rencontré Amy durant cette période ?

— Non. Même si évidemment je connaissais son existence.

— Il n'y a donc aucune raison qu'Amy vous reconnaisse ?

— Commandant... » intervint l'avocat.

Il voyait très bien où elle voulait en venir. Helen obligea malgré tout Hannah à répondre.

« Non, nous ne nous étions jamais rencontrées. »

Ils passèrent aux alibis. Hannah était chez elle le soir de l'enlèvement d'Amy – aucun témoin puisqu'elle travaillait seule à des tâches administratives – mais prétendait avoir été avec un client quand Ben avait été porté disparu.

Comme elle n'avait ni secrétaire, ni assistante, cet alibi allait devoir être confirmé ou infirmé par le client en question.

« Parlez-moi de Marie Storey. »

Celle-là, ils ne s'y attendaient pas.

« Vous l'avez soignée il y a quelques années, suite au suicide de son mari. »

C'était Mark qui avait déniché cette info. C'était étrange de voir comment l'équipe, lentement, parvenait à faire cause commune sur cette affaire. Encore des chicaneries avec l'avocat, puis :

« Ce sont les services sociaux du Hampshire qui m'avaient confié son dossier. Son mari s'était suicidé en avalant de la Javel, si je me souviens bien. Il n'arrivait pas à faire avec les cartes que la vie lui avait distribuées. Cela dit la mère, Marie, était plus forte. Il le fallait, pour Anna.

— Vous vous rappelez bien leurs noms.

— J'ai une bonne mémoire. »

Helen ne releva pas.

« Les avez-vous vues récemment ?

— Non.

— Leur avez-vous parlé ?

— Non. J'ai appris leur mort dans les journaux, évidemment. Je me suis dit que c'était finalement devenu trop lourd pour Marie. La presse était avare en détails.

— Pourquoi avez-vous arrêté de la soigner ?

— Compression de personnel à la Sécu. Ce n'est pas moi qui ai pris cette décision.

— Comment considérez-vous vos clients ? Simplement comme ça : des clients ? Ou comme des patients ? Des amis ?

— Je les considère comme des clients. Des gens que je peux aider.

— Vous arrive-t-il de les détester ?

— Jamais. Ils sont parfois contrariants, mais ce n'est guère surprenant.

— Il ne vous arrive vraiment jamais de détester leur faiblesse, leur apitoiement sur soi, leur numéro du “ô pauvre de moi” ?

— Jamais. »

Elle parait bien – une vraie pro – et peu après, son avocat déclara l’interrogatoire terminé. Ils étaient obligés de la laisser partir. Ils n’avaient aucun chef d’accusation contre elle. Mais Helen s’en fichait. Pendant qu’elle interrogeait Hannah, Mark avait fait une demande de mandat de perquisition pour son domicile et son cabinet, et l’avait obtenu. Il y a mille façons de plumer un canard.

Un suspect de sexe féminin. Qui avait des liens avec trois victimes différentes. Quelqu’un qui les connaissait – elles et leur vulnérabilité – intimement. Maintenant, tout ce qu’il leur fallait, c’était des preuves. Pour la première fois depuis le début de l’enquête, Helen avait l’impression qu’enfin, ils progressaient.

46

C'était une façon étrange de fêter l'événement. Elle, les deux mains serrées autour d'une bouteille de jus de fruits J2O, lui savourant un Schweppes qui le réchauffait lentement. Pas très rock'n'roll. Mais ça faisait quand même du bien. Ni l'un ni l'autre n'avait encore jamais été confronté à une affaire pareille. Les meurtres en série sont rares et quand il y en a, ça a tendance à être un véritable carnage. Une explosion de colère destructrice qui s'éteint rapidement. Là, le niveau d'attention et de planification qui présidait à ces meurtres, c'était du costaud. Même si aucun flic ne le reconnaîtrait jamais, ce genre de crimes est profondément déstabilisant. Il vous donne l'impression que votre expérience ne sert à rien, que votre instinct est faussé, votre formation pitoyablement inadaptée. Ce genre de crimes brise le système qui préserve votre foi.

Cela dit désormais, ils tenaient une piste. Rien de définitif encore, certes, mais un flic est toujours content d'avoir un axe fort. Quelque chose – ou quelqu'un – à poursuivre. Mark observait sa supérieure qui bavardait de l'affaire d'un ton animé. Elle avait toujours été séduisante, mais là il y avait autre chose. Une chaleur, un sentiment d'optimisme et d'espoir, qui était en général chez elle dissimulé. La révélation, ce fut son sourire. Pas souvent là, difficile à oublier.

Mark, qui sentait croître son attirance pour elle, était déterminé à y résister. Jamais plus il ne laisserait une femme, quelle qu'elle soit, avoir ce genre d'emprise sur lui. Et pourtant il avait envie de pénétrer son armure et d'en savoir plus à son sujet. À quoi rêvait-elle, petite ? Était-elle populaire ? Était-elle riche ? Les garçons lui couraient-ils après ?

« Tu as grandi dans le coin ? »

Pas terrible, comme ouverture : il n'avait jamais été très doué pour bavarder. Elle secoua la tête.

« Sud de Londres, répondit-elle avec un accent à couper au couteau. Ça ne s'entend pas ? »

Flirtait-elle avec lui ?

« Tu n'as pas d'accent.

— J'ai travaillé à le faire disparaître. Un bon ami à moi dans la police m'a expliqué très tôt que plus on a l'air chic, plus vite on grimpe les échelons. Tout ça, ce ne sont que des préjugés, mais de fait, tout le monde pense que vous êtes plus intelligent.

— Ça doit être là que je me suis planté.

— Tu ne t'en tires pas si mal. »

Mais oui, elle flirtait bien avec lui.

« Je ne te savais pas si retorse.

— En même temps, tu ne me connais pas très bien, pas vrai ? »

C'était quoi, ça ? Un « vas-y, lâche-toi », ou un « laisse tomber » ? J'ai vraiment perdu l'entraînement, se dit-il. Elle se dirigea vers le bar et revint avec une pinte de bière. Il la regardait, excité, aguiché, déchiré : son désir pour elle se bousculait avec son envie pour l'alcool. Elle lui tendit le verre.

« On a eu une bonne journée aujourd'hui. Alors bois un coup. Tu connais la règle : tant que je suis là, tu as le droit. »

Il s'empara de la bière. Bu. Juste une gorgée : il voulait lui montrer qu'il se maîtrisait, qu'il n'était pas faible. Ça faisait tellement longtemps qu'il se détestait, lui et sa vie. Maintenant qu'il sortait progressivement du gouffre, il allait faire preuve de force. Il lui rendit le verre. Elle lui sourit – c'était chaleureux, encourageant.

« Pourquoi es-tu entré dans la police, Mark ? »

Maintenant c'était à elle de poser les questions.

« Parce que personne d'autre ne voulait de moi. »

Elle éclata de rire.

« Je rigole pas, j'ai complètement foiré le lycée. C'en était un bon en plus – avec entrée sur concours et tout – mais je suis pas arrivé à m'y mettre. J'arrivais pas à me concentrer. J'avais qu'une envie, c'était de me tirer de la salle de classe.

— Pour courir les filles ?

— Ça et le reste. Après deux années passées à sniffer de la colle et à faire cramer des cabines téléphoniques, mon vieux m'a foutu dehors. J'ai passé trois nuits par terre chez ma sœur, et après je me suis dit : "Tout ça, c'est des conneries." Et je me suis engagé.

— Quel héros.

— Mon père a failli faire une attaque. Il croyait que c'était une blague. Mais j'ai surpris tout le monde. Ça me plaisait. J'aimais le fait que chaque jour soit différent. Qu'on ne sache jamais ce qui nous attend. Et j'aimais les blagues avec les gars. On n'avait pas de chefs femmes à l'époque. »

Elle haussa un sourcil. Puis se coula vers le bar pour payer une autre tournée. Ce n'était donc clairement pas juste un petit verre après le boulot. Mark se demandait comment il allait la jouer, mais n'était pas plus avancé quand elle revint. Le décolleté de sa chef lui adressa un clin d'œil au moment où elle posa les consommations sur la table. Était-ce accidentel ? Impossible à dire.

« Et toi alors ? Pourquoi tu t'es engagée ? »

Un silence bref puis :

« Pour aider les gens. »

Concis, précis. C'était tout ?

« Quand je suis entrée chez Ben. Que j'ai vu la boucherie. Et que j'ai contribué à épargner à ce garçon le même destin. Ça a été le déclic. Je ne pouvais plus m'arrêter. Je ne pouvais plus reculer après ça.

— Tu es douée. Pour sauver les gens, je veux dire. »

Elle le regarda attentivement. Il hésita avant de poursuivre :

« Sans toi, à l'heure qu'il est j'aurais démissionné. Je ne te l'ai pas dit, mais j'avais écrit ma lettre. J'étais prêt à la donner. À laisser tomber. Mais tu m'as sauvé. Tu m'as sauvé de moi-même. »

C'était dit avec passion, du fond du cœur – pendant un instant, il eut honte de sa franchise, de sa mise à nu. Pourtant c'était vrai : sans elle, Dieu seul savait où il serait. Elle le dévisagea, sérieuse tout à coup. Avait-il fait foirer les choses ? C'est alors qu'elle se pencha par-dessus la table et l'embrassa.

Dehors, il sourit en lui sortant la phrase la plus ringarde qui lui vint à l'esprit.

« Chez toi ou chez m…

— Chez toi. »

47

L'appartement de Mark était un bouge. Comme il n'avait pas prévu de séduire sa supérieure ce jour-là, les vestiges de son repas de la veille au soir étaient toujours en évidence. Il avait quand même changé les draps le matin, le lit sentait le frais et le propre quand ils s'y enfoncèrent.

Elle n'avait jamais été du genre à papoter. C'était pareil maintenant. En général c'est l'homme qui imprime le rythme dans ce genre de situation – du moins il essaie –, là non. Mark était à la fois surpris et excité par la manière ferme dont sa chef prenait les choses en main.

Quand ils étaient entrés précipitamment chez lui, il avait tenté, comme il le faisait toujours (toujours ? à quand remontait donc la dernière fois ?), de briser la tension par un peu d'humour :

« Je t'offrirais bien un verre, mais... »

Elle ne s'était même pas donné la peine de répondre. Elle avait simplement traversé l'appartement et l'avait embrassé. Puis en laissant tomber son manteau par terre, elle lui avait demandé où était la chambre. Là, elle l'avait poussé sur le lit et empoigné sa ceinture.

Mark avait fait l'amour à de nombreuses reprises, mais il se rendit compte que c'était la première fois qu'on *lui* faisait l'amour. Agacé d'être obligé de se soumettre, il essaya de la retourner. Maintenant qu'il bandait, il avait soudain envie de la dominer – de la niquer, de la brusquer – mais elle le cloua sur le dos en le chevauchant de force.

L'aimait-elle ou prenait-elle simplement son pied avec lui ? Il prit soudain conscience que cela comptait pour lui. Que même alors qu'elle s'empalait sur son sexe, provoquant à travers leurs deux corps une douce vague de frissons, il avait envie que cela ait du sens, que ce ne soit pas simplement une partie de jambes en l'air. Les hommes sont censés dissocier le sexe des sentiments. Être capables de mettre leurs émotions en veille et de penser avec leur queue. Mark, lui, n'avait jamais été comme ça.

Il essaya encore une fois de la faire basculer, elle le repoussa violemment. Elle n'était manifestement pas encore prête à aller dans cette direction, il décida donc de se soumettre. Cette bataille terminée, leurs ébats se firent plus détendus, plus tendres. Helen ralentit le rythme et leurs corps bougèrent enfin à l'unisson. À la grande surprise de Mark, elle semblait savourer le moment. Le savourer *lui.* Tout en frottant ses tétons contre ses lèvres, elle se glissa la main entre les jambes et se masturba en se balançant d'avant en arrière sur lui.

Mark luttait désespérément à présent pour retenir son orgasme. Baiser sa chef, c'est une chose. Mal la baiser, ou trop vite, c'en est une autre. Alors il se battait, convoquant toutes sortes d'images d'une banalité ennuyeuse afin de réprimer son excitation, mais tandis qu'Helen accélérait de nouveau le rythme (sentant l'orgasme de son partenaire venir), ça ne pouvait se finir que d'une seule manière.

Il aurait voulu s'excuser. Seulement il n'était pas sûr que ce soit justifié. Elle l'aida à se sortir de ce mauvais pas.

« C'était chouette. »

Il sentit alors tous ses doutes refluer. Il l'enlaça tendrement et à sa grande surprise, elle ne résista pas. Elle se lova contre lui pour savourer ce bonheur post-coïtal.

Comme ils étaient allongés là, à peine couverts par le drap, Mark caressa son corps du regard. Durant la volupté de la passion, il avait senti des égratignure dans son dos, sans y prêter attention. Maintenant, moins distrait et plus curieux, il les observa en détail. Il fut choqué. Le reste de sa peau était si douce, si propre, si... parfaite.

Elle devait avoir lu dans ses pensées car elle remonta le drap sur ses épaules. La conversation s'interrompit avant même d'avoir commencé. Il restèrent allongés en silence un long moment. Puis elle se tourna vers lui et dit :

« Ça reste entre nous, nous et personne d'autre. O.K. ? »

Ce n'était pas un ordre, il n'y avait pas non plus de menace dans sa voix. Non, son ton était suppliant, presque timide. Et Mark, pour la énième fois de la journée, en resta sur le cul.

« Bien sûr. Absolument. »

Sur ce elle alla se doucher, le laissant la tête pleine de questions.

48

Helen traversa la rue d'un pas décidé pour rejoindre sa moto. Elle savait que Mark la regardait depuis la fenêtre de chez lui, mais n'en laissa rien voir. Elle ne jouait pas – simplement elle n'était pas encore prête à faire des signes guillerets de la main ni à envoyer des baisers imaginaires. Cela dit c'était quand même bon de sentir ses yeux sur elle, elle ralentit donc le pas afin de savourer ce moment quelques secondes de plus.

Elle enfourcha sa Kawasaki et alluma le moteur. Son cuir et son casque constituaient pour elle une autre forme d'armure, un espace où elle pouvait exister seule en toute tranquillité. Pourtant ce jour-là, pour la première fois depuis bien longtemps, elle n'avait pas l'impression d'en avoir besoin. D'avoir à se cacher du monde. Ce qui s'était passé avec Mark avait été complètement improvisé et inattendu : d'où cette sensation de plénitude, probablement. Quand elle avait le temps de réfléchir, les choses se compliquaient souvent à outrance et au final il ne se passait rien. Mais ce jour-là, c'était tout simplement parfait. Elle se demandait ce que pensait Mark. Il se disait peut-être qu'elle était bizarre et il n'aurait pas été le premier. Ou peut-être qu'elle l'intriguait. C'était le mieux qu'elle pouvait espérer à ce stade, et pour ça, elle était prête à signer.

Il était temps de partir. Ce ballot la regardait toujours : le rideau ne dissimulait que vaguement sa silhouette nue. Pour son bien autant que pour le sien, il valait mieux qu'elle s'en aille. Elle tourna donc la poignée de gaz et descendit la rue à toute vitesse. Fouettée par le vent, elle se rendit compte que ce jour-là décidément, elle avait des sensations inhabituelles.

Elle était heureuse.

49

Martina retira son soutien-gorge et projeta ses seins nus vers l'autre fille. Caroline – c'était ça son nom ? – réagit aussitôt en lui léchant les tétons, animée d'un désir fiévreux, théâtral. Martina rejeta la tête en arrière en geignant – son regard fut aussitôt attiré par une bosse sur le toit de la camionnette. Comment était-elle arrivée là ?

Elle avait fait ça tellement de fois qu'il lui était impossible de rester concentrée sur le boulot. Pendant que le corps se contorsionne pour le plaisir d'un autre, le cerveau part en goguette et on se surprend à se demander si on va pouvoir arriver au pub avant la fermeture, si on devrait aller en vacances en Égypte ou encore combien l'autre nana a payé pour se faire refaire les nibards. C'est vraiment dingue de voir à quel point nos pensées peuvent être banales, surtout quand la fille – c'était peut-être Carol, pas Caroline – est en train de vous brouter la moquette. Martina gémit pile au bon moment. Les clients ne devinent jamais, évidemment. Ils sont tellement obnubilés par ce qu'ils voient – deux nanas avec des nichons comme des obus qui s'entredévorent – qu'ils ne repèrent pas les signes distinctifs de l'ennui. Et quand bien même, on s'en foutrait pas mal.

Cela dit ce boulot-là était un poil différent de la plupart des autres. En général la partoche se joue sous les yeux d'un homme d'affaires solitaire qui se masturbe face à son fantasme lesbien devenu réalité ou, plus lucratif, devant deux types pleins aux as qui n'ont qu'une hâte : se jeter dans la bataille. Le truc lesbien, c'est juste un *amuse-bouche*[4] pour eux : ils sont impatients d'embrocher les filles, de les chevaucher en tandem, se félicitant mutuellement en silence de leur richesse, de leur imagination, de leur dépravation. De vrais branleurs, mais comme ils payent bien, ce genre de plan est toujours bienvenu.

Qu'une femme engage deux filles, c'était beaucoup plus rare. Surtout une nana aussi bien fringuée que Cyn. Et c'était plus rare encore que la femme ne s'implique pas. La plupart de celles qui engagent des putes vivent un mariage heureux mais sexuellement frustrant. Tout en voulant le statut et les dorures de la vie familiale ordinaire, elles se languissent d'être tripotées par leurs congénères du même sexe. Pour elles, ce n'est pas le spectacle qui compte, mais le contact. Cyn, c'était différent. Elle en était à sa quatrième session et n'avait encore jamais posé un seul doigt sur elles. Elle ne s'était jamais touchée non plus. Chaque rencontre était identique : elle venait les chercher dans sa camionnette et les conduisait jusque dans le New Forest, où elle les regardait s'administrer des coups de boutoir avec des godes-ceintures et autres réjouissances. Au début, elles étaient un peu sceptiques – c'était quoi, un plan de pseudo-voyeuriste ? – mais en réalité Cyn était parfaitement inoffensive. Martina se demandait souvent ce qui pouvait bien se passer dans la tête de cette femme. Qu'est-ce qu'elle en retirait ?

Le truc le plus bizarre, c'était le paiement. Cyn avait compris très tôt que Martina était une fêtarde, une clubbeuse. Et depuis lors, elle ne l'avait jamais payée en liquide. Non, elle lui proposait de la came. Elle devait avoir de bons contacts parce que la valeur à la revente de ce qu'elle refilait dépassait largement la somme due en liquide. Elle devait se débrouiller pour l'avoir pas cher – ou gratos, la sale veinarde.

4. En français dans le texte.

Elles en terminèrent – dans une frénésie d'orgasmes simulés – puis quelques secondes plus tard, se rhabillèrent. Cyn fit courir ses yeux sur le corps d'athlète musclée de Martina – elle était grande pour une fille – avant de déclarer :

« J'ai un truc spécial pour vous aujourd'hui. »

Elle brandit un sachet transparent rempli de cachets. Martina s'en empara pour l'étudier de plus près. C'était de grandes pilules blanches estampillées d'une tête d'aigle.

« Fraîchement débarquées d'Odense. Je crois que ça va vous plaire. Pas besoin de stimulant avec ces petites beautés, croyez-moi. »

Martina en versa la moitié dans les mains avides de Caroline, puis sans hésiter elles en avalèrent une chacune. Un goût inhabituel d'amande sucrée. Caroline demanda où elles allaient aller ce soir.

Martina s'apprêtait à la remballer – elle allait rendre visite à sa sœur ce soir-là – mais les mots refusaient de sortir. Soudain elle eut la tête qui tournait. Elle chancela comme si elle s'était relevée trop vite, perdant repères et équilibre. Elle rit et se stabilisa. Cyn était en train de lui parler – elle s'assurait qu'elle allait bien – mais sa voix lui parvenait déjà assourdie et lointaine. Il y avait une main sur son bras, lequel lui parut soudain très lourd, comme tout son corps, d'ailleurs. Qu'est-ce qui se passait, bon Dieu ? Et puis il y avait Caroline étalée face contre terre sur le plancher de la camionnette. Comment avait-elle atterri là ? Mais qu'est-ce...

Soudain ce fut le noir.

50

Helen fit en sorte d'arriver la première au bureau. Après s'être totalement abandonnée avec Mark la veille, elle avait été envahie par le doute. L'attitude prudente qu'elle adoptait par défaut – cercle fermé – reprenait le dessus. Pour une fois elle était déterminée à ne pas y céder, mais comme elle n'était pas sûre de ce à quoi ressemblerait son masque quand elle verrait Mark entrer, elle arriva tôt histoire de se laisser le temps de se préparer.

Il se présenta à l'heure et se mit tout de suite au boulot. À présent la majeure partie de l'équipe était là. Helen lança un regard furtif à Mark : elle se demandait si d'autres collègues avaient remarqué à quel point il avait meilleure mine ces derniers temps. Il avait pris du poids, des couleurs, et son air hagard avait complètement disparu. Elle se demandait s'ils allaient passer la journée à marcher sur des œufs compte tenu du changement subtil qui s'était introduit dans leur relation, mais Charlie mit vite fin à ses interrogations en venant lui donner les dernières nouvelles.

Helen avait dégainé sa vieille astuce – garder le suspect suffisamment longtemps en garde à vue pour mettre en place un mandat de perquisition – de sorte que Hannah Mickery n'avait eu le temps ni de préparer des justifications ni de se débarrasser de preuves incriminantes. Ils avaient emporté son ordinateur – en voyant ça, elle avait pété un câble – et la plupart de ses agendas, journaux, etc. Bien sûr ils ne pouvaient pas toucher aux dossiers de ses clients – confidentiels – mais quand on veut, il y a d'autres moyens d'obtenir des informations sur des patients. Ce serait pour plus tard de toute façon.

Une chose fut claire dès le départ : Hannah en savait sacrément long sur ces meurtres. Elle avait toutes les coupures de journaux au sujet de la mort de Sam, de Ben, de Marie et d'Anna, mais aussi des photos. Et pas seulement celles découpées dans la presse locale (issues quant à elles de Facebook, d'albums scolaires, etc.). Non, il s'agissait de photos qu'elle avait prises d'Amy et de Peter *après* l'événement. Helen trouva également le numéro de téléphone d'Amy griffonné dans son journal intime. Pourquoi avait-elle ce numéro alors qu'elle n'avait ni rencontré Amy, ni jamais, à en croire sa déposition, été autorisée à lui parler ?

Elle avait les coordonnées du travail de Peter, ses adresses mail et, encore plus intrigant, son emploi du temps, lequel, manque de bol, correspondait à la période où il avait repris le travail et ne pouvait donc en aucun cas être lié à son enlèvement.

L'ordinateur, ce fut une autre paire de manches. Devant le refus d'Hannah de livrer son mot de passe, ils avaient été contraints de se colleter à la bête. Les gens pensent que ce genre de matériel est sécurisé, c'est faux, et même si pour être carrés ils auraient dû attendre d'avoir obtenu la paperasserie nécessaire, Helen avait décidé de passer outre et en deux coups de cuiller à pot, les types de l'informatique avaient ouvert le système d'exploitation.

Charlie s'étant farcie la majeure partie du boulot sur le terrain, elle se reposa pendant qu'Helen naviguait parmi les dossiers que contenait le MacBook Air d'Hannah. La plupart étaient ennuyeux – boulot et gestion domestique – mais une pépite s'y nichait. Caché loin des regards dans le Finder de l'ordinateur se trouvait un dossier verrouillé nommé simplement « B ». Terriblement alléchant… là encore il ne fallut pas longtemps pour l'ouvrir.

Helen se redressa tout droit sur sa chaise en voyant le contenu. Une transcription mot à mot de la déposition officielle d'Amy, telle qu'elle avait été dictée à Helen dans la cellule de garde à vue. Elle plissa les yeux, abasourdie. Elle cliqua sur l'icône RealPlayer qui se trouvait également dans le dossier « B », et ses pires craintes se réalisèrent. Là, dans une définition parfaite, elle vit la capture vidéo d'une Amy traumatisée en train de lui faire sa déposition. Qu'importe son identité – et son rôle –, Hannah avait manifestement une taupe dans la police. Une taupe qui lui avait donné cette capture. Mais à quelle fin ?

Charlie s'étrangla. L'enquête avait fait un bond en avant capital, mais potentiellement dévastateur. S'agissait-il de corruption ? De complicité ? Un flic était-il plus ou moins impliqué dans ces meurtres ?

« Ferme-moi ça. Et pas un mot, à personne. »

Charlie hocha la tête, Helen se leva et partit sur la pointe des pieds s'entretenir avec son supérieur.

51

Elle avait du brouillard plein la tête. Groggy, elle se releva péniblement, puis frissonna. Elle voyait encore flou, mais sentait le froid et l'humidité lui transpercer le corps. Où était-elle ?

Lentement, les images s'imprimèrent sur sa rétine, chacune lui infligeant une douleur digne de la pire des gueules de bois ; elle dut se rasseoir. Le sol était dur, inhospitalier. Elle se rappelait la camionnette, Cyn, Caroline... Elle regarda sa montre et vérifia aussitôt une deuxième fois. Avait-elle vraiment pioncé plus de vingt-quatre heures ?

Le bruit d'un haut-le-cœur lui fit lever la tête. *Caroline.* Elle venait juste de gerber et pleurait désormais dans son vomi.

Ressaisis-toi. Réveille-toi. Hélas, ce n'était pas un rêve. C'était trop bizarre pour être fictif. Était-ce Cyn qui l'avait conduite ici ? Elle était où, celle-là, d'ailleurs ? Martina hurla, seul un écho assourdi lui répondit. Elles étaient dans une espèce de cave : une pièce voûtée en briques mal éclairée par une vieille lanterne. Exiguë, sombre, en voie de décomposition : le cagibi oublié d'une grosse baraque peut-être. Ça ne rimait à rien. Rien de tout ça ne rimait à rien.

La porte était verrouillée de l'extérieur. Du métal massif, elle tambourina quand même. Elle frappa jusqu'à ce que ses mains la lancent et que sa migraine redouble, puis s'affaissa au sol, vaincue.

« Caroline ? »

Pas de réponse. Elle se remit debout et alla laborieusement la rejoindre. Qu'importe ce qui se passait, au moins elles étaient ensemble. En chemin, son pied heurta un objet dur qui vola à ras du sol. Elle poussa un cri de douleur, puis se rendit compte qu'elle avait failli marcher sur autre chose : un portable.

Elle le ramassa. Ce n'était pas le sien et il ne lui semblait pas que ce fût celui de Caroline non plus. Elle appuya sur une touche : une lumière verte très crue illumina l'écran. *Vous avez un nouveau message.*

Par réflexe, elle appuya sur « O.K. ».

À côté de ce téléphone se trouve une arme. Il y a une balle à l'intérieur. Pour Martina ou pour Caroline. Ensemble vous devez décider qui vivra et qui mourra. Seule la mort vous permettra de vous libérer. Il n'y a pas de victoire sans sacrifice.

Point barre. Martina porta aussitôt les yeux sur l'objet qu'elle avait éjecté à l'autre bout de la pièce. Un flingue. C'était un putain de flingue.

« C'est toi qui as manigancé ça ? aboya-t-elle à Caroline. Tu trouves ça marrant comme blague ? »

Mais Caroline se contenta de pleurnicher en secouant la tête :

« Qu'est-ce que tu veux dire ? Je ne sais pas ce... »

Martina lui jeta alors le téléphone.

« Ça. »

Caroline ramassa nerveusement le portable. Elle avait les mains qui tremblaient en lisant le message. Puis le téléphone lui échappa et rebondit bruyamment par terre ; la tête collée contre la poitrine, elle se mit à sangloter. Martina avait la nausée : visiblement, Caroline ne savait rien.

Elle voyait sa respiration faire de la buée devant sa bouche. Le froid empirerait-il dans cette tombe ? Est-ce qu'elles crèveraient congelées avant qu'on les trouve ?

Sa vie n'était pas censée se terminer comme ça. Elle avait enduré trop de choses pour mourir dans ce trou glacial et humide.

Lentement, dans l'obscurité hachurée, ses yeux vinrent se poser sur l'arme.

52

Elle était surveillée.

Cela faisait maintenant plusieurs jours qu'une camionnette Transit était stationnée à la même place. Pourtant il n'y avait aucun signe d'activité autour. Il y avait le logo d'un plombier sur le côté, mais jamais on ne voyait d'artisan, sans compter qu'elle avait cherché le nom de l'entreprise sur Internet : elle n'existait pas. Elle avait dû effectuer cette opération sur son nouveau Smartphone puisque la police détenait toujours son ordinateur.

Hannah Mickery scrutait le véhicule depuis sa fenêtre, entre l'interstice des rideaux. Étaient-ils en train de l'observer, là à cet instant, à travers les vitres teintées, à prendre des photos ? Ou se montrait-elle simplement parano ?

Il y avait eu tellement de gens chez elle pendant la fouille, qu'il avait été difficile de tous les avoir à l'œil. Auraient-ils eu le temps de mettre sa maison sur écoute ? Après leur départ, Hannah avait cherché dans la moindre planque possible. En vain. Peut-être était-ce un peu trop Guerre froide pour un poulet ordinaire.

Cependant ça paie d'être prudent quand il y a tant en jeu.

À l'heure qu'il était cette vache snobinarde de Grace devait avoir pillé son ordinateur. Elle aurait probablement dû leur donner le mot de passe, mais pourquoi ne pas les faire trimer un peu plus ? Quoi qu'il en soit, à l'heure qu'il était, ils devaient savoir. Ça allait être difficile de faire passer ça pour de l'intérêt professionnel ou même de prétexter qu'il s'agissait de voyeurisme macabre. Mais avaient-ils le moindre chef d'inculpation contre elle ? Bien sûr que non.

Pourtant la vigilance restait de mise. Elle jouait gros maintenant, une seule erreur et tout risquait de partir à vau-l'eau. L'organisation de cette opération avait demandé tellement de réflexion. Il aurait été criminel de tout foutre en l'air maintenant.

La nuit tombait. Il n'y en avait plus pour longtemps. Pouvaient-ils surveiller les appels passés sur son portable ? Si le tabloïde *News of the World* était preneur, alors...

Elle espérait qu'elle était sur écoute. Ça lui faciliterait la vie. Et la fuite. Un frisson d'excitation la parcourut : quand la partie est lancée, chaque coup est excitant.

53

Caroline avait beau serrer les genoux contre sa poitrine pour se protéger du froid, elle n'arrivait pas à s'arrêter de trembler. Était-ce de froid, d'ailleurs ? Ou de peur ? Elle ne savait plus. Elle avait perdu prise sur... tout. Elle ignorait totalement si c'était le jour ou la nuit. Pas vraiment de notion de la durée de leur incarcération. Elle ne savait pas ce qu'elles avaient fait de mal ni la raison de leur présence ici. Tout ce qu'elle savait, c'est que c'était insoutenable.

La faim lui tiraillait l'estomac, elle avait la gorge en feu, les os glacés jusqu'à la moelle. Quand elle fermait les yeux, des formes étranges dansaient dans l'obscurité : des motifs multicolores qui se muaient en papillons, en oiseaux, voire en arc-en-ciel. Elle commençait à halluciner. Était-ce son corps qui fermait boutique ? Avec un peu de chance, oui. Ou alors c'était son cerveau qui battait la campagne, le début d'une lente descente dans la paranoïa et la folie. S'il vous plaît, mon Dieu, pas ça.

Au début, elles avaient essayé de tromper la faim en mangeant des fourmis. Caroline avait eu ses règles : son sang menstruel se coagulait par terre dans le coin opposé de la pièce. Son goût sucré et collant avait attiré les insectes et elles s'étaient bousculées pour les aspirer. Il y avait de ça à peu près un jour, elle avait attrapé un cafard, qu'elle s'était réjouie de sentir croustiller sous ses dents. Hélas, plus rien à avaler maintenant. Tout ce qu'il leur restait, c'était la puanteur. Le froid atroce. Et la solitude.

Y avait-il seulement quelqu'un qui les cherchait ? Personne n'allait regretter deux escort-girls. Martina, réservée, avait peu voire pas d'amis. Caroline avait une coloc – une nana prénommée Sharon, originaire de Macclesfield – mais elle ne la considérait pas comme une amie. Aurait-elle eu suffisamment de jugeotte pour appeler les flics ou se serait-elle contentée de mettre une petite annonce pour trouver une nouvelle colocataire ? La seconde hypothèse, probablement : Sharon était contre le gagne-pain de Caroline et aurait été ravie de saisir l'occasion pour l'éjecter. Elle était sûrement en train de débarrasser sa chambre à l'heure qu'il était. Salope.

Martina avait une sœur, mais étaient-elles proches ? Caroline n'en avait aucune idée. Pour la première fois depuis des années, sa famille lui manquait. Elle avait eu une bonne raison de se barrer de chez elle – même si personne ne l'avait jamais reconnu – mais elle regrettait amèrement son départ à présent. Sa mère, impuissante, n'était pas méchante, et son père – bah, il n'était pas franchement fait pour être père ni mari – mais il ne lui aurait pas voulu de mal. Pourquoi n'avait-elle pas repris contact avec eux ? Leurs soixante ans étaient passés, il y avait eu des tas de Noël, de Pâques, autant d'occasions de renouer et d'acter une réconciliation, mais elle n'avait jamais fait l'effort. Lui auraient-ils demandé d'expliquer son déménagement à la cloche de bois ? Auraient-ils été dégoûtés par la manière dont elle menait aujourd'hui sa vie ?

À la vague de colère qui envahit son cœur, elle comprit exactement pourquoi elle n'avait jamais renoué. Elle leur en voulait encore. De n'avoir rien remarqué. De ne pas l'avoir protégée. Leur négligence la rendait toujours furieuse et c'était pour ça qu'elle était seule au monde. C'était pour ça qu'il n'y avait personne qui la cherchait en ce moment. Elle ou Martina avaient-elles quelque chose – ou quelqu'un – pour qui il valait la peine de vivre ? Quel était le degré de proximité de Martina avec sa sœur ? Elle avait envie de le lui demander, mais où était l'intérêt ? Ce n'était pas une compétition.

Si ?

54

Comme il fallait s'y attendre, le commissaire Whittaker n'avait pas bien pris la nouvelle.

« Qu'est-ce que vous me racontez, bordel ? Qu'un *flic* lui a filé ça ? »

La nature macabre de ces meurtres avait nécessité un verrouillage total de l'information. Le *Evening News* et deux journaux nationaux, après avoir noté l'augmentation soudaine des morts dans le coin, fouinaient, mais aucun n'avait encore subodoré la marionnettiste invisible qui orchestrait ces crimes atroces. La police scientifique et les autres agents auxiliaires n'étaient pas au courant de l'ultimatum fatal qui était lancé aux victimes. L'accès à cette information – téléphones, enregistrement et transcription des interrogatoires – avait été extrêmement limité. De toute évidence, Whittaker et Helen savaient, de même que Mark et Charlie, ainsi que deux autres officiers qui faisaient partie du noyau de l'équipe, mais c'était à peu près tout. Donc à moins qu'un informaticien ait été renseigné sur leur contenu, ou soit tombé dessus par hasard, ils allaient devoir balayer devant leur porte pour trouver la source de la fuite. Whittaker n'avait pas tourné autour du pot. Il allait falloir enquêter sur tous les membres de l'équipe afin de trouver les preuves d'une éventuelle corruption ou complicité. Ce devait être fait sans parti pris, et fissa.

Helen progressa rapidement. À notre époque les interrogatoires ne sont plus conservés sur cassettes ni sur minidisques : il y a belle lurette que ce matos obsolète n'a plus cours. La capture de l'interrogatoire est désormais enregistrée directement sur un réseau numérique sécurisé. Une fois l'interrogatoire terminé, ce fichier est crypté puis chargé sur un serveur sécurisé. Seuls les utilisateurs jouissant d'une autorisation peuvent avoir accès aux enregistrements et aux transcriptions stockés. Il n'existe qu'une seule source – le serveur – et tous ceux qui s'y introduisent laissent une trace.

La capture de l'interrogatoire avait été visionnée un nombre incalculable de fois dans le cadre de l'enquête : une longue liste de ces visionnages se déroula quand Helen fouilla dans l'historique. En revanche la capture avait été téléchargée ou gravée sur un CD ou une carte mémoire à trois occasions seulement. Et lors de deux d'entre elles, Helen avait été présente – sans compter qu'elle avait toujours les enregistrements en sa possession. Ne restait donc qu'un téléchargement non autorisé. Avec ce genre de matériel, il est impossible d'effacer ses traces sans détruire l'ensemble du serveur, l'information était donc là, noir sur blanc : « Mer. 11 janvier 16 h 15. »

Il était peu probable que ce soient les informaticiens car ce jour-là ils avaient participé à un mouvement de grève, c'était d'ailleurs peut-être la raison pour laquelle la taupe avait choisi ce jour précis. Whittaker était en congé, Helen avait passé l'après-midi au labo. Les officiers subalternes de l'équipe, eux, avaient fait du porte-à-porte (Helen allait devoir vérifier ça), ce qui laissait donc deux officiers au parfum présents dans le bâtiment et jouissant d'un accès au serveur sécurisé : Mark et Charlie.

Helen s'en voulait à mort. Elle aurait dû annuler son dîner avec Mark, inventer une excuse, mais il l'avait prise au dépourvu. Ne pouvant pas revenir sur son engagement sans le vexer ni agir d'une manière qui aurait éveillé ses soupçons, elle s'était prêtée au jeu. Il avait plaisanté sur le mal qu'il s'était donné pour l'impressionner, raison pour laquelle ils s'attaquaient à présent à des bucatini aux crevettes dans un silence quasi total. Elle avait parfaitement conscience de la déception et du malaise de Mark – sa vision d'une nuit d'ébats passionnés volait en éclats – mais impossible d'arrêter de cogiter. À moins qu'elle ne fût complètement à côté de la plaque, il était probable que Charlie ou Mark aient gravement trahi l'équipe et ce faisant dévoilé l'enquête à une tierce personne. Quand un officier corrompu veut du fric, il fuite dans la presse. Il devait donc s'agir d'autre chose. Chantage. Sexe. Ou plus sinistre encore.

Elle était tiraillée. Elle avait envie de jouer franc-jeu avec lui mais cela serait revenu à risquer sa propre tête. Il s'agissait désormais d'une enquête interne : si elle partageait des informations avec un « suspect », elle serait corrompue à son tour. Alors elle tint sa langue et fit poliment la causette.

Ils abandonnèrent assez vite le repas et passèrent au salon. Elle se dirigea nonchalamment vers le chambranle de la cheminée. Les photos de la famille heureuse et de l'ex-femme avaient depuis longtemps disparu. Ne restaient que d'innombrables clichés d'une gamine avec un charmant carré blond et un grand sourire.

« C'est Elsie.

— Quel âge a-t-elle ?

— Sept ans. Elle vit avec sa mère. Pas loin d'ici. »

Mais manifestement trop loin au goût de Mark. Helen posa encore quelques questions intéressées, auxquelles Mark répondit comme seul pouvait le faire un parent fier, livrant un historique des exploits et des centres d'intérêt d'Elsie. Des anecdotes concernant ses particularités et ses loufoqueries. C'était dur à entendre, tellement son affliction d'être séparé de sa fille était évidente. Un an plus tôt, c'était un flic brillant, comblé par une femme aimante et un petit ange qui n'avait d'yeux que pour lui. Désormais il avait tout perdu au profit d'un autre homme : l'amant de sa femme, Stephen. C'était cette liaison qui avait mis un terme à leur mariage et pourtant c'était Mark qui se retrouvait à la porte. Il avait été blessé – profondément – par une personne qui avait pris avec légèreté les vœux du mariage. Sa femme avait remporté le pactole. Lui, un appart en location et des visites un week-end sur deux.

Tandis qu'Helen faisait de son mieux pour le réconforter, une petite voix en elle lui disait de partir. De s'éloigner de ce type qui de toute évidence était en train de tomber amoureux d'elle. Mark finit par se calmer. Tout en la remerciant d'avoir écouté ses radotages, il lui caressa la joue : un merci tendre et muet. Puis il essaya de l'embrasser.

Helen se dirigea comme un robot vers la porte d'entrée. Mark s'élança derrière elle en s'excusant. Alors qu'elle ouvrait la porte, il lui attrapa le bras et la tira en arrière. Elle s'écarta vivement comme si elle avait été brûlée.

« S'il te plaît, Helen, si je t'ai offensée... bégaya Mark.

— Ne supplie pas, Mark. Tu vaux mieux que ça.

— Je ne comprends pas ce qui se passe.

— Il ne se passe rien.

— Je croyais que toi et moi... qu'on...

— Tu croyais mal. On a fait l'amour. Point barre.

— Je me fais plaquer ?

— Ne sois pas si puéril.

— Alors quoi ? Je croyais que tu m'aimais bien. »

Elle réfléchit, tâchant de choisir soigneusement ses mots.

« Mark, je ne le répéterai pas, alors écoute-moi bien s'il te plaît. Ne tombe *pas* amoureux de moi, d'accord ? Je n'en ai pas envie et toi non plus.

— Mais pourquoi ?

— Ne le fais pas, c'est tout. »

Sur ce, elle était partie. En descendant l'escalier, elle se mordait les doigts de sa stupidité. Son premier instinct avait été le bon : elle n'aurait jamais dû venir ici.

55

Charlie Brooks bâilla et étendit les bras. Ses articulations craquèrent bruyamment : elle était restée assise trop longtemps dans la même position. Elle se résolut à bouger plus régulièrement, à s'étirer, faire des exercices... et se cogna aussitôt la tête contre le plafond métallique.

Elle détestait la planque. L'espace confiné, le régime alimentaire malsain et la promiscuité avec des collègues masculins qui avaient soit le béguin pour elle, soit une mauvaise hygiène personnelle, soit les deux. Certes des fois ça portait ses fruits, mais on avait toujours l'impression que le fun et le vrai boulot de flic se passaient ailleurs. Helen n'aurait-elle pas pu trouver une autre poire pour ce job ? Son moral baissa encore d'un cran alors qu'en face d'elle le lieutenant Grounds se grattait ostensiblement un bouton.

Elle avait la nette impression d'être punie – pourquoi en revanche, elle l'ignorait. Une chose était sûre, Helen s'était montrée sèche avec elle ces derniers temps. Elle avait été tentée à plusieurs reprises de lui demander carrément ce qui n'allait pas, pour finalement se raviser à la dernière minute, craignant de passer pour une paranoïaque. Pourtant ce sentiment demeurait. Elle avait contrarié Helen d'une manière ou d'une autre et surveiller la maison de Mickery devait être sa pénitence.

La psy n'était presque jamais sortie de chez elle depuis qu'elle avait été relâchée de sa garde à vue. Quelques trajets à l'épicerie, chez le marchand de journaux, guère plus. Elle ne s'était pas du tout servie de sa ligne fixe et tous les appels qu'elle avait passés depuis son portable avaient été brefs et insignifiants. Manifestement, elle n'allait pas laisser le nuage de la suspicion troubler sa vie professionnelle, d'où la visite d'une cliente. Les deux femmes s'étaient enfermées depuis maintenant une heure : Charlie ne pouvait pas s'empêcher de se demander quels complexe, angoisse ou petit péché étaient débattus.

Puis soudain il y eut du mouvement. Elle se redressa d'un coup sur sa chaise et tourna vite sa caméra. Amère déception. C'était juste la cliente qui quittait sa séance en s'abritant de la pluie battante sous son « joyeux » parapluie jaune. Charlie se rassit, maussade, et la regarda partir.

Il fallait vraiment être adepte du mentalisme pour porter cette tenue, songea-t-elle, sarcastique. Béret violet et imper rouge : elle croyait sortir tout d'un droit d'un clip de Prince ou quoi ? Et alors les talons. Des talons de strip-teaseuse, purement et simpl...

Et là elle remarqua que la femme qui venait de sortir n'en portait pas. Elle avait des ballerines.

Charlie sortit de la camionnette en un éclair, ordonnant à Grounds d'aller dans la maison tandis qu'elle se lançait à la poursuite de la cliente. À pas rapides mais discrets, elle gagna vite du terrain, mais alors qu'il ne lui restait plus qu'une trentaine de mètres à parcourir, la femme se tourna de profil. Charlie entraperçut son visage : aucun doute, c'était Mickery déguisée avec les vêtements de sa cliente. La psychologue se mit aussitôt à courir, Charlie à ses trousses : l'idée de ce qu'Helen dirait si elle la perdait lui donnait des ailes.

Elle pensait que la poursuite serait facile, mais Mickery était douée. Elle traversa sans hésiter la rue encombrée, se frayant habilement un passage à travers la circulation rapide. Charlie s'élança à sa suite, déterminée à ne pas se laisser distancer, mais les voitures qui freinaient entravaient sa course.

Elles bifurquèrent dans une rue latérale. Une centaine de mètres les séparaient à présent, et sans piétons pour la gêner dans cette voie tranquille, Charlie commença à gagner du terrain sur sa proie. Soixante-dix mètres, cinquante, quarante. De plus en plus près.

Une rue passante apparut devant elles. Hannah se jeta au milieu de la chaussée. Le béret s'était maintenant envolé et ses longs cheveux auburn flottaient derrière elle. Parvenue de l'autre côté de la rue, elle plongea sans hésiter dans l'entrée accueillante du centre commercial Marlands. Charlie était à quelques secondes derrière elle.

Un océan de lycéens, blasés et dragueurs. Un vigile qui se curait les dents. Deux types empotés portant des T-shirts de l'équipe des Saints. Mais pas de Mickery.

Puis soudain un éclair auburn. Dans l'escalator le plus éloigné. Charlie repartit de plus belle, sautant par-dessus les bacs à fleurs et les bambins. Elle sprinta, vite, de plus en plus vite, ses poumons la brûlaient. Écartant violemment de son chemin un chaland d'une quarantaine d'années, elle déboula au niveau mezzanine.

Le manteau rouge. Il disparaissait dans Topshop. De là, pas moyen de s'échapper. Charlie s'engouffra dans le magasin, sa carte déjà dégainée, alors que les vigiles commençaient à se réveiller. Elle allait enfin pouvoir regarder Helen dans les yeux : un trophée juteux à lui livrer.

Sauf que. Ce n'était pas le bon manteau rouge. Bonne couleur, mauvaise personne. Une célibataire qui faisait son shopping en vue d'un rendez-vous amoureux, et quelque peu surprise de se retrouver malmenée par une fliquette en sueur.

« Qu'est-ce que vous faites, bon sang ?

— Merde ! »

Charlie s'éloignait déjà de sa victime stupéfaite. Elle alpagua le premier vigile venu.

« Est-ce que vous avez vu une femme avec un manteau rouge passer en courant ? QUELQU'UN a-t-il vu une femme avec un manteau rouge ? »

Elle contempla l'océan de visages perplexes, sachant déjà que c'était sans espoir.

Mickery s'était fait la malle.

56

Cela faisait maintenant plusieurs jours qu'elles n'avaient pas bougé. Elles étaient vaincues, écrasées par le désespoir. L'inanition serait leur délivrance : il était clair qu'il n'y aurait pas d'échappatoire.

Au début Caroline ressemblait à un gamin miséreux. Maintenant on aurait dit une victime de la famine, ses côtes menaçaient de lui transpercer la peau d'un moment à l'autre. Martina étant la plus musclée des deux, malgré des jours et des jours sans manger, elle trouva les ressources pour se mettre laborieusement debout.

« Tentons encore le coup. »

Elle avait essayé d'insuffler énergie et espoir dans sa voix, mais Caroline se contenta de grogner.

« Je t'en prie, Caroline, il faut qu'on retente. »

Caroline leva alors la tête histoire de voir si Martina était sérieuse. C'était sans espoir, pourquoi se torturer ? La porte n'avait pas cédé d'un pouce malgré leurs coups répétés. Elles avaient les épaules tuméfiées, les ongles cassés. Elles ne pouvaient rien faire de plus.

« Quelqu'un pourrait nous entendre.

— Il n'y a personne dehors.

— Il faut qu'on essaie. Je t'en prie, Caroline, je ne suis pas encore prête à mourir. »

Un long silence puis, lentement, à contrecœur, Caroline souleva du sol son corps las. Le désespoir était plus facile que l'espoir. L'espoir était cruel car il lui promettait des choses qu'elle craignait de ne plus jamais connaître :

l'amour, la chaleur, le confort, le bonheur. Rien de tout cela n'était possible – c'était des rêves – tant qu'elle était enterrée vivante dans cette tombe. Tout ce qu'elle voulait à présent, c'était qu'on la laisse désespérer en paix, alors si se jeter sur la porte pendant quelques vaines minutes permettait à Martina de la boucler, soit.

Elle se laissa aller et s'élança à fond de train contre le battant, où elle s'écrasa. La douleur fut intense : une vive sensation de brûlure dans l'épaule qui se mua lentement en un élancement sadique. Elle se retourna, rageuse.

« Ben alors, tu m'aides ou qu... »

Sa voix se brisa : Martina la braquait avec le flingue. Elle s'était faite avoir. Cette sale traître l'avait piégée.

« Je suis vraiment désolée », marmonna Martina, et elle appuya sur la gâchette en fermant les yeux pour ne pas voir l'horreur.

La déflagration se répercuta dans toute la cave.

Il n'y eut aucun cri. Pas de bruit de chair qui se déchire. Juste celui, sourd, de la balle qui se fiche dans le sol. Martina avait raté sa cible.

Elle appuya encore et encore sur la détente, mais elle savait pertinemment qu'il n'y avait qu'une balle. Un seul coup d'essai vers le salut.

Caroline se jeta sur elle et la renversa. Elles luttèrent sauvagement dans la poussière, Martina perdait l'avantage et bientôt Caroline se retrouva sur le dessus. Ses genoux appuyèrent lourdement sur la poitrine de son adversaire, puis elle écarta les jambes pour lui bloquer les bras. Maintenant elle lui enroulait ses doigts écorchés vifs autour de la gorge.

Déchaînée, elle délirait. Mais elle triomphait. Elle poussa des hurlements de joie en étranglant à mort la jeune prostituée.

Elle avait gagné.

57

« Où est-elle ? » beugla Charlie.

Martha Reeves était calmement assise dans le fauteuil du salon, vêtue de l'une des robes de chambre de Mickery. Bien que visée par le canon d'un flic, elle ne manifestait pas le moindre repentir. Elle semblait être d'avis que la police se méprenait, qu'ils harcelaient injustement une femme innocente, alors pourquoi ne pas lui donner un coup de main dans la mesure du possible ?

« Elle fait l'objet d'une enquête pour suspicion de *meurtre*. Et ce que vous venez de faire fait de vous une complice. Vous savez de quoi on écope pour ça ? Dix ans. Dix ans à esquiver les taulardes poilues, la défia-t-elle froidement. Pourquoi vous venez ici d'ailleurs ?

— Et puis quoi encore, vous ne vous attendez quand m...

— Vous êtes quoi ? Perverse ? Accro ? Quel petit péché faut-il absolument que vous réduisiez à néant au point d'être prête à payer 300 livres de l'heure à cette charlatan ? »

Le lieutenant Grounds choisit ce moment pour sortir. Il n'aimait pas les scènes, or Brooks avait manifestement l'intention d'en faire des tonnes. Au profit de qui, il n'était pas très sûr. Qu'importe l'enjeu, cela ne les mènerait nulle part, il en profita donc pour passer un appel radio, histoire de voir si quelqu'un s'était montré plus chanceux qu'eux.

Le message avait été diffusé, toutes les unités disponibles s'étaient rendues dans la zone : aucun signe de Mickery. Un policier bénévole à l'œil de lynx avait trouvé un manteau rouge jeté dans une benne à ordures juste à l'extérieur du centre commercial Marlands, c'était tout. Elle s'était volatilisée. Grounds retourna dans la maison.

« Elle a le droit de faire ça ? » aboya Martha à son intention en le voyant entrer.

Charlie était en train de fouiller dans son sac à main.

« Et comment ! Quand elle est dans cet état, mieux vaut laisser passer l'orage. »

Les deux femmes le fusillèrent du regard. Portable, rouge à lèvres, BlackBerry, capote, mouchoirs, un trousseau avec pour porte-clefs une photo de famille souriante dans un cadre en plastique bon marché, des bonbons, encore une capote...

« Mariée ? »

Pour la première fois, un instant d'hésitation de la part de Martha. Charlie était déjà en train de faire défiler la liste des contacts sur le portable.

« Adam ? Non ? Chris, alors ? Colin ? David ? Graham ? Essayons Graham... »

Elle appuya sur la touche d'appel...

« Tom. Il s'appelle... Tom. »

Charlie raccrocha.

« Il sait que vous êtes là, n'est-ce pas ? »

Martha regardait ses chaussures.

« Je me disais bien aussi. Bon, demandons-lui de venir vous chercher pour vous ramener à la m...

— Assez.

— Ça sonne.

— J'ai dit ASSEZ !

— Allez, Tom, décroche !

— Valley.

— Pardon ?

— Elle a dit qu'elle allait à... Valley. »

On discernait à présent la voix perplexe de Tom qui s'échappait du micro, Charlie raccrocha.

« Continuez.

— Je ne sais pas où exactement, mais elle m'a dit qu'elle allait faire un simple aller-retour dans le quartier de Bevois Valley. Qu'elle ne serait pas partie plus d'une heure. »

Charlie courait déjà à sa voiture. Grounds avait beau désapprouver ses méthodes, personne ne pouvait dire qu'elles étaient inefficaces. La traque était relancée à présent, et se rapprochait de son apogée. Mickery était allée à Bevois Valley : là il y avait Empress Road, le célèbre quartier de putes de Southampton.

58

Caroline s'enfonçait de plus en plus en enfer. Le corps sans vie de Martina était le démon qui lui servait d'éclaireur. Elle avait beau fermer les yeux, tourner le dos, crier, hurler, pleurer, gémir, impossible d'étouffer l'accusation silencieuse de Martina.

Pire encore, il y avait le rire. Le rire de cette garce diabolique qui avait monté tout ça. Elle leur avait fait une *promesse*. Elle avait dit que si l'une d'elles... Caroline se remit à pleurer, mais les larmes étaient sèches à présent. Il n'y avait plus rien à verser.

Cette mascarade avait été une vaste escroquerie. La femme était partie depuis longtemps. Et Caroline ? Caroline avait tué une fille. Une fille innocente, et c'était quoi sa récompense ? La mort.

Peut-être devrait-elle se tuer ? Une étrange euphorie s'empara d'elle. Elle arpenta la cave en quête d'un moyen pour arriver à sa fin. Elle aurait pu se pendre avec les vêtements de Martina, sauf que... il n'y avait nulle part où se pendre. Le plafond était lisse, la pièce dépourvue de mobilier. Aucun bord tranchant et rien qu'on aurait pu transformer en arme. Prise de folie, elle se retrouva bientôt à gratter le trou qu'avait fait la balle – sors, espèce de saloperie ! – mais abandonna vite et se précipita une fois de plus dans le désespoir.

Et là, sans crier gare, une clef tourna dans la serrure et la porte s'ouvrit en grand.

« Bien joué, Caroline. »

Elle l'entendit sans la voir. Et resta figée un instant. Sa persécutrice avait refait surface, la peur la tétanisait.

Mais il ne se passa rien. La femme était-elle encore là ? Apparemment non, il n'y avait pas un bruit. Soudain elle fut debout et se dirigea vers la porte. Si elle était encore là, elle lui tordrait le cou à cette chienne. Vas-y, je t'attends ! Et puis brusquement, au beau milieu de sa course vers la liberté, elle s'arrêta net. Et se retourna.

Martina. Elle gisait là, sans vie, immobile. Elles étaient arrivées à deux, une seule repartait. Caroline se tenait sur le seuil. Tant qu'elle restait à l'intérieur, c'était une victime. Dès qu'elle aurait mis un pied dehors, ce serait une meurtrière.

Avait-elle seulement le choix ? Pour vivre, elle devait affronter son crime. Alors elle franchit la porte en trébuchant.

Elle se trouvait au pied d'une volée de marches. Le flot de lumière qui provenait du dessus – à travers une espèce de trappe – l'aveugla momentanément. Une fois de plus, elle hésita. Sa ravisseuse l'attendait-elle là-haut ? D'un pas lent et régulier, elle monta les marches grinçantes. Et émergea dans un océan de clarté.

Elle était seule. Seule dans l'enceinte d'une maison à l'abandon. Une grosse baraque. Mal aimée, délaissée, tout comme Caroline l'avait toujours été. Et pourtant à cet instant même elle aima cette maison. Sa lumière, sa vacuité, sa liberté. Elle pouvait aller dans n'importe quelle direction, sans peur, sans contrainte. Elle était de nouveau maîtresse de sa destinée.

Elle se mit à pouffer. Bientôt, elle hurlait de rire : un fou rire sauvage, dément. Elle avait survécu !

Toujours hilare, elle se dirigea vers la porte d'entrée. Elle ouvrit, remonta tant bien que mal la petite allée du jardin, franchit la grille et se retrouva dans les rues animées de la ville.

59

Charlie atteignit Bevois Valley en quinze minutes pile. Ils auraient pu en mettre dix s'ils avaient sorti le grand jeu, mais c'était hors de question. Ils ne voulaient pas alerter Mickery. On avait laissé au lieutenant Grounds le soin de garder une Martha Reeves particulièrement remontée : ils ne pouvaient pas écarter la possibilité qu'elle contacte Mickery pour la prévenir.

Une description avait été diffusée à tous les îlotiers, dont Charlie se mit immédiatement à coordonner les efforts. Bevois Valley est un ensemble miteux de supermarchés discount, de sites industriels et d'entrepôts. C'est un petit monde, où nombre des flics du quartier connaissent les putes et les junkies par leur prénom, lesquels se sont appropriés ce lieu, profitant des innombrables squats et maisons abandonnées qui défigurent les rues. Les nouvelles circulent parfois étonnamment vite dans cette communauté close et la rumeur s'était répandue. Un bon tuyau aurait pu permettre de résoudre cette affaire dès maintenant. Pourraient-ils choper Mickery la main dans le sac ? Charlie sentit son pouls s'accélérer : l'excitation de la poursuite lançait à chaque fois son cœur au galop. Mais il y avait davantage cette fois-ci. C'était personnel : elle ne laisserait pas la psy lui échapper deux fois.

Cinq minutes. Dix. Quinze. Toujours rien. Ils entraient et sortaient des garages et des ateliers de carrosserie. Des supermarchés et des guichets de taxis. Partout, c'était la même chanson : un regard jeté à la photo et une dénégation polie de la tête.

Soudain, il y eut du tapage dans la rue. Des appels à l'aide. Une femme gisait prostrée au sol. Charlie couvrit la distance en quelques secondes et découvrit une jeune femme très mal en point. Un regard dément, des coupures sanguinolentes sur le visage. Rien à foutre. Une nana du coin qui en avait ras-le-cul de faire les frais du mécontentement de son mec violent. Tandis qu'un bleu éconduisait la perturbatrice récalcitrante, Charlie reprit sa chasse.

Vingt minutes. Trente. Silence radio. Elle maudissait sa poisse. Qu'est-ce qu'elle avait, cette femme, à pouvoir se volatiliser comme ça ? Elle était sûre que Reeves ne lui avait pas menti au sujet du lieu – elle avait dû lui extorquer l'information –, alors où était-elle, bon Dieu ? Elle se donna encore trente minutes, peut-être plus. Merde, il allait bien se passer un truc.

Il se mit à pleuvoir. Doucement d'abord, puis à grosses et lourdes gouttes, suivies d'une averse de grêle. Alors que les billes de glace rebondissaient sur ses cheveux trempés, Charlie continuait de ronger son frein. Et pourtant la situation n'avait pas fini d'empirer.

« Arrête les recherches. »

Elle fit volte-face. Helen était arrivée. Et elle n'avait pas l'air ravie.

Elles n'échangèrent pas un mot durant le trajet du retour au commissariat. Pas d'explication concernant l'interruption des recherches, aucun des reproches auxquels elle s'attendait pour avoir perdu le suspect numéro un (deux fois). Elle ne savait pas ce qui se passait et ça ne lui plaisait pas. Pour la première fois de sa vie elle se rendit compte de ce que ça faisait de se faire choper par les flics. D'être suspect. Elle mourait d'envie de parler, d'évacuer son angoisse et de découvrir ce qui se tramait. Hélas, ce n'était clairement pas une option. Elle souffrait donc en silence sur son siège en s'imaginant des centaines de scénarios sinistres.

Elles traversèrent le poste sans mot dire. Helen réquisitionna une salle d'interrogatoire et éteignit son portable. Les deux femmes se dévisagèrent.

« Pourquoi es-tu devenue officier de police, Charlie ? »

Putain, c'était pas bon. Si c'était ça la question d'ouverture, elle était dans la merde bien profond.

« Pour faire ma part de boulot. Attraper les méchants.

— Et penses-tu être un bon officier de police ?

— Évidemment. »

Un long silence, puis :

« Parle-moi d'Hannah Mickery. Et de comment tu l'as laissé partir. »

Charlie refusa de mordre à l'hameçon. Qu'importe ce qu'on lui balançait, elle devait garder son calme. Tout pouvait en dépendre. Elle expliqua donc à Helen comment Hannah l'avait menée en bateau. Comment ils l'avaient perdue. Inutile de déguiser les faits alors qu'elle était déjà manifestement dedans jusqu'au cou.

« Depuis combien de temps connais-tu Hannah Mickery ?

— Connais ?

— Combien de temps ?

— Je ne la connais pas. On l'a arrêtée, interrogée, on a fouillé dans son ordinateur... C'est tout. Je ne la connais pas plus que toi. »

Nouveau silence.

« Est-ce que ses crimes t'excitent ? »

Ça devenait de plus en plus bizarre.

« Bien sûr que non. Ce sont des crimes méprisables. Odieux. Si Mickery est coupable, j'espère bien qu'on balancera la clef.

— Il va d'abord falloir qu'on la trouve. »

Petit. Mais probablement mérité. Charlie avait merdé avec Mickery, aucun doute là-dessus. Y aurait-il d'autres morts ? Est-ce que c'est sur *sa* conscience qu'ils pèseraient cette fois-ci ?

« Qu'est-ce que tu as ressenti quand tu as appris que Peter Brightston s'était suicidé ?

— Qu'est-ce que j'ai "ressenti" ?

— T'es-tu dit qu'il était faible ?

— Non. Bien sûr que non. J'ai eu de la peine pour ce type. Nous aurions tous dû faire da...

— Et Anna et Marie ? Est-ce que tu as eu de la peine pour elles ? Ou est-ce qu'elles l'avaient bien mérité ? Elles, c'est sûr, elles étaient faibles. Comment ils les appelaient, les gars du coin, déjà ? Les mongoles ?

— NON. ABSOLUMENT PAS. Personne ne mérite de mourir comme ça. Et avec tout mon respect...

— Tu as besoin d'argent, Charlie ? Tu as des dettes ?

— Non.

— Besoin d'une plus grande maison ? D'une meilleure bagnole ?

— Non. Je n'ai pas besoin de plus d'argent.

— Tout le monde a besoin d'argent, Charlie. En quoi es-tu différente ? Tu paries ? Tu bois ? Tu empruntes du fric aux mauvaises personnes ?

— Non ! Pour la centième fois, non.

— Alors pourquoi tu l'as fait ? »

Vaincue, Charlie finit par lever la tête.

« Fait quoi ?

— Si tu me le dis maintenant, je pourrai t'aider.

— S'il te plaît, je ne sais pas ce que tu cherches à me faire dire...

— Je ne prétends pas savoir pourquoi tu l'as laissé t'utiliser comme ça. Dans le meilleur des cas, elle avait un dossier sur toi. Dans le pire, tu es aussi tordue qu'elle. Mais comprends bien une chose, Charlie, si tu ne me dis pas la vérité maintenant – dans les moindres détails – tu passeras le restant de tes jours en taule. Tu sais ce qu'on leur fait, aux ripoux, en prison ? »

Et d'un coup, toutes les pièces s'emboîtèrent.

« Ce n'est pas moi qui l'ai fait. »

Silence.

« Je sais que tu crois que quelqu'un l'aide. Quelqu'un de ce commissariat. Quelqu'un de l'équipe. Mais ce n'est pas moi.

— Si, je le sais déjà.

— Impossible. J'ai un alibi. Tu le *sais* que j'ai un alibi. O.K., j'étais au poste, mais je discutais avec Jackie Tyler au bureau des personnes disparues au moment où c'est arrivé. J'ai passé au moins quarante minutes là-bas à éplucher les couples qui avaient été portés disparus…

— Elle dit que tu n'y étais pas.

— Non, non, non, c'est faux. Elle a fait une déclaration spécifiant…

— Elle s'est rétractée. Elle s'était plantée dans les horaires. »

Un silence lourd, confus. Pour la première fois, des larmes montèrent aux yeux de Charlie. Helen poursuivit :

« Au début elle se disait que ça n'avait pas d'importance, mais maintenant elle se rappelle que c'est en début d'après-midi que tu es allée la…

— Non, non, elle ment. J'étais là-bas, j'ai bel et bien passé ce temps-là avec elle, je peux te citer le nom de tous les couples qu'on a éplu…

— Tu m'as déçue, Charlie. Et tu nous as tous trahis. Si tu avais eu une once de décence ou d'honnêteté, j'aurais pu t'aider, mais l'affaire est aux mains de l'unité d'anticorruption, à présent. Ils seront là dans cinq minutes, alors prépare bien ton histoire… »

Charlie empoigna brusquement les mains d'Helen.

« Ce n'est pas moi. »

Une longue pause.

« Je sais que tu ne m'aimes pas. Je sais que tu ne m'estimes pas. Mais je *jure* que ce n'est pas moi. Je… »

Désormais les larmes coulaient à flot.

« Jamais je ne ferais... Je ne pourrais pas. Comment as-tu pu penser que je ferais jamais une chose pareille ? »

C'était dit avec une passion farouche. Puis elle s'effondra : ses sanglots venaient du plus profond de la gorge.

« Ce n'est pas moi. »

Helen l'observa, puis :

« Ça va, Charlie. Je te crois. »

Charlie leva la tête, incrédule.

« Mais...

— L'anticorruption n'est pas en route. Et Jackie ne s'est jamais rétractée : elle t'a donné un alibi en béton armé. Je suis désolée d'avoir dû en passer par là, mais je n'avais pas le choix. J'ai besoin de savoir qui est responsable.

— Et donc ?

— Tu es blanchie, Charlie. Personne n'aura jamais besoin de savoir que nous avons eu cette conversation et ce ne sera pas porté à ton dossier. Va te débarbouiller et remets-toi au boulot. »

Sur ce, elle était partie. Charlie s'enfouit la tête dans les mains. Soulagement et épuisement se mêlaient au dégoût : jamais elle n'avait eu autant d'aversion pour Helen Grace qu'à ce moment-là.

Dehors, Helen poussa un soupir. Elle avait envie de vomir. Pas à cause de ce qu'elle avait fait subir à Charlie, non, à cause de ce que signifiait son innocence. Il ne restait plus qu'un seul coupable possible à présent : Mark.

60

Tout son corps était contracté, elle tendait l'oreille à l'affût de bruits de mouvements. Cela faisait quatre jours que Caroline avait été libérée et depuis, elle avait à peine fermé l'œil. Des images de Martina dansaient dans sa tête – sa bouche en quête d'air, ses yeux exorbités –, mais en réalité c'était la peur qui la maintenait éveillée. L'euphorie d'avoir survécu avait lentement cédé place à une terreur rampante. Pourquoi avait-elle été relâchée ? Quel horrible destin l'attendait maintenant qu'elle s'était révélée une meurtrière ?

Elle s'était sauvée de l'hôpital dès qu'on avait bien voulu la laisser partir et s'était empressée de retourner dans son appartement. Elle avait eu besoin de se retrouver dans un endroit familier, un endroit sûr. Hélas, Sharon, après un seul coup d'œil, s'était barrée chez ses parents malgré les supplications de Caroline. En se regardant plus tard dans la glace, elle avait compris pourquoi sa coloc avait fui. Elle avait l'air tarée, inhumaine, une vraie morte-vivante. Toute vie en elle avait été aspirée : pâle, fantomatique, elle divaguait complètement. Elle n'avait pas réussi à trouver les mots pour décrire son calvaire : son flot continu d'obscénités et de phrases décousues n'avait pas eu grand sens.

Une fois seule, ses doutes et ses craintes s'étaient mis à se multiplier. Après s'être longuement creusé la tête, elle avait réussi à faire ressurgir le souvenir d'un type capable de fournir tout et n'importe quoi, et avait filé à son squat en jetant toutes les cinq secondes des regards fiévreux pardessus son épaule. Sa main tremblait sur les touches du distributeur automatique, mais elle avait obtenu ce dont elle avait besoin. 500 livres, c'était suffisant pour se procurer un flingue et six balles. En rentrant chez elle avec l'arme dans son sac, elle s'était sentie soulagée. Au moins elle serait parée si – quand – la crise viendrait.

Les jours s'écoulaient lentement, sans incident, et bientôt sa propre compagnie l'irrita tellement qu'elle essaya de recommencer à bosser. Ses clients, visiblement alarmés par son état, voulaient savoir où elle avait été, pourquoi elle était si maigre, si égarée, mais elle leur répondait des conneries. Elle leur sortait quelques mauvais bobards et essayait de se concentrer sur le boulot. Et pendant ce temps elle buvait. Tant et plus. Vodka, whisky, bière, n'importe quoi. Pas facile de branler quelqu'un avec les mains qui tremblent.

Elle ne ressentait plus trop de culpabilité, juste de la peur. Cyn était toujours quelque part en liberté. La déesse Cyn qui avait joué avec sa vie et l'avait transformée en meurtrière était toujours en liberté. Le moindre craquement de parquet, la moindre porte qui claquait la faisait sursauter. La veille au soir, l'explosion d'un pétard l'avait tellement fait flipper qu'elle s'était mise à chialer devant un client. L'expression perplexe qu'il avait eue sur le visage en se carapatant avait décidé Caroline à rentrer chez elle : ça avait été une erreur de se remettre à taffer si vite.

Voilà pourquoi elle était de retour dans son appart, les couvertures remontées jusqu'au cou, la main tendue vers le flingue posé sur la table à côté d'elle. Quelqu'un essayait de pénétrer chez elle. Il était cinq heures du matin et dehors, il faisait noir comme dans un four. C'était ça, l'idée de Cyn ? Venir la chercher sous couvert de l'obscurité ? Caroline se glissa hors du lit : rester immobile foutait plus les jetons que d'agir. Elle ouvrit la porte de sa chambre, s'attendant à moitié à trouver Cyn de l'autre côté, mais le couloir était désert.

Elle sortit à pas feutrés, maudissant les grincements du parquet. Dans le salon, rien, dans l'entrée, rien... mais ça recommençait. Un grattement, un grattement discret, comme si quelqu'un crochetait la serrure ou s'évertuait à entrer. Elle serra plus fort son arme. Le bruit venait de la cuisine. Prenant son courage à deux mains, elle s'y dirigea à pas de loup et entrouvrit la porte avec son pied.

La pièce était vide, mais soudain il y eut un bruit à la fenêtre. BANG. Elle tira sans hésiter. Une fois, deux fois, trois fois. Puis se retrouva à courir vers le carreau brisé. Elle regarda dans la rue en dessous, déterminée à abattre sa persécutrice une bonne fois pour toutes... Elle ne vit que le chat des voisins qui déguerpissait comme un dératé. C'était un chat. Un putain de chat à la con.

Elle s'effondra au sol, la poitrine palpitante, prenant conscience de l'impuissance et du désespoir de sa situation. Elle n'était vivante qu'en théorie : sa vie ne lui appartenait plus. Elle était sous l'emprise d'une terreur sans fin qui rendait sa victoire sur Martina aussi vide que vaine. Jetant le flingue à la poubelle, elle appela la police et avoua son crime.

Helen dévisageait Caroline : de l'autre côté de la table, la jeune fille faisait laborieusement ses aveux. Caroline s'attendait à être punie. Elle *voulait* être punie. Alors elle parut presque déçue quand Helen la rassura en lui disant qu'il était peu probable qu'ils entament des poursuites – *si* son histoire résistait à l'épreuve des faits évidemment et *si* elle promettait de ne pas ébruiter son calvaire.

Elle les conduisit à la maison où ça s'était produit. Celle-ci, achetée par un entrepreneur qui avait ensuite fait faillite pendant la récession, avait été laissée à l'abandon. Tout comme Martina, qui avait déjà attiré l'attention des rats et des mouches. La puanteur – un corps en décomposition dans une cave humide – vous filait la gerbe, mais il fallait qu'Helen voie le corps.

À quoi s'attendait-elle ? À un coup de tonnerre ? Elle espérait et redoutait à la fois de connaître la victime, d'alimenter cette ligne d'enquête, mais elle n'avait jamais vu cette jeune fille de sa vie. Pour tout dire, elle ressemblait à n'importe laquelle de ces putes boostées à la silicone qui finissent dans un fossé. Pourquoi la tueuse l'avait-elle choisie elle ?

Caroline les renseigna sur Cyn. Elle avait les cheveux auburn maintenant, apparemment. La prostituée expliqua avec des détails crus les passes que Martina et elle avaient pratiquées pour son plaisir. Il n'y avait jamais aucun contact physique et leurs rencontres se déroulaient dans la camionnette de la tueuse.

« Comment vous a-t-elle contactées ?

— Par Internet. Martina avait un site. Elle lui avait envoyé un mail à cette adresse. »

Ils fouilleraient de ce côté-là, histoire de voir si on arrivait à relier le mail à une adresse IP. Mais Helen n'était pas optimiste. L'armure de cette femme était trop parfaite pour laisser passer une telle erreur. Elle reporta donc son attention sur les victimes.

Caroline ne sortait pas franchement de l'ordinaire. Elle avait fui le foyer familial à seize ans pour échapper aux attentions d'un grand-père qui ne comprenait pas le non. Elle avait commencé en extorquant du liquide à des clients crédules sans remplir sa part du contrat – jusqu'au jour où elle était tombée sur un type qui courait plus vite qu'elle. Après ça, elle n'avait plus pu marcher pendant des jours, mais dès qu'elle avait réussi à remettre un pied devant l'autre, elle avait tourné le dos à Manchester et était partie vers le sud. Birmingham d'abord, Londres ensuite. Et enfin Southampton. C'était triste à dire, mais c'était une pute tout ce qu'il y a de plus banal. Abandonnée par sa famille, secouée par la vie, vivant d'expédients. Une histoire aussi déprimante que quelconque.

Était-ce Martina qui comptait dans cette partie, alors ? Ou avaient-elles simplement été choisies au hasard ? D'elles deux, c'était Martina la plus intéressante. Du moins elle l'aurait été s'ils avaient su quoi que ce soit à son sujet. Elle n'était arrivée à Southampton que deux mois plus tôt. Elle n'avait pas d'amis, pas de famille, pas de numéro de sécu. Une page blanche. Ce qui en soi était intriguant.

Helen se chargea seule de l'interrogatoire. D'après le règlement, elle aurait dû être assistée, mais elle passa outre. Elle ne pouvait pas se permettre davantage de fuites. Elle en terminait quand survint un nouveau rebondissement. Enfin une occasion de découvrir avec certitude qui les avait mouillés.

Mickery avait refait surface.

61

Il avait vraiment besoin d'un verre. Ces derniers jours avaient été une torture : son corps, son cerveau, son âme étaient en mal de la délivrance procurée par l'alcool. La première gorgée étant toujours la meilleure – pas besoin d'être alcoolique pour le savoir –, il contractait maintenant le moindre de ses muscles pour résister au petit trajet qui le séparait du débit de boissons.

Il avait été ostracisé, pourquoi ? Aucune idée. Parce qu'il était faible ? Sur le coup, pleurer sur l'épaule d'Helen lui avait paru une attitude naturelle – ouverte, franche, vraie – mais peut-être qu'à présent elle méprisait sa vulnérabilité. Regrettait-elle d'avoir couché avec lui ? Ou était-ce autre chose ?

Il n'avait pas vu Charlie ni Helen depuis plusieurs jours. Elles étaient sur le terrain ou enfermées ensemble dans des salles d'interrogatoire. L'ambiance entre elles était encore plus électrique que d'habitude – Helen était au mieux sèche avec Charlie –, il se passait un truc. Mais au moins Charlie existait dans le monde d'Helen, lui ne pouvait pas en dire autant.

Malgré l'heure tardive, il savait que Charlie ne ratait jamais son cours de boxe à la salle de sport du commissariat. Elle y venait contre vents et marées, c'est pourquoi il rôdait à présent dans le parking, s'attirant les regards interrogateurs des passants.

La voilà qui arrivait. Il alla vite à sa rencontre en la hélant. Charlie – qui quelques secondes plus tôt traversait d'un pas décidé le parking pour se rendre à la salle – sembla légèrement ralentir. Est-ce qu'elle paniquait, est-ce qu'elle essayait de gagner un peu de temps pour déterminer comment s'y prendre avec lui ? Tant pis, songea-t-il, et il y alla franco.

« Je ne veux pas te mettre dans une position inconfortable, mais il faut que je sache ce qui se passe, Charlie. Qu'est-ce que j'ai *fait* ? »

Bref silence, puis :

« Je ne sais pas, Mark. C'est une vraie salope avec nous tous en ce moment. Si je savais pourquoi, je te le dirais, promis. »

Elle poursuivit d'une voix hésitante, parlant beaucoup sans dire grand-chose. Il savait qu'elle mentait. Elle n'avait jamais été très bonne actrice. Mais pourquoi ? Ils s'étaient toujours bien entendus, ils avaient toujours été potes. Que lui avait dit Helen ?

« S'il te plaît, Charlie. Peu importe à quel point c'est gênant ou grave, il faut que je sache ce que j'ai fait. Ce boulot, c'est tout ce que j'ai. Si je le perds, je peux dire adieu à mon droit de visite à Elsie, à toutes les bonnes choses de ma vie, alors si tu sais quoi que ce soit... »

Elle lui mentit encore, prétendant ne rien savoir tout en évitant de croiser son regard incrédule. Il la laissa partir : pour une fois sa jugeotte avait pris le pas sur sa fureur grandissante. La mort dans l'âme, il retourna au commissariat. Partout où il se rendait désormais, il était en disgrâce, mais il était plus en sécurité au poste. Moins de tentations. C'est alors qu'il était assis à son bureau, occupé à ébaucher mentalement son C.V., que l'appel arriva. Jim Grieves.

« Je me disais juste qu'il fallait que vous sachiez qu'elle était un il.

— Pardon ?

— Martina, la prostituée. Y avait peut-être du monde au balcon et tout, mais y a aucun doute, c'était un mec. Il s'est probablement fait opérer au cours des deux dernières années et vu la tronche de son cul, il se pourrait fort bien qu'il ait embrassé le métier avant, même si c'était avec un autre genre de clientèle. Si j'étais vous, je commencerais à chercher de ce côté-là. »

Ainsi donc Martina était un garçon à la naissance. Mark fut aussitôt regonflé : c'était une petite graine qui, si elle germait, pourrait entamer le processus de décongélation d'Helen. D'un coup, il était de nouveau en piste.

62

« Un paquet de Marlboro Gold, s'il vous plaît. »

Helen fumait trop – elle le savait. Mais elle voulait rassembler ses idées avant de s'asseoir en face de Mickery, or la clope avait toujours eu un effet apaisant sur elle. Elle s'était donc éclipsée au tabac-presse du coin. Le gérant tendit le bras derrière lui et sortit le paquet blanc et or rassurant. Il le jeta sur le comptoir et annonça sans se démonter le prix scandaleux.

« Laissez-moi vous les offrir. »

Emilia Garanita. Nouvelle embuscade. Il faut vraiment que je sois plus vigilante, songea Helen, me laisser choper aussi souvent ne fait que l'encourager.

« Inutile », répliqua Helen en tendant le billet de dix livres.

L'homme dévisageait Emilia sans vergogne. Était-ce parce qu'il l'avait déjà vue dans le journal ou à cause de son visage dévasté ? L'espace d'un instant, Helen ressentit une once de compassion pour son adversaire.

« Comment allez-vous, Emilia ? Vous avez bonne mine.

— Au poil. C'est pour vous que je m'inquiète. Comment faites-vous pour arriver à enquêter sur *trois* meurtres à la fois ?

— Comme je vous l'ai déjà dit, la mort de Ben Holland était un acc...

— Sam Fisher, Ben Holland, Martina Robins. Tous *assassinés*. Voilà qui est sans précédent à Southampton.

Les meurtres se sont tous produits dans des coins isolés, tous étaient atypiques. À quoi a-t-on affaire ici ? »

Le matériel d'enregistrement était bien visible dans la main de la journaliste, qui espérait clairement capter le malaise d'Helen – à moins que ce fût de l'humiliation qu'elle espérait ? Helen la toisa, savourant le suspense, avant de rétorquer :

« Pure spéculation, Emilia. Mais j'espère pouvoir vous en dire plus très vite. Nous avons en ce moment même quelqu'un en garde à vue qui nous aide dans nos investigations. Vous pouvez imprimer ça si ça vous chante. Ce n'est pas de la spéculation. C'est un fait. Vous imprimez bien encore des faits, non ? »

Sur ce, elle tourna les talons. En chemin vers le commissariat, elle avait le pas guilleret. C'était sympa d'avoir le dessus pour une fois. Elle tira une longue taffe, savourant ce qui se préparait.

63

Mickery ne lâchait rien. Elle et Helen se regardaient dans le blanc des yeux de part et d'autre de la table d'interrogatoire depuis plus d'une heure maintenant, mais la psy refusait toujours de révéler où elle était allée.

« C'était parfaitement innocent, dit-elle, parvenant tout juste à réprimer un sourire.

— Alors pourquoi le déguisement ? La course-poursuite ? Un officier de police vous a donné l'ordre de vous arrêter, vous n'en avez rien fait. Je devrais vous coffrer rien que pour ça.

— J'étais avec un client, et je me disais que ce ne serait pas terrible de lui coller la police dans les pattes. Ils ont déjà assez de problèmes comme ça, croyez-moi.

— Mais c'est justement ça le souci : je ne vous crois pas. »

Mickery se contenta de hausser les épaules : manifestement, elle s'en foutait comme de l'an quarante de ce qu'Helen pensait. Elle était flanquée de son avocat, qui avait l'air tout aussi snob. L'horloge poursuivait sa course. Une minute de silence. Deux.

« Recommençons depuis le début. Où étiez-vous hier après-midi ? Avec qui aviez-vous rendez-vous et pourquoi ? aboya Helen.

— J'ai dit tout ce que j'avais à dire. Je ne peux et ne veux pas révéler des confidences professionnelles. »

Ça y est, Helen était sur les nerfs.

« Vous vous rendez compte à quel point c'est sérieux ? »

Les deux femmes se toisaient.

« Vous êtes le suspect numéro un dans une affaire d'homicides multiples. Quand je vous arrêterai pour vous inculper, je ferai tout pour vous coller cinq fois perpète. Sans liberté conditionnelle, sans aucune chance de remise de peine. Vous allez passer tous les jours du reste de votre vie en taule et le moindre minuscule bout de concession que vous obtiendrez, vous le devrez à ce que vous faites maintenant. Là, dans cette pièce. Si vous m'expliquez pourquoi vous l'avez fait – pourquoi vous avez tué Martina et les autres – alors je pourrai vous aider.

— Martina ?

— Ne faites pas la maligne. Je veux des réponses, pas des questions. Et si vous ne m'en donnez pas dans les cinq secondes qui viennent, je vous arrête et je vous colle tous les meurtres sur le dos.

— Oh que non.

— Pardon ?

— Vous n'allez ni m'arrêter, ni m'inculper. C'est pourquoi je ne vous dirai absolument rien. »

Helen la dévisagea : elle était incroyable, cette nana !

« Il n'y a personne d'autre dans la ligne de mire, Hannah. Vous êtes le suspect numéro un. Et vous allez être inculpée. Il n'y a pas d'échappatoire cette fois-ci.

— J'imagine que vous ne jouez pas au poker, commandant, sinon vous blufferiez dix fois mieux que ça. Laissez-moi vous aider. »

Helen avait envie de lui coller son poing dans la tronche, Mickery le savait. Elle poursuivit :

« Vous êtes en train de pourchasser un serial-killer. Appelons un chat un chat. Mais plus que ça vous pourchassez un genre très rare de serial-killer. Une femme. Combien de tueuses en série pouvez-vous citer ? Aileen Wournos, Rosemary West, Myra Hindley. On les compte sur les doigts d'une main. C'est la raison pour laquelle elles sont entrées au box-office. Tout le monde *raffole* des tueuses en série. Les tabloïdes, les cinéastes, les quidams : tous sont fascinés par les femmes qui tuent à tour de bras. Mais celle-ci... »

Elle s'interrompit histoire de faire son petit effet.

« ...Celle-ci, elle décroche vraiment la timbale. Pourquoi ? Parce qu'elle est terriblement rusée, terriblement organisée et terriblement insaisissable. Comment cible-t-elle ses victimes ? Et pourquoi ? Est-ce qu'elle hait les deux personnes qu'elle enlève ou juste une ? Comment peut-elle prévoir l'issue ? Cela lui importe-t-il de savoir qui vit et qui meurt ? Et pourquoi eux ? Que lui ont-ils fait ? Est-elle la première tueuse en série de l'histoire à prendre son pied avec ceux qui ont survécu à ses crimes plutôt qu'à travers ceux qui sont tués ? C'est une femme exceptionnelle, une pièce unique. Elle va faire sensation comme pas deux. »

Helen resta de marbre. Mickery la titillait, il était hors de question de lui donner satisfaction en réagissant. La psy sourit et continua :

« Il y a plusieurs fins à cette histoire extraordinaire. Mais la meilleure – et celle que désirent tous les lecteurs et les journalistes de tabloïde –, c'est quand la flic obstinée finit par attraper sa tueuse. Ensuite on pourra tous se marrer un bon coup en matant sa fiche anthropométrique et en lisant les douze pages du cahier spécial bourrées de détails sordides, d'opinions d'"experts" et de luxure à peine déguisée. »

Elle se laissait emporter par son sujet.

« La fin dont personne ne veut – surtout pas vous – commence par une bavure. L'arrestation d'une professionnelle (elle souligna ce mot) innocente et respectée, suite à quoi l'affaire se répand dans la presse avant que la meurtrière ne soit interpellée. Les tabloïds sont en rébellion ouverte, monsieur Tout-le-monde est terrorisé et soudain vous vous retrouvez avec des millions d'yeux qui toisent des millions de visages, résultat la tueuse s'enterre et votre salle d'enquête est submergée par un millier de fausses pistes. La meurtrière a disparu, vous êtes abandonnée à votre sort et moi je reçois une coquette somme de dédommagement avec laquelle je m'achète ce bateau que j'ai toujours convoité. »

Elle s'interrompit pour ménager le suspense.

« La question qu'il faut que vous vous posiez, commandant, est donc la suivante : êtes-vous absolument sûre que c'est moi la coupable ? Et pouvez-vous le prouver ? Parce que sinon, si vous comprenez l'énorme bavure que vous vous apprêtez à faire, il est encore temps de faire marche arrière. De prendre la bonne décision. De me laisser partir et de retourner à votre enquête. Je suis innocente, Helen. »

Son prénom n'avait jamais autant résonné comme un « va te faire foutre ». C'était un discours censé, certes. Qui soulevait des questions pertinentes. Mickery pouvait-elle vraiment être aussi atteinte tout en étant aussi convaincante et en s'exprimant aussi bien ? Est-ce qu'une personne qui comprenait de manière aussi fine les pensées et le ressenti des autres pouvait être sociopathe à ce point ?

« Suis-je libre de partir ? »

La psy ne pouvait pas s'empêcher de retourner le couteau dans la plaie.

Helen la dévisagea une minute avant de répondre :

« Pour le moment je ne vais pas vous poursuivre pour les questions que nous avons abordées dans cette pièce – questions qui, inutile de vous le rappeler, doivent rester confidentielles puisque notre enquête est en cours. »

Mickery sourit et rassembla ses affaires.

« En revanche, vous avez bel et bien refusé d'obtempérer quand un officier de police vous a demandé de vous arrêter, alors il me semble que cela justifie à tout le moins une nuit au dépôt, non ? »

Sur ce, Helen plia bagage, laissant pour une fois Mickery sans voix.

64

Un millier de questions tournaient dans la tête d'Helen. Mickery disait-elle la vérité ? Peut-être qu'elle n'était pas la tueuse – peut-être que l'obsession qu'elle nourrissait pour ces crimes était liée à tout autre chose : l'argent. Comme elle savait que cette histoire allait faire sensation dans le monde entier quand les médias s'en empareraient, peut-être voulait-elle à tout prix employer sa connaissance intime de l'affaire pour devancer la meute.

Plus elle y pensait, plus cela paraissait logique. La psy était déjà probablement en train d'ébaucher un compte rendu des meurtres digne de foi, enrichi d'éclaircissements psychologiques sur la structure mentale de la meurtrière et de preuves authentiques provenant de l'enquête policière. Le fait qu'elle ait eu par hasard des liens avec deux des victimes l'avait mise sur la piste, mais c'était une femme ambitieuse, qui voulait davantage. Quand avait-elle approché Mark pour la première fois ? Et pourquoi lui ? Et d'où lui venait ce culot de graisser la patte à un officier en service afin d'obtenir des renseignements fiables sur l'enquête en cours ? Si jamais on parvenait à prouver que son influence corruptrice avait entravé le déroulement de l'enquête, elle risquait la taule. Maigre consolation, songea amèrement Helen.

Hannah étant au frais dans une cellule, Helen disposait d'une fenêtre de tir. Mais elle allait devoir agir prudemment et dans les règles. Sa première étape fut donc d'aller voir Whittaker. Elle esquissa l'affaire à un commissaire qui gardait la mine sombre. De toute évidence, ils allaient devoir retirer Mark de l'enquête, mais serait-il possible de le faire sans éveiller ses soupçons ni ceux des autres ? Non, bien sûr que non. Ils allaient donc devoir le suspendre et l'inculper. Le risque était évidemment qu'il aille directement voir la presse pour se venger et se faire de l'argent. Mais Whittaker était d'avis qu'un dédommagement substantiel, voire le maintien de sa retraite de policier et des remboursements de ses services pourraient l'inciter à la mettre en veilleuse. Cette méthode avait déjà fait ses preuves, sans compter que Mark n'était pas franchement issu d'un milieu friqué. Helen avait du mal à digérer qu'on récompense ainsi sa traîtrise ; Whittaker, lui, était plus pragmatique.

« Vous voulez que je m'en occupe ? demanda-t-il.

— Non, je m'en charge.

— Il est d'usage que ce soit l'officier supérieur qui prenne les rênes quand des mesures discipl...

— Oui, je sais et j'en comprends la raison, mais je dois savoir ce qu'il a mouchardé et à qui. Je crois que j'ai plus de chance d'obtenir ces informations si je l'aborde seule. »

Whittaker lui jeta un regard en coin.

« Avez-vous une emprise particulière sur lui ?

— Non, mais il me respecte, répondit-elle précipitamment. Il sait que je ne raconte pas de conneries et que si je lui propose un marché, ce sera du solide, pas du vent. »

Cela sembla apaiser le commissaire. Helen prit donc congé. Elle n'avait jamais été autant soulagée de quitter son bureau. Enfin, là encore, c'était la partie facile. Le plus dur, ce serait d'affronter Mark.

Elle monta dans la voiture et claqua la portière. Pendant un instant, le bruit de l'extérieur et de tous ses tracas fut assourdi. Un moment de paix à l'abri d'un monde qui ne cessait de lui balancer des pierres. Pourquoi avait-elle laissé Mark autant se rapprocher d'elle ? Pourquoi l'avait-elle choisi comme confident quand de toute évidence il mouchardait le moindre détail de son enquête ? Elle grimaça en repensant à leurs discussions au pub, dans la salle d'enquête, à ressasser des théories, envisager des suspects. Qui sait, peut-être qu'une ignoble caricature d'elle – la flic incompétente et inefficace – prenait déjà forme dans le bouquin de Mickery. Une tueuse fantôme brillante, poursuivie en vain par des flics ignares.

Helen poussa un cri de douleur : elle venait de se planter les ongles dans la paume de la main. Dans sa rage et sa frustration, elle s'était entaillée jusqu'au sang. Maudissant sa bêtise, elle essaya de retrouver sa concentration. Ce n'était pas le moment de se laisser distraire par des chimères. Inutile de livrer des batailles imaginaires. Elle en avait assez soupé par le passé. C'était le moment d'être calme, forte et résolue. Le moment d'agir.

65

Son premier sentiment fut le soulagement. Mark avait passé la journée à essayer vainement de mettre la main sur Helen pour lui raconter les nouveaux développements concernant Martina. Et maintenant elle était là, appuyée contre sa porte d'entrée. Sa satisfaction se doubla d'autre chose – espoir ? excitation ? – en la voyant revenir vers lui *ici* au lieu de le coincer au bureau. Peut-être qu'elle aimait être mystérieuse, souffler le chaud et le froid, difficile à cerner. Seulement quelque chose dans son expression le mettait en garde.

Elle ne dit pas un mot quand il ouvrit la porte pour la laisser entrer. Il n'y avait rien d'autre à faire que de jouer le jeu. Voir à quel point la situation était critique. Alors il prit une chaise et s'assit en face d'elle. Qui allait faire le premier pas ?

« C'est peut-être la dernière fois qu'on se voit comme ça. Nous avons été amis et même davantage, alors épargnons-nous les éclats de voix, les cris, les accusations ou les mensonges, ne rendons pas ce moment plus douloureux que nécessaire. »

Tout en parlant, Helen observait attentivement Mark, entièrement focalisée sur sa réaction.

« Tu nous as trahis, Mark. Il n'y a pas d'autre façon de le dire. Tu m'as trahi moi, l'équipe, et les forces de police qui ont fait de toi ce que tu es. Pire encore, tu as trahi les hommes et les femmes innocents qui ont été assassinés par cette saloperie de...

— Je ne comprends pas...

— J'ai parlé à Whittaker, alors inutile d'essayer de t'en tirer par un mensonge. Nous sommes sur le point de lancer une procédure officielle qui aboutira en toute probabilité à ton exclusion des forces de police. Ton bureau a été vidé, tu n'auras plus l'autorisation d'accéder aux zones interdites et j'ai l'obligation de te reprendre ta carte une fois que cette discussion sera terminée. »

Mark la dévisageait.

« Tu en as vu d'autres passer par là, tu sais à quel point ça peut être désagréable. Mais tu peux te faciliter la vie, Mark. Je ne pense pas que tu sois méchant, je ne pense pas que tu sois pourri de l'intérieur et je suis sûre qu'il doit y avoir des raisons – de bonnes raisons – qui t'ont poussé à faire une chose aussi horrible. Si tu es prêt à me les expliquer sans rien dissimuler et à coopérer en tous points avec moi, il y aura possibilité de passer un marché. Tu ne sortiras pas forcément de cette affaire à poil. »

Un long silence, puis :

« Pourquoi ici ? »

La réponse de Mark la désarçonna. Pas de déni farouche, un simple coup dans la partie. Il avait parlé avec une amertume bien réelle, mais il se jouait autre chose. Quel était son angle d'attaque ?

« Pourquoi venir ici pour me dire... ça ? »

Ce dernier mot fut craché. Un défi. Helen le toisa avant de répliquer :

« Parce que je veux l'entendre de mes propres oreilles avant que quelqu'un d'autre ne l'apprenne. Je veux que tu m'expliques pourquoi tu l'as fait avant qu'on doive enregistrer ta déposition. Je veux que ce soit *toi* qui me le dises à *moi*. »

Sa voix se brisa soudain sous l'émotion : son sentiment d'avoir été trahie avait fini par transpercer la carapace. Mark la dévisageait. Il avait l'air complètement paumé, comme si elle lui parlait grec.

« Qu'est-ce que j'ai fait, selon toi, Helen ? »

La raillerie perçait sous son ton neutre.

« Arrête, Mark. Même maintenant tu vaux mieux que ça.

— Dis-moi. Dis-moi ce que j'ai fait. »

Le visage d'Helen se durcit sous le retour de la colère. Pourquoi avait-elle jamais laissé ce connard arrogant se rapprocher d'elle ?

« Tu as donné notre enquête à Mickery. Tu nous as vendus. »

Voilà, c'était enfin sur la table.

« Et je veux savoir pourquoi.

— Va te faire foutre. »

Elle ricana sans trop savoir pourquoi. Il y eut un éclat de rage chez Mark, désormais debout, comme s'il s'apprêtait à lever la main sur elle. Elle cilla, mais il avait déjà fait volte-face et arpentait la pièce en silence. Elle n'avait pas envisagé un seul instant qu'il pourrait réagir violemment, devenir dangereux. Jusqu'où avait plongé ce type ? Peut-être ne le connaissait-elle pas du tout.

Quand il se décida à parler, il était clair qu'il luttait désespérément pour contenir sa colère.

« Qu'est-ce qui te laisse croire que je ferais un truc pareil ?

— Parce qu'il n'y a personne d'autre, Mark.

— Toi, tu y avais accès, et Whittaker, Charlie, les techniciens...

— Seuls Charlie et toi étiez au poste quand le fichier a été copié. Les techniciens étaient en grève, Whittaker en congé et moi sur le terrain.

— Donc c'est forcément *moi* ? Et Charlie, alors ? As-tu jamais pensé que ça pourrait être...

— Ce n'est pas elle.

— Et comment tu le sais, hein ?

— Parce qu'elle a un alibi. Et parce qu'elle m'a regardée droit dans les yeux en me disant que ce n'était pas elle. Pourquoi n'as-tu pas fait ça, Mark ? Au lieu de frétiller sur l'hameçon, pourquoi ne me dis-tu pas que tu es innocent en me regardant droit dans les yeux ? »

Court silence, puis :

« Parce que tu ne me croirais pas. »

La tristesse de sa voix était accablante. Bizarrement, Helen eut envie d'aller le réconforter : elle résista à cette pulsion en se plantant les ongles dans sa main blessée. La douleur l'envahit, apaisante.

Quand elle leva la tête, Mark se servait un grand verre de vin.

« Pourquoi se priver, hein, putain ? »

Il éclusa son verre, qu'il reposa violemment sur la table devant elle. Les yeux rivés dans les siens, il réitéra son geste. Encore et encore, jusqu'à ce que le pied se brise et que le verre éclate. Il envoya valser ce qui restait à travers la pièce puis passa sa main ensanglantée dans ses cheveux. Sa colère avait explosé et semblait désormais se dissiper.

« Pourquoi ne m'as-tu pas interrogé avant de mettre la machine en marche ?

— Tu sais très bien pourquoi. S'il y avait eu le moindre soupçon selon lequel je t'avais gratifié d'un traitement de faveur parce que je... parce qu'on...

— On protège sa petite personne, hein ?

— Ce n'est pas ça. Tu le sais bien.

— Tu sais, pendant longtemps, j'ai sincèrement pensé que j'avais fait un truc de travers. Que je t'avais offensée. Que j'avais commis je ne sais quel terrible faux pas romantique. Ensuite je me suis demandé si c'était notre différence de rang. Si tu avais changé d'avis. Mais je n'y croyais pas vraiment, alors je me suis dit que c'était peut-être juste que t'étais cinglée. Une belle cinglée imprévisible. Et tu sais quoi ? Ça me serait très bien allé. J'aurais pu m'en arranger. »

À la grande surprise d'Helen, il se mit à rire. Un rire bref et teinté d'amertume. Elle s'apprêtait à répondre quand il la devança :

« Mais jamais au grand jamais je n'avais envisagé ça. Que c'était pour ça que tu m'avais foutu à l'écart. Qu'est-ce qui fait que tu sois aussi convaincue, aussi sûre que je serais prêt à foutre en l'air mon boulot, mon avenir, mes chances d'être un bon père, de – et puis merde – de retomber amoureux, tout ça pour un pot-de-vin ?

— Qui parle de pot-de-vin ?

— Ne fais pas celle qui ne comprend pas.

— Je n'ai jamais évoqué de paiement. »

Mark expira bruyamment. Puis il baissa les yeux vers sa main ensanglantée.

« Est-ce qu'elle t'a payé, Mark ? »

Il y eut un long silence. Puis :

« Tu fais une grosse erreur.

— Est-ce qu'elle t'a payé ?

— Je pourrais rester assis là toute la journée et toute la nuit à t'expliquer précisément pourquoi je ne lui ai jamais parlé, pourquoi je ne me suis jamais associé avec elle, pourquoi elle ne m'a jamais corrompu, pourquoi je n'ai jamais fait un putain de pas de travers, mais c'est inutile, n'est-ce pas ? Le train a quitté la gare, il n'y pas de retour possible. Et je ne saurai probablement jamais précisément pourquoi tu m'as fait ce coup alors que tu n'as pas la moindre preuve concrète, si c'est un truc de flic, un truc dans ta tête... ou que sais-je encore. Mais je vais te dire une chose. Je refuse de rester assis là à passer sur le grill dans ma propre maison en l'absence d'un avocat. Tu as agi dans les règles. Évidemment que tu as agi dans les règles. Tu as donc dû aller chez Whittaker, parler à Charlie et envoyer le fameux formulaire jaune tant redouté à l'anticorruption. Alors moi aussi je vais agir dans les règles. Je refuse d'être essoré comme je ne sais quel putain de... criminel. Je vais me poser le cul dans une salle d'interrogatoire avec mon avocat et mon représentant syndical et lentement, soigneusement, je vais démonter le dossier que tu crois avoir contre moi, histoire d'être exonéré et de te faire passer pour une belle conne. »

Il repoussa brusquement sa chaise et se dirigea d'un pas décidé vers la porte d'entrée, qu'il ouvrit violemment. Helen n'avait d'autre choix que d'obéir : rien que venir ici c'était déjà limite.

« Est-ce que je leur dis qu'on a baisé ? lança-t-il. Est-ce que ce serait un bon éclairage ? Ça pourrait expliquer pourquoi tu ruines ma carrière. Peut-être que j'étais pas un bon coup au pieu. Peut-être que t'avais l'impression de t'être rabaissée. Tu pensais que ça risquait de te revenir dans les dents. Eh ben tu peux être sûre que ça va être le cas maintenant. »

Helen avait atteint la porte à présent. Elle n'avait qu'une envie : se barrer d'ici, mais Mark n'en avait pas encore fini.

« Je devrais te détester, tu sais. Mais non. Tu me fais pitié. »

Elle força le passage et descendit quatre à quatre les escaliers. Pourquoi sa pitié la blessait-elle ? C'est un ripou, une pomme véreuse : on s'en fout de ce qu'il dit. Elle avait beau essayer de se raisonner, rien à faire. Malgré sa colère et sa douleur, elle avait été ébranlée. Mark semblait si offusqué, si outré, si *sûr* de son innocence. Toutes les preuves pointaient vers lui. Elle ne pouvait pas s'être plantée aussi grossièrement.

Si ?

66

Je me rappelle ce jour très clairement. Tout ce qui s'est passé ensuite – la misère, la violence, la désolation – puise ses racines dans ce jour-là. La situation n'était pas rose avant, c'est sûr, mais je m'y attendais. Ça, je ne m'y attendais pas.

Il y avait eu une espèce de fête chez nous : l'anniversaire de mon oncle Jimmy. Ils avaient picolé toute la journée – quelqu'un avait tiré un bon numéro aux courses – et ils étaient tous encore plus bourrés que d'habitude. Les voisins étaient déjà passés deux fois, en beuglant des injures à cause du bruit, mais ma famille s'en foutait royalement. Ils s'étaient contentés de monter le son d'un cran : la chanson Enjoy Yourself *des Specials gueulait à plein volume. Nous on traînait dans les parages pour essayer de choper une clope ou une canette mais on n'était pas les bienvenues. Au final, comme y a pas plus déprimant qu'un groupe de branleurs d'une quarantaine d'années en train de danser collés, j'étais allée me pieuter. Ma mère avait déjà tourné de l'œil, or mon père et ses « potes » profitaient souvent de son inconscience pour lui faire des blagues débiles. Il lui avait pissé dessus une fois quand elle pionçait – ils lui avaient tous pissé dessus – et moi j'aimais pas ce spectacle, alors valait mieux que je vide les lieux.*

D'abord, j'ai cru qu'il s'était planté de chambre. Qu'il était tellement bourré qu'il arrivait plus à discerner sa droite de sa gauche. Après j'ai eu les boules : j'avais déjà à peine fermé l'œil, quelle chance j'aurais de dormir, maintenant, avec lui écroulé à côté de moi ? Mais il ne dormait pas. Et d'ailleurs c'était pas de pioncer qui l'intéressait.

Au début j'ai pas bougé. J'étais juste choquée. Sa main droite était plaquée sur mon nichon droit. Après j'ai essayé de dégager sa main mais j'y suis pas arrivée. Il avait resserré les doigts. Je me rappelle que plus il serrait plus ça faisait un mal de chien. Désormais je me débattais. J'espérais que c'était juste une blague à la con, mais je crois que je savais déjà que non. Il me grimpait dessus maintenant et me plaquait sur le lit étroit.

Je crois que c'est là que j'ai commencé à le supplier, à lui implorer d'arrêter, mais ses doigts étaient déjà en haut de ma chemise de nuit, à chercher une ouverture. Il avait les mains rêches et poilues et je me rappelle avoir grimacé de douleur quand il m'a fourré son poing à l'intérieur. J'étais encore vierge – j'avais que treize ans – j'étais pas faite pour quelqu'un comme lui. De son autre main il m'enfonçait la tête dans l'oreiller. J'ai fermé les yeux en espérant que j'allais mourir. Que ça allait s'arrêter. Mais non : il continuait, implacable, sans jamais s'arrêter de grogner.

Il a fini par se lasser ou par s'essouffler. Il est descendu du lit en s'essuyant les mains sur son jean et s'est dirigé vers la porte. Je me suis retournée pour vérifier qu'il partait bien et c'est seulement là que je me suis rendu compte qu'il y avait eu du public. Jimmy et deux potes étaient là à regarder, à sourire, à se marrer ensemble. Mon père est passé à côté d'eux et a trébuché en sortant dans le couloir. Jimmy l'a laissé partir, et puis il a commencé à défaire sa ceinture.

Et là j'ai compris que c'était son tour maintenant, et que ça ne faisait que commencer.

67

« Je suis désolée. Je n'aurais pas dû vous parler comme ça. Je ne pensais pas ce que je disais, je ne voulais pas vous blesser, je suis désolée de l'avoir fait. »

Les mots sortaient en cascade de sa bouche, Jake accepta élégamment ses excuses, hochant légèrement la tête en signe de pardon. Quand elle s'était pointée, il avait hésité avant de la laisser entrer, mais après un instant de réflexion, il avait cédé. C'est bien beau en théorie de dire qu'on va rayer quelqu'un de sa vie, mais quand la personne est sur le seuil de votre porte en train de vous demander de l'aide, c'est difficile de la jeter.

« Est-ce qu'on peut revenir à la normale ? »

C'était dit sans guère d'éloquence mais avec sincérité, et Jake fut alors frappé par le fait que tout le monde avait sa propre idée de la « normale » : la définition qu'en fait chacun est aussi bizarre et aussi tordue que celle du voisin. Il avait eu tort de la juger si vite, même si sa colère et ses injures avaient été ignobles et injustifiées. Elle avait manifestement souffert – il ne savait pas quand ni comment – et s'il arrivait à la faire se sentir mieux, alors c'était une bonne chose. De son côté, le chemin qui l'avait conduit à la vie qu'il menait aujourd'hui avait été aussi imprévisible que singulier. Né de parents qui n'avaient jamais vraiment voulu d'enfants, Jake avait été refilé à tout un tas de mamies et de tantes – toutes moins enthousiastes les unes que les autres – jusqu'à finir par entrer dans le manège des familles d'accueil. Il avait morflé au passage – pas physiquement :

difficile de ne pas être aimé sans souffrir. Apprendre à contrôler et à utiliser cette souffrance l'avait construit, c'était pour lui une façon de prendre en main ses angoisses et d'expier ses démons avec des méthodes qui l'excitaient lui et les autres. Il avait essayé la voie de la soumission, et une fois dépassée sa peur initiale, il avait plutôt apprécié, mais au fond de lui, ce qu'il aimait, c'était avoir le contrôle. Il savait qu'en réalité c'était ses insécurités qui choisissaient pour lui, mais il pouvait vivre avec. C'était lui qui était aux manettes, maintenant, et c'était ça qui comptait.

Il avait atteint un moment dans sa vie où les choses étaient ordonnées, positives. Voilà pourquoi il savait qu'il allait la reprendre. Elle l'avait blessée mais s'en repentait. Avait-elle quelqu'un d'autre ? Il ne pensait pas et pour la première fois, il prit conscience qu'elle avait besoin de lui. La rejeter aurait été cruel et dangereux.

« Oui, on peut revenir à la normale. Mais j'ai un client qui arrive dans cinq minutes, alors… »

Elle comprit le message et s'en alla, non sans l'avoir serré dans ses bras. Encore une brèche dans le protocole, Jake laissa filer, parce que c'était bon. Il la regarda partir, étonné de voir à quel point il se sentait soulagé. Elle avait besoin de lui, c'était sûr, mais peut-être commençait-il à se rendre compte que c'était réciproque.

68

Hannah Mickery n'avait pas passé une bonne nuit. Elle s'était rendue à de nombreuses reprises dans des prisons à titre professionnel et à chaque fois elle avait été révoltée par cette expérience. C'est donc avec une réelle appréhension qu'elle était allée en cellule. Et bon, d'accord, il ne lui était rien arrivé. Mais la nuit avait été longue, froide et déprimante, avec pour seule compagnie une junkie de dix-sept ans – junkie qui avait fini par se pisser dessus tellement elle flippait. L'urine avait coulé dans un coin de la cellule et avait stagné là, empuantissant les lieux pour le reste de la nuit.

Elle avait juste envie de rentrer chez elle, de prendre une douche et de *dormir*. Si elle avait gardé son calme tout du long, à présent elle se sentait lessivée, bafouée. Alors quand son avocat, Sandy, vint la chercher, elle poussa un profond soupir de soulagement. Elle l'embrassa – une première – et lui demanda de la ramener chez elle. Mais Sandy, lui, avait d'autres plans.

« Il y a quelqu'un qu'il faudrait que tu rencontres.

— Ma foi qu'importe qui c'est, cette personne va devoir attendre. Je vais directement rentrer me coucher.

— C'est une offre qui n'arrive qu'une fois, Hannah. Je crois que tu devrais suivre mon conseil, sur ce coup. »

Elle ralentit le pas et se tourna vers lui.

« Une heure de ton temps, c'est tout ce que je demande. J'ai été chercher des vêtements chez toi. Tu peux te doucher chez moi si tu fais vite. La réunion commence dans une heure à peine. Crois-moi, Hannah, c'est l'occasion que tu attendais. »

Chez Sandy, l'eau lui tomba en cascade sur les épaules, la revigorant instantanément. Cette expérience aurait dû être apaisante, hélas, elle était trop tendue. Elle avait des questions plein la tête, mais l'émotion qui primait, c'était une excitation enfantine. Elle avait touché le gros lot. Elle et Sandy avaient réussi leur coup.

Durant le trajet jusqu'à chez lui, son avocat lui avait esquissé les grandes lignes de la proposition. L'offre était encore plus généreuse que ce qu'elle aurait pu espérer. En échange on attendait beaucoup d'elle, bien sûr, mais elle s'était préparée scrupuleusement et disposait de toute la matière nécessaire. Après l'accord passé avec le journal, ils concluraient un contrat éditorial qui conduirait à des apparitions télévisées et à d'autres projets. Elle allait se faire un nom, être riche et puis, qui sait ? Peut-être qu'elle irait vivre aux États-Unis. Il y avait suffisamment de criminalité tordue là-bas pour l'occuper une vie entière.

Elle n'avait pas imaginé que ce puisse être une femme. Et certainement pas une femme aussi glamour. La faute aux préjugés : on s'attend toujours à ce que tous les journaleux des tabloïdes soient des types. Quoi qu'il en soit, elle semblait incroyablement bien renseignée, impressionnant Hannah à la fois par son travail de détective et l'audace dont elle avait fait preuve pour en arriver là. Le but était de se positionner en tête de course. Le marché fut conclu rapidement et généreusement : tous les trois topèrent sur-le-champ. La femme sortit alors une bouteille de champagne qu'elle avait apportée – au cas où. Là encore, Hannah s'émerveilla de son culot.

En plus, c'était du bon. Il fit effet instantanément. Hannah supportant bien l'alcool, ce devait être l'adrénaline du succès qui lui donnait le tournis. Apparemment, Sandy était dans le même état.

69

Helen se tenait devant le bureau de Whittaker pareille à une écolière prise en faute. Elle savait pourquoi elle avait été convoquée. Il savait qu'elle le savait. Ce qui ne l'empêcha pas de prendre son temps, feuilletant le *Evening News* page après page avant de le replier et de le déposer délicatement sur la table avec la une bien en vue.

« FLOU ARTISTIQUE ! » hurlait le titre.

En lisant l'article d'Emilia Garanita à la première heure ce matin, Helen avait su immédiatement que ça allait causer des remous aux deux extrêmes de l'échelle hiérarchique. Le papier contenait quelques détails pertinents au sujet d'Amy et de Sam, de Ben et de Peter, ainsi qu'une poignée d'informations sommaires sur Martina. Et se terminait par la libération de Mickery et la suspension d'un « officier supérieur travaillant sur l'enquête en cours ». Ça sentait le roussi. Vu le regard foudroyant que lui avait adressé Whittaker à son arrivée, Helen subodorait que ses supérieurs lui avaient déjà passé un bon gros savon.

« Je vais l'appeler, s'entendit dire Helen. Je vais voir si je peux arriver à lui faire calmer le jeu.

— Un peu tard, non ? En plus, c'est inutile. Je l'ai appelée moi-même. Elle sera là dans cinq minutes. »

Emilia pénétra dans la pièce avec l'air du chat qui vient de bouffer la crème. Elle prit son temps pour choisir entre thé ou café, se permettant de papoter et patin-couffin. Convoquée, consacrée, elle comptait clairement s'amuser.

« Avez-vous quelque chose à ajouter, commissaire ? Vous fiez-vous toujours à la manière dont le commandant Grace mène cette enquête ? Y a-t-il eu de nouveaux développements ?

— Je ne suis pas là pour parler de l'affaire. Je suis là pour parler de vous, contre-attaqua brusquement Whittaker.

— Je ne vous suis...

— Il est temps que vous nous lâchiez la grappe. Vos interventions sont trompeuses et inutiles, je veux qu'elles cessent. Plus d'article jusqu'à ce qu'il y ait une véritable information à communiquer. Compris ? »

L'audace de cette approche amusait Helen : personne ne pouvait se mettre en travers de Whittaker et de sa promotion.

« J'ose espérer que vous n'êtes pas en train de dicter à la presse...

— C'est précisément ce que je fais, bordel ! Et si j'étais vous, je prendrais en compte ce que je dis. »

Emilia en resta comme deux ronds de flan, mais elle se ressaisit vite.

« Avec tout le respect...

— Qu'est-ce que vous savez du respect ? aboya Whittaker, couvrant la voix de la journaliste. Quel respect avez-vous montré à la famille Anderson pendant leur épreuve ? Vous avez gueulé à travers leur boîte aux lettres, appelé chez eux nuit et jour, squatté devant leur porte pendant des heures, fouillé leurs poubelles.

— Vous exagérez. J'ai un devoir...

— Ah oui ? J'ai ici un registre qui répertorie en détail chaque occurrence où votre Fiat rouge immatriculée BD50JKR s'est garée devant chez eux. C'est le père d'Amy qui l'a tenu, il s'étend sur deux pages. Il vous y décrit à minuit, à deux heures du matin, à trois heures du matin. Et ça continue comme ça sur des lignes entières. J'appelle ça du harcèlement. Une filature. Dois-je vous rappeler l'enquête Leveson ? Et le code de conduite que tous les journalistes, qu'ils soient nationaux ou locaux (ce dernier mot fut prononcé avec un véritable mépris) se sont engagés à respecter ? »

Pour une fois, Emilia n'avait rien à répondre. Whittaker poursuivit donc :

« Je pourrais exiger des excuses à la famille en une. Je pourrais vous coller une amende. Merde, putain, je pourrais probablement vous faire virer si je le voulais. Mais je suis quelqu'un de gentil alors je vais me montrer clément. Mais gardez vos opinions mal renseignées pour vous, sinon vous allez vous faire éjecter du journalisme local et bon Dieu, y a pas moyen de revenir de ça, pas vrai ? »

Emilia partit peu après, furax mais impuissante. Helen, impressionnée, resta sans voix.

« Vous avez vraiment un registre de ses visites ? demanda-t-elle.

— Bien sûr que non. Maintenant retournez bosser et s'il vous plaît, Helen, avancez, bordel. Je vous ai gagné un peu de temps. Faites-en bon usage. »

Ainsi fut-elle congédiée. Elle n'en revenait pas de ce culot et était impressionnée par la loyauté dont Whittaker avait fait preuve envers l'équipe – et envers elle. Pourtant alors qu'elle se dirigeait au bout du couloir, elle avait la désagréable impression que cette attaque frontale de la journaliste à la détermination de fer allait leur retomber dessus. Emilia avait survécu à bien pire et était toujours revenue dans la lutte.

70

Charlie remarqua l'atmosphère aussitôt qu'elle posa le pied dans la pièce. Quand une affaire est lancée à plein régime, les salles d'enquête sont des endroits bruyants, agressifs, animés. Mais ce jour-là l'ambiance était calme, voire lugubre, et ce n'était pas difficile de comprendre pourquoi. Le bureau de Mark était vide, sa table avait été débarrassée de ses photos et de ses souvenirs personnels. Comme s'il n'avait jamais existé.

Pourtant il avait été un membre populaire de l'équipe et tout le monde ressentait son absence. Certes il était peut-être vulnérable, fracassé, mais ça faisait partie de son charme, surtout pour les filles. Le truc du petit garçon perdu. Et puis il était aussi intelligent et drôle, et quand il y mettait du sien, c'était un bon flic. Or désormais chacun se demandait à part soi si le Mark qu'il connaissait était bien le vrai. Aurait-il pu les vendre ? Tout leur boulot avait-il été gâché, mouchardé ? Avait-il besoin de fric au point de les trahir comme ça ? Cette situation perturbait Charlie – au fond, elle avait toujours aimé Mark –, qui se promit mentalement de vérifier ce qui était arrivé à ses effets personnels. Elle se mit au boulot, mais la chaise vide lui titillait toujours le coin de l'œil.

Helen entra peu après neuf heures, tout le monde fit des efforts herculéens pour être joyeux et faire mine qu'il ne s'était rien passé d'extraordinaire. Comme à son habitude, la boss n'y alla pas par quatre chemins et appela Charlie pour qu'elle la mette au courant des derniers développements. Elle semblait à cran, impatiente d'avoir des nouvelles.

« Parle-moi de Martina.

— Eh bien, c'était un garçon à la naissance, elle s'est probablement fait opérer au cours des trois ou cinq dernières années. Les tissus cicatrisés laissent supposer que ce n'est pas plus vieux que ça.

— Est-ce qu'elle vendait ses services comme transsexuelle opérée ?

— Non. Son truc, c'est qu'elle aimait faire la fête et savait comment procurer du plaisir. Un genre de pute fun, quoi.

— Pourquoi ? Les clients paient toujours plus les travelos. Plus exotique, plus spécialisé. Pourquoi ne pas mettre en avant cette caractéristique ?

— Peut-être qu'elle n'aimait pas le genre de public que ça attirait ?

— Ou peut-être qu'elle avait un truc à cacher ? »

La question resta en suspens.

« Elle était du coin ? demanda encore Helen.

— Apparemment non. D'après les autres filles, elle avait commencé à bosser ici il y a deux mois. Son site le confirme : l'adresse IP locale a été établie il y a huit semaines.

— Et sa vraie adresse ? »

Charlie secoua la tête.

« Jusqu'à maintenant, rien. Pour les autres filles, c'était un peu un mystère, elle ne voyait pas grand monde.

— Une piste avec l'argent peut-être ?

— On est train de discuter avec les banques, mais pour le moment, aucun compte à son nom. »

Helen soupira. Rien n'était facile dans cette affaire.

« Bon, notre meilleur pari, ce sont les cliniques, alors. Combien y en a-t-il qui pratiquent ce genre d'opérations dans le coin ?

— Quinze. On est en contact avec toutes, même si la plupart rechignent un peu à parler de leurs clients.

— Alors convaincs-les. Explique-leur ce qui est arrivé à Martina, montre-leur les photos. Il faut qu'on sache qui elle était... il était. »

Charlie ne put réprimer un sourire narquois et pour une fois, Helen l'imita. Se faisait-elle des films ou leurs relations s'étaient-elles améliorées depuis qu'Helen l'avait mise à l'épreuve ? Elle avait été furieuse suite à leur confrontation – que quelqu'un mette en doute son intégrité comme ça – et avait même envisagé de demander son transfert. Et pourtant elle aspirait toujours à ce qu'Helen l'apprécie, elle aspirait toujours au respect. La vérité, c'est que la plupart des policières voulaient ressembler à Helen. C'était la plus jeune commandant de police du Hampshire et elle avait monté les échelons de façon remarquable. Elle n'avait pas de mari, pas de famille, ce qui lui donnait un avantage injuste aux yeux de beaucoup de femmes, mais malgré tout elle avait incroyablement bien réussi. C'était un modèle pour elles toutes.

La boss se tourna vers l'équipe.

« C'est le lieutenant Brooks qui va faire tourner la boutique aujourd'hui. Priorité numéro un : les cliniques. Je sais que nous avons un homme en moins à présent et que vous avez tous des questions à ce sujet. Quand le moment viendra, je vous en dirai davantage. Mais pour l'heure, j'ai besoin de toute votre concentration. Nous avons une meurtrière à arrêter. »

Sur ce, elle vida les lieux. Charlie se mit aussitôt à distribuer les tâches à Sanderson, McAndrew et aux autres, qui les acceptèrent sans broncher, en dépit du fait que nombre d'entre eux étaient du même rang qu'elle. Désireuse de paraître sérieuse et professionnelle, elle allait droit au but, sans fioriture, mais au fond, elle souriait de toutes ses dents. C'était la première fois, de mémoire d'homme, qu'Helen Grace laissait quelqu'un d'autre à la barre.

71

Elle avait dû se résoudre à appeler la police : elle n'en avait pas eu envie, mais elle n'avait pas eu le choix. Au début elle avait eu peur – Stephen n'était pas à la maison ce soir-là et la racaille avinée qui tambourinait à sa porte lui collait une trouille bleue –, mais quand elle avait découvert ce qui était vraiment en train de se passer, plus qu'apeurée, elle avait été écœurée.

Cela faisait des mois qu'elle n'avait pas vu Mark bourré. Elle s'était dit qu'il s'était racheté une conduite, qu'il s'était ressaisi. Or il faisait peine à voir à présent. Ses vêtements étaient tachés, ses cheveux décoiffés et il n'arrivait pas à articuler. Pestant contre sa malchance, il postillonnait des injures pitoyables, beuglant à toute la rue que Christina écartait les cuisses à volonté, que Stephen n'avait pas de cerveau, que c'était un sex-toy ambulant. Comme il frappait de plus en plus fort – risquant vite de réveiller Elsie – Christina avait dû agir.

Elle avait entrouvert la porte en laissant attachée la chaîne afin d'essayer de l'apaiser. Elle avait voulu entamer une conversation, mais cela n'avait fait que redoubler sa colère. De quel droit lui barrait-elle l'entrée, gueulait-il. Alors que tout ce qu'il voulait, c'était voir sa fille. La fille qu'elle lui avait volée. Christina avait essayé de repousser la porte, il était malgré tout parvenu à glisser son bras à l'intérieur, l'avait écartée sans ménagement et avait arraché la chaîne de son support.

Il avait forcé le passage et avait monté lourdement les escaliers en direction de la chambre d'Elsie. Christina avait empoigné le téléphone et composé le 999. Elle avait déjà lu des histoires de types maboules qui avaient tué leurs mômes après avoir divorcé. Mark en serait-il capable ? Elle en doutait, mais elle ne voulait pas prendre de risques. Après avoir expliqué au standardiste ce qui se passait et donné son adresse, elle avait foncé à l'étage.

Elle ne savait pas ce qu'elle allait découvrir en entrant dans la pièce et à bien des égards, c'était pire que ce qu'elle s'était imaginé. Elsie était debout sur son lit. Tremblant de peur, choquée, terrorisée, elle pleurait sans bruit. Mark était écroulé par terre, le corps secoué de sanglots. Ce que Christina avait entamé, Elsie l'avait terminé. L'expression horrifiée qui s'était dessinée sur le visage de sa fille avait suffi à arrêter le cœur de Mark. L'alcool avait fini par le terrasser, par lui prendre tout ce qu'il avait de bon.

C'était l'incarnation même de l'homme brisé, avec pour seule perspective une vie entière d'apitoiement sur soi et de récriminations. Alors pour la première fois depuis bien longtemps, Christina ressentit une émotion qu'elle avait toujours rejetée.

La culpabilité.

72

Elle se devait d'être sûre. Elle avait déjà ruiné la carrière de Mark et probablement provoqué des dégâts collatéraux. Logiquement, le dossier monté contre lui était valable, mais... les doutes l'envahissaient. Il avait semblé si blessé, si outré, si provocant : il n'avait quand même pas pu feindre tout ça, si ? D'abord sidérée par l'existence d'une taupe au sein de l'équipe, Helen en était venue dernièrement à espérer que ce mouchard allait les conduire droit à la tueuse. En lieu et place, il les avait menés sur une voie parallèle, qui les avait détournés du gros lot. Helen était tentée de laisser pisser. De faire demi-tour sur-le-champ et de retourner à la salle d'enquête, mais il était trop tard pour ça à présent. Elle avait délivré les papiers d'exécution au condamné, il y avait un protocole à suivre. Toutefois la hache menaçant, elle se devait d'être sûre.

C'est alors qu'elle passait en revue les dossiers personnels qu'un détail l'intrigua. Helen se trouvait au labo le jour où la déposition d'Amy avait été téléchargée illégalement, Whittaker faisait de la voile à Poole et le cas de Charlie avait été réglé – pour Helen, du moins. Ce qui laissait Mark et les techniciens : Peter Johnson, Simon Ashworth et Jeremy Laing. Ils étaient tous en grève ce jour-là, ce ne pouvait donc pas être l'un d'eux... Pourtant il y avait un détail curieux au sujet de Simon Ashworth. Un détail auquel Helen n'avait pas prêté attention auparavant. Après avoir servi dans la brigade criminelle nationale à Londres, où il avait contribué à l'élaboration de la nouvelle base de données, il était arrivé dans la police du Hampshire suite à une promotion. Il s'était intégré tant bien que mal, avait été un bon bosseur, et pourtant voilà qu'il était retransféré à Londres. Après n'être resté que quatre mois avec eux. Ce changement de poste au même niveau hiérarchique était étrange, d'autant que Ashworth avait contracté un bail de douze mois pour un appartement à Portsmouth. Il s'était passé quelque chose. Mais pas officiellement. Un événement inaperçu et troublant l'avait poussé à détaler à Londres.

Helen était sur la piste, maintenant, et ses soupçons furent amplifiés par le fait qu'Ashworth était introuvable. Congé maladie – personne pourtant ne semblait savoir ce qui n'allait pas. Non, ce n'était pas tout à fait ça. Les gens savaient ce qui n'allait pas chez lui, seulement ils ignoraient s'il était malade ou pas. Il avait fallu un bon moment à Helen pour réussir à faire craquer Peter Johnson – l'amener à parler de ses collègues – mais quand elle y était parvenue elle avait vite découvert que Simon Ashworth n'était pas populaire.

Il avait cassé la grève. À ces mots, Helen sentit les poils de sa nuque se hérisser. Certes Ashworth n'était pas syndiqué, mais on s'était quand même attendu à ce qu'il suive l'exemple de son chef et de ses collègues en respectant cette action surprise d'une journée. Or il ne l'avait pas fait. D'un naturel solitaire, socialement inadapté, il prenait souvent les gens à rebrousse-poil. Cela faisait de lui un mauvais coéquipier et une cible potentiellement facile pour quelqu'un comme Mickery, non ? Peter Johnson ne dissimula rien de son antipathie pour Ashworth mais nia être à l'origine de son transfert. Il était fort possible que lui et ses collègues lui aient fait sentir qu'il n'était pas le bienvenu – le traitement habituel pour un jaune – mais il refusait d'en dire plus, redoutant une accusation de harcèlement, voire de maltraitance. Ce devait être Ashworth en personne qui avait demandé son transfert.

« Mais il faudrait lui demander vous-même », conclut Johnson.

C'était bien son intention. Cela dit, elle allait d'abord devoir le trouver. Cela faisait des semaines qu'il avait complètement disparu de la circulation.

73

Elle n'avait que le goût du vomi. Du vomi et du sang caillé. Sa bouche était desséchée, sa gorge en feu et une sourde douleur lancinante lui martelait la tête. N'ayant pas mangé depuis des jours, elle sentait des ulcères se former dans son estomac. Ça ne la dérangeait pas : ce qu'elle voulait par-dessus tout, ce dont elle avait besoin, c'était d'eau. En temps normal elle en buvait plusieurs litres par jour et devenait un tantinet nerveuse quand elle se rendait brusquement compte qu'elle se trouvait loin de cette source nécessaire. Ces petites privations lui paraissaient franchement ridicules à présent qu'elle mourait littéralement de soif. Si elle n'avait jamais réfléchi à cette expression auparavant, elle comprenait maintenant ce que cela signifiait, quel effet ça faisait. Le désespoir s'installait : elle savait d'instinct qu'il n'y aurait pas d'échappatoire.

Sandy gisait inerte en face d'elle : peut-être espérait-il être emporté dans son sommeil. Une mort paisible pour mettre un terme à ce cauchemar. Tu parles d'un espoir. Ils étaient piégés. Il n'y avait pas à tortiller. Mickery laissa son regard dériver vers la gauche, détectant le vol des mouches qui planaient autour des excréments empilés dans un coin. Au début, elles n'étaient pas là, alors comment étaient-elles entrées ? Par quelle minuscule fissure de cette boîte de conserve avaient-elles pénétré ? Ces petites salopes pouvaient probablement aller et venir comme bon leur semblait.

Quand elle était sortie de son état d'inconscience, Mickery avait été étourdie, perdue. Il faisait tellement sombre qu'elle n'était pas arrivée à déterminer l'heure qu'il était, l'endroit où elle se trouvait, ni ce qui lui était arrivé. Elle avait eu la frousse de sa vie quand elle avait entendu Sandy bouger. Jusqu'à ce moment-là, elle s'était dit qu'elle devait rêver, mais la détresse incontrôlable de son avocat l'avait obligée à voir en face la réalité sinistre de leur situation.

Ils s'étaient aussitôt mis à explorer leur cage, tambourinant sur les parois, suivant du doigt les joints dans le métal, et en étaient lentement arrivés à la conclusion accablante qu'ils se trouvaient dans une espèce de boîte métallique gigantesque. S'agissait-il d'un container de fret ? Probablement, mais quelle importance ? Il était solide, sécurisé, pas moyen d'en sortir. Voilà tout ce qu'ils avaient besoin de savoir. Peu après, ils étaient tombés sur le flingue et le portable. C'est à ce moment-là que les courageuses tentatives de déni de Mickery avaient fini par s'effondrer.

« Elle nous a eus, Sandy.

— Non. Non, non, non, non. Il doit y avoir une autre explication. C'est sûr.

— Lis le message sur ce putain de téléphone. *Elle nous a eus.* »

Sandy refusait de regarder le portable. Refusait de s'engager tout court. En même temps, que dire ? Il était clair qu'il n'y avait pas de solution de facilité : ils devaient choisir entre l'inanition et le meurtre. C'est Mickery qui avait posé ces deux options atroces sur la table. Sandy s'était révélé un homme lâche et faible qui regimbait à affronter leur situation. Mickery l'y avait forcé.

Ils avaient choisi d'agir. L'attente était trop difficile à supporter. Le désespoir trop écrasant. Leur vie était devenue une lente torture, il était temps d'y remédier. Ils avaient donc décidé de tirer à la courte paille – ou plutôt à la courte mouche, vu que c'était tout ce qu'ils avaient réussi à trouver. Voilà pourquoi Mickery était désormais face à Sandy, les bras tendus. L'une de ses mains renfermait une mouche morte. L'autre était vide. Si Sandy désignait la mouche, il vivrait. Sinon, il serait tué.

L'avocat hésita, désirant ardemment que sa vue pénètre la peau et révèle le trésor caché dans les paumes de la psy. Gauche ou droite ? Vie ou mort ?

« Allez, Sandy. Vas-y, bordel, qu'on en finisse. »

Elle avait parlé d'une voix désespérée, implorante. Mais Sandy ne ressentait aucune pitié, il ne pouvait pas. Il était figé dans l'instant, incapable de bouger un muscle.

« Je ne peux pas.

— Dépêche, Sandy. Ou je jure devant Dieu que je prendrai la décision pour toi. »

Le ton brutal de Mickery fit brusquement sortir Sandy de sa torpeur. Tout en marmonnant le Notre Père, il tendit lentement le bras et tapa fermement sur la main gauche d'Hannah.

Long, terrible moment. Puis, lentement, elle retourna la main et l'ouvrit en grand.

74

Ça avait été la plus étrange des journées. La meilleure et la pire. Couchée dans son lit, Charlie essayait d'y trouver un sens.

Après le départ d'Helen, l'équipe s'était mise au boulot, poussée par le zèle et l'énergie de Charlie. Comme elle encourageait les gars à se montrer agressifs avec les directeurs de clinique évasifs qui s'abritaient derrière le devoir de confidentialité, l'équipe avait bien progressé, descendant la liste à un rythme régulier, traquant les chirurgiens situés dans la région du Hampshire qui avaient l'expertise pour effectuer une opération de changement de sexe. Hélas, au final, ils avaient fait chou blanc. Tout le monde avait été interrogé, personne n'avait reconnu Martina ni pu les éclairer sur la personne qu'elle avait été quand elle était un homme.

Il était donc temps d'élargir les recherches. À l'échelle du pays, il existait plusieurs dizaines de cliniques qui pratiquaient ce genre d'opérations : ils allaient devoir toutes les contacter. Mon Dieu, faites que Martina n'ait pas été opérée à l'étranger : ça aurait été trop pour leurs ressources limitées, et puis ils avaient urgemment besoin d'un indice, d'un élément qui les remettrait sur la voie. Charlie avait laissé les gars trimer. Elle était malade de fatigue, il lui fallait une pause. Alors qu'elle rentrait chez elle en voiture, elle avait retrouvé le moral à l'idée de passer quelques minutes précieuses avec son copain et son chat, de la bouffe digne de ce nom et, surtout, son lit.

Travaux. Déviation. Agaçant, sans plus. En conséquence, elle avait dû faire un trajet inhabituel. Trajet qui la faisait passer juste à côté de chez Mark. Dans un sursaut de culpabilité, elle s'était rendu compte qu'elle l'avait momentanément oublié. Tellement elle avait voulu se prouver à elle-même (et à Helen évidemment) qu'elle était capable de diriger l'équipe. Ce faisant elle s'était révélée une mauvaise chef et une amie indigne : dans la course désespérée pour gagner la bataille, on ne doit pas oublier les blessés capables de marcher.

S'en voulant de son insensibilité, elle avait garé sa voiture et était descendue. Était-ce une bonne idée ? Probablement pas, mais elle avait envie de pouvoir dormir cette nuit-là, et la seule façon de mettre sa conscience en veilleuse était d'aller voir comment se portait Mark. Aucun autre collègue ne le ferait, c'était une certitude.

Qu'est-ce qu'elle avait espéré ? Qu'il tiendrait étonnamment bien le coup ? C'était une loque : il puait la sueur et l'alcool.

« Tu la crois ? »

Cette question brutale avait décontenancé Charlie.

« Qui ça ?

— Elle. Tu crois que je vous ai vendus ? »

Un long silence s'en était suivi. Il y avait la réponse officielle, et puis il y avait la vraie. Au final, c'est cette dernière qui l'avait emporté.

« Non. »

Mark avait expiré bruyamment, comme s'il avait retenu sa respiration. Puis il avait baissé les yeux afin de dissimuler son émotion.

« Merci », avait-il marmonné sans lever la tête, mais sa voix trahissait la force de ses sentiments.

Instinctivement, Charlie s'était dirigée vers lui. Assise à ses côtés, elle lui avait passé un bras autour des épaules. Il s'était appuyé contre elle, content de ce soutien.

« Le plus triste, c'est que je pensais être en train de tomber amoureux d'elle. »

Waouh. Elle ne l'avait pas vue venir celle-là.

« Est-ce que vous avez... ? »

Il avait hoché la tête.

« Et gros con que je suis, j'ai cru que ça pourrait être un truc positif. Et maintenant ça...

— Peut-être qu'elle n'avait pas le choix. Peut-être qu'elle pensait vraiment... »

Elle avait hésité. Il n'y avait aucune façon gentille de terminer cette phrase. L'accusation de corruption est la pire qu'on puisse balancer à un flic.

« J'imagine ce qui se dit au poste sur cette affaire. Mais je suis innocent, Charlie. Je n'ai rien fait de mal. Et je veux revenir. J'ai vraiment très envie de revenir... Alors... s'il y a quoi que ce soit que tu puisses faire... s'il y a moyen que tu puisses l'influencer pour arrêter ça... »

Il avait laissé sa phrase en suspens. Elle n'avait pas trouvé de mots. Ils savaient tous les deux qu'il n'y avait plus moyen de revenir en arrière désormais. Même s'il était exonéré, qui le prendrait dans son équipe vu son passé de faux départs et de problèmes ? À une époque où personne n'embauchait, on ne pariait pas sur le potentiel, surtout s'il y avait le moindre soupçon de manque de fiabilité ou de malhonnêteté. Que pouvait dire Charlie qui aurait été à la fois conciliant et vrai ?

« Tu t'en sortiras, Mark. Je le sais. »

Elle n'était pas sûre d'y croire. Et elle n'était pas sûre que Mark y croyait non plus.

Elle l'avait quitté en promettant de revenir faire un saut sous peu. Il n'avait pas vraiment fait attention à son départ, s'enfonçant une fois de plus dans l'égocentrisme.

En chemin vers chez elle, Charlie avait été envahie par les doutes. Mark n'était pas du genre à faire une connerie, si ? Elle se disait que non, mais qui sait ? Il était de toute évidence anéanti. Pas de femme ni d'enfant à la maison, pas de boulot où aller, une tendance à boire… Soudain toutes ces pensées s'étaient embouteillées dans sa tête. Elle avait la migraine, elle était barbouillée. Une vague de nausée l'avait submergée, elle avait vite garé sa voiture et ouvert la portière juste à temps pour vomir son déjeuner sur le bitume. Un premier haut-le-cœur violent, un deuxième, et ça avait été terminé.

Plus tard, chez elle, blottie bien au chaud dans les bras de son petit copain Steve, c'était des doutes d'une autre nature qui l'avaient assaillie. Se dégageant discrètement de cette étreinte ensommeillée, elle s'était rendue dans la salle de bains sur la pointe des pieds et avait ouvert le placard. L'espoir se mêlait à l'agitation tandis qu'elle ouvrait le petit tube en carton.

Cinq minutes plus tard, elle avait sa réponse. Elle était enceinte. Après des mois d'essais infructueux, maintenant ça y était. Une petite croix bleue. Un deuxième test lui avait donné la même réponse. Ces petits riens qui vous bouleversent la vie en grand. Steve continuait à dormir sans se douter de quoi que ce soit tandis que Charlie restait perchée sur les toilettes, encore un peu sous le choc. Pour la énième fois de la journée, ses yeux s'étaient remplis de larmes. Des larmes de joie, cette fois.

75

L'espace d'un instant, elle eut les yeux rivés sur sa pupille. Puis celle-ci disparut. Après avoir déniché l'appartement de Simon Ashworth en centre-ville, Helen avait respectueusement appuyé sur la sonnette, geste qui trahissait une certaine retenue étant donné son envie de défoncer la porte. Long silence, aucun signe de mouvement. Alors elle avait sonné une deuxième fois. Et une troisième. Elle s'était arrêtée, avait tendu l'oreille. Était-ce le grincement d'un parquet, l'infime soupçon d'un bruit de pas ? C'est alors que la pupille était apparue dans l'œil-de-bœuf. Helen s'y était attendue – l'avait espéré –, raison pour laquelle elle regardait elle aussi par l'œil-de-bœuf. La pupille prit aussitôt peur et disparut. Les bruits distinctifs de pas qui s'éloignent discrètement arrachèrent un sourire à Helen : il était cuit, alors pourquoi se déplacer sur la pointe des pieds ?

Un flic a devant lui un certain nombre d'options dans ce genre de situation. Il peut choisir la voie officielle, demander un mandat de perquisition etc., mais quand on bosse seul cela signifie presque toujours que la proie s'échappe pendant qu'on est occupé ailleurs à remplir de la paperasserie. Il peut choisir la voie de la patience, feindre de partir pour aller se placer à un poste d'observation stratégique dans la rue. En général c'est une méthode qui paie puisque après avoir été dépisté, le fugitif n'a qu'une envie : se barrer de chez lui, et il est souvent dehors dans l'heure qui suit. Seulement Helen n'avait jamais été douée pour la patience. Elle déboula donc dans la loge du gardien – le faisant sursauter pendant sa pause-café – et exigea qu'il lui ouvre l'appartement 21.

Il aurait été parfaitement en droit de lui demander – d'exiger – un mandat de perquisition, mais c'est drôle de voir le nombre de personnes dont le cerveau arrête de fonctionner dès qu'elles voient une carte de flic. D'ordinaire, craignant les critiques ou excitées par le drame du moment, elles obtempèrent. Il n'en fut pas autrement ici : le gardien, rouge pivoine, ouvrit sans hésiter l'appartement 21. Il sembla quelque peu dépité quand Helen lui ferma la porte au nez – tout ce qu'il obtint pour sa peine fut un bref sourire de gratitude.

Ashworth se préparait à se faire la belle. Sacs bouclés, clefs de voiture : un homme sur le départ. Qui resta pourtant figé quand Helen traversa la pièce à sa rencontre. Il avait l'air paniqué, fulminant contre l'illégalité de ce qu'elle faisait sans parvenir à être ni convaincant, ni menaçant. Tout en remisant sa carte, Helen désigna une chaise métallique vide. Après une courte pause, durant laquelle il sembla jauger à la fois Helen et la situation, il s'exécuta.

« Pourquoi l'avez-vous fait, Simon ? »

Helen n'ayant jamais été du genre à enculer les mouches, elle opta pour une attaque frontale. Elle exposa à la mitraillette les chefs d'inculpation – téléchargement illégal d'informations confidentielles, compromission d'une enquête en échange d'un gain financier – car elle n'avait nullement l'intention de laisser à Ashworth le temps de s'inventer des excuses ou des dérobades. À sa grande surprise, il se défendit avec verve.

« Ça ne peut pas être moi.

— Et pourquoi ça ?

— Parce que chaque consultant technique impliqué dans ce genre d'affaire a son propre code d'accès. C'est la seule façon pour nous d'entrer ou de sortir du système, n'importe qui peut donc déterminer quand nous y avons accédé et comment nous nous en sommes servi.

— Il doit exister des moyens de contournement.

— Pas pour nous. Le personnel de soutien technique bouge beaucoup, parfois au sein du service de police, parfois en dehors. C'est afin de ne pas compromettre d'enquêtes et de gérer le turnover que ce système d'accès a été créé. Si vous vérifiez...

— Alors pourquoi avez-vous menti ? » le coupa Helen.

Elle n'avait aucune envie qu'on lui fasse la leçon.

« Comment ça, menti ?

— J'ai demandé à toutes les personnes qui avaient contribué à l'enquête de me rendre compte de leurs déplacements ce jour-là et vous, à l'unisson de tous les autres membres du personnel technique, vous avez affirmé avoir été en grève. Or vous ne l'étiez pas. Vous avez brisé la grève.

— Et alors ? Je n'étais pas d'accord avec ce mouvement, du coup je suis allé bosser un peu. Je ne suis pas resté longtemps au poste et quand on m'a posé la question, je me suis dit qu'il valait mieux raconter un petit bobard histoire que les autres ne découvrent rien.

— Ça n'a pas très bien fonctionné, si ? Qui les a informés ? »

Pour la première fois, Ashworth sembla ébranlé. Enfin, on avance, songea Helen.

« Je ne sais pas comment ils l'ont découvert, marmonna-t-il en regardant ses chaussures.

— Êtes-vous ambitieux, Simon ?

— J'imagine que oui.

— Vous imaginez que oui ? Vous êtes très jeune pour être à cet échelon de salaire, vous avez d'excellentes évaluations. Vous pourriez vraiment faire du chemin. D'ailleurs, votre mutation dans la police du Hampshire était une grosse promotion, pas vrai ? »

Il hocha la tête.

« Et pourtant, après avoir passé seulement quatre mois dans votre nouveau job huppé, vous retournez à votre ancien boulot. Boulot que, si j'en crois votre candidature à une affectation dans le Hampshire, vous aviez l'impression d'avoir maîtrisé et dont vous vous étiez lassé.

— On dit tous des trucs comme ça dans les entretiens d'embauche. »

Il gardait les yeux rivés sur ses chaussures.

« Que s'est-il passé ? »

Long silence. Puis :

« J'ai changé d'avis. Je ne me suis pas vraiment adapté à Southampton, je n'ai aucun ami à proprement parler et puis... quand les gars ont commencé à me tailler parce que j'étais pas un laquais du syndicat, je me suis dit que je ferais mieux de me barrer.

— Sauf que vous avez fait votre demande de transfert avant que les gars découvrent que vous aviez trahi la cause. Ils ont été très clairs sur ce point. C'est lors d'une beuverie de service au Lamb and Flag le dix-huit que vous avez été obligé d'admettre que vous aviez brisé la grève. Vous avez candidaté pour reprendre votre ancien poste le seize.

— Ils doivent faire erreur.

— Il y a eu plusieurs témoins de cette conversation au pub. Ils ne peuvent pas tous mentir. »

Plus long silence encore.

« La vérité, c'est... La vérité, c'est que je ne me plais pas ici, c'est tout. Je n'aime pas les gens, je n'aime pas le boulot. Je veux me tirer.

— C'est curieux, Simon. Parce que lors de votre évaluation du troisième mois, vous aviez déclaré être très heureux. Et adorer avoir davantage de responsabilités. Sans compter que vous avez obtenu d'excellentes notes pour votre travail, on vous a même laissé entendre que vous seriez apte à être promu si vous continuiez comme ça pendant au moins un an. J'ai là une copie de votre évaluation si vous souhaitez la lire. »

Elle la lui présenta, Ashworth n'esquissa pas un geste. Ce type avait l'air très très profondément malheureux. Ce qui emplissait Helen de joie. Les failles commençaient à apparaître. Elle décida d'y ficher le pied.

« Vous avez suivi une formation policière, Simon, je ne vais donc pas me montrer condescendante en vous énonçant quels effets cela pourrait avoir sur votre carrière si vous êtes obligé de reconnaître avoir menti à un officier de police qui mène une enquête pour homicide. Si vous êtes obligé de reconnaître avoir accepté un paiement en échange de la divulgation de documents policiers confidentiels. »

Ashworth restait planté sur sa chaise, les mains fébriles.

« Votre carrière serait fichue. Terminée. Or je sais combien vous y accordez d'importance. »

Helen adoucit alors le ton.

« Je sais que vous êtes un type doué, Simon. Je sais que vous pourriez aller loin. Mais si vous me mentez maintenant, je vous détruirai. Il n'y aura pas de retour possible. »

Les épaules d'Ashworth se voûtèrent et se mirent à trembler. Pleurait-il ?

« Pourquoi vous faites ça ?

— Parce que j'ai besoin de savoir la vérité. Avez-vous divulgué l'interrogatoire à Mickery ? Et si oui, pourquoi ? Je ne peux vous aider que si vous, vous m'aidez. »

Un long silence, puis :

« Je croyais que vous saviez. »

Il parlait d'une voix étranglée, brisée.

« Il m'avait dit que vous saviez.

— Qui ça ?

— Whittaker. »

Whittaker. Ce nom resta en suspens sans qu'Helen y croie vraiment.

« Qu'est-ce qu'il vous a dit ? Qu'est-ce que j'aurais dû savoir ? »

Ashworth secoua la tête, mais Helen n'était pas prête à lâcher prise.

« Dites-moi. Dites-le-moi maintenant ou je vous arrête pour conspiration et entrave à la justice...

— C'est Whittaker qui a téléchargé l'interrogatoire.

— Mais il était en congé ce jour-là.

— Je l'ai vu. Je suis allé dans le bureau. À cause de la grève, il n'y avait personne au poste. Mais Whittaker était là. Seul. Il m'a dit qu'il avait consulté les documents concernant l'affaire et quand j'ai jeté un œil ensuite, il avait téléchargé l'interrogatoire. Je n'ai rien pensé sur le moment. C'est lui le boss, alors pourquoi pas ? Mais quand j'ai appris plus tard que vous demandiez aux gens de rendre compte de leurs allées et venues, j'ai réalisé que Whittaker avait commis une erreur. Il s'était embrouillé dans les dates. Je suis allé le voir. Je n'avais pas envie qu'il se fasse descendre en flammes pour une simple faute d'inattention.

— Vous cherchiez à gagner ses faveurs.

— En quelque sorte. Whittaker m'aimait bien, il voyait un avenir pour moi. Alors je lui ai juste fait remarquer – deux précautions valent mieux qu'une, quoi. Eh ben il a pas apprécié. Pas du tout. Il m'a dit que c'est moi qui me plantais, or je savais bien que non. »

Il s'interrompit, craignant d'en dire davantage.

« Continuez. Que s'est-il passé ensuite ?

— Il m'a dit qu'il pouvait détruire ma carrière sur un simple coup de fil. Que je ne comprenais pas où je mettais les pieds. On... Il a décidé aussi sec qu'il fallait que je sois de nouveau transféré à Londres le plus tôt possible. J'imagine que c'est lui qui a vendu la mèche au sujet de la grève. En guise de prétexte à mon départ. Il m'a dit que vous étiez au courant de tout. Que c'était votre idée. »

La colère fusa en elle, elle la repoussa brutalement. Elle devait rester calme, concentrée. C'était complètement dingue !

« Il a dit que j'étais impliquée ?

— Oui, que vous vous en occupiez, et qu'il était donc inutile de vous dire quoi que ce soit.

— Et ensuite qu'avez-vous fait ?

— J'ai essayé de continuer à bosser mais je n'y arrivais pas, c'était impossible avec les gars qui étaient aussi sur mon dos. Alors je me suis fait porter pâle. Depuis je me planque ici, en attendant mon transfert... »

Sa voix s'éteignit : il prenait en pleine face la réalité de sa situation. Pour la première fois de la journée, Helen se montra conciliante.

« Cette histoire ne va pas nécessairement mal finir, Simon. Si ce que vous m'avez confié aujourd'hui est vrai, alors je pourrai rétablir les choses. Vous pourrez accepter le transfert, en tirer une leçon et recommencer sans une bavure dans votre dossier. Vous pourrez accomplir ce que vous étiez censé accomplir, réaliser ce que voulez réaliser. »

Ashworth leva la tête, l'incrédulité le disputait à l'espoir.

« Mais il faut que vous m'accordiez une faveur en échange. Vous allez tout de suite venir chez moi. Une fois là-bas, vous rédigerez une déclaration spécifiant tout ce que vous venez de me dire. Ensuite vous attendrez. Vous ne répondrez pas au téléphone et vous n'appellerez personne. Vous n'enverrez ni mails, ni textos, ni tweets. Vous allez rester bien gentiment sur place et le reste du monde n'aura pas besoin de savoir que nous avons eu cette conversation avant que je déclare que le moment est venu. C'est compris ? »

Ashworth hocha la tête. Il était prêt à faire tout ce qu'elle lui disait désormais.

« Parfait. Alors allons-y. »

76

Il n'y avait plus moyen de reculer maintenant. Ils avaient passé un marché. Que ça leur plaise ou non, il était temps d'aller au bout.

Quand Mickery avait ouvert la main gauche en sachant pertinemment qu'elle était vide, Sandy s'était effondré au sol avec un gémissement. Elle l'avait regardé, en proie à un conflit émotionnel. Un peu d'euphorie, un peu d'horreur, mais surtout... du soulagement. Elle allait vivre.

Peu après, Sandy se mit à supplier. Il disait qu'il n'était pas sérieux, que c'était dingue, qu'ils fallaient qu'ils restent solidaires, qu'ils ne devaient pas laisser cette femme l'emporter.

« Qu'aurais-tu fait si tu avais gagné ? Tu m'aurais épargnée ? » repartit Mickery.

Sandy fut incapable de répondre – ce qui en disait long. Il aurait appuyé sur la gâchette pour se sauver. Au fond, c'était un sale merdeux égoïste.

« S'il te plaît, Hannah. J'ai une femme. J'ai deux filles. Tu les connais, tu les as rencontrées. S'il te plaît, ne leur fais pas ça.

— Nous n'avons pas le choix, Sandy.

— Bien sûr que si. On a toujours le choix.

— De mourir de faim ? C'est ça que tu veux ?

— Peut-être qu'on peut sortir. Forcer la porte...

— Pour l'amour de Dieu, Sandy, ne rends pas la situation pire qu'elle ne l'est déjà. Il n'y a pas d'issue. Il n'y a pas d'échappatoire. C'est tout. Il n'y a pas d'autre moyen. »

À ce moment-là, il se mit à pleurer comme un veau. Mais Mickery ne ressentait aucune pitié à présent. Si c'était Sandy qui avait gagné, elle aurait été morte à l'heure qu'il était, aucun doute là-dessus. Soudain la haine monta en elle – comment osait-il quémander une grâce qu'il n'aurait pas rendue ? – et alors qu'il s'agrippait à elle, elle le repoussa violemment. Il trébucha et atterrit lourdement sur le sol métallique crasseux.

« Je t'en supplie, Hannah, s'il te plaît ne fais pas ça… »

Elle s'était déjà emparée du flingue. Elle ne s'était encore jamais servie d'une arme à feu, n'avait jamais songé à blesser qui que ce soit, et pourtant elle était parfaitement sereine maintenant qu'elle s'apprêtait à exécuter un homme qu'elle avait jadis appelé son ami.

« Je suis vraiment désolée, Sandy. »

Et elle appuya sur la gâchette.

Clic.

Chambre vide. Merde. Sandy, qui un instant plus tôt agitait désespérément les bras dans le vain effort de se protéger de la douleur à venir, arrêta de gesticuler. Brusquement il se relevait.

Clic. Clic.

Deux autres chambres vides : le flingue avait dû être déréglé à un moment donné. Sandy lui fonçait dessus.

Clic. Clic. Il la percuta de plein fouet, éjectant le pistolet glacé de ses mains. Mickery valsa en arrière et sa tête heurta violemment le sol. Quand elle leva les yeux, Sandy tenait le flingue. Elle s'attendait à voir de la haine, or son visage était l'image même de la perplexité.

« Il est vide. Il est vide, bordel de Dieu. »

Il lui envoya l'arme. Qu'avait-il dit ? Le cerveau de Mickery n'arrivait pas à suivre les événements. Pourtant il avait raison. Les chambres étaient vides. Il n'y avait jamais eu de balle à l'intérieur.

À sa gauche, un mugissement la fit sursauter. Ce n'était que Sandy qui se roulait par terre, des larmes de rire coulant sur ses joues. On l'aurait cru fou. Follement heureux. Ah la belle blague, putain.

Mickery hurla. Un hurlement à vous figer le sang dans les veines, à se faire exploser les cordes vocales. Long, fort, déchirant. Tout ça pour rien. Elle les avait piégés, elle avait fait d'eux des animaux, et ensuite, elle avait refusé sa victoire à Mickery. Ce n'était pas les règles du jeu. Ce ne devait pas se passer comme ça. Elle était censée vivre. Elle voulait vivre.

Elle s'agenouilla, toute son énergie la quittait. Elle était vaincue, brisée. Le rire atrocement méprisant de Sandy résonnait comme un glas.

77

Helen était de retour à la barre quand Charlie pénétra dans la salle d'enquête le lendemain matin. Elle ressentit une légère bouffée d'agacement – son rôle de chef d'équipe n'avait pas duré plus d'un jour –, puis détecta aussitôt le bourdonnement d'excitation dans la pièce, et tout ressentiment s'évanouit. Il s'était passé quelque chose.

Deux choses, en fait. Une bonne, une mauvaise. Ils avaient trouvé « Martina » : une clinique de l'Essex spécialisée dans le changement de sexe affirmait avoir un dossier concordant. Par contre, ils avaient perdu Hannah Mickery. Elle et son avocat personnel, Sandy Morten, étaient portés disparus depuis plusieurs jours maintenant.

« Pourquoi ne m'a-t-on rien dit ? tempêta Helen.

— On ne savait pas, répliqua Charlie. La disparition de Morten a été signalée il y a quelques jours, mais personne ne s'est manifesté au sujet de Mickery. Ce n'est que lorsqu'on a passé en revue les mails de Morten qu'on s'est rendu compte qu'il avait organisé un rendez-vous à trois entre lui, Mickery et une femme dénommée Katherine Lieutenant. Elle prétendait être journaliste au *Sunday Sun*, mais on a vérifié auprès d'eux, il n'y a personne de ce nom au sein de leur effectif.

— Lieutenant ? Elle se fout de notre gueule. »

Helen était furax. Contre elle-même et contre la situation. Elle s'était tellement focalisée sur la traque de la taupe, sur le colmatage de cette fuite, qu'elle avait perdu de vue Mickery. Si elle était restée avec elle, elle se serait peut-être enfin retrouvée nez à nez avec leur tueuse.

Elle envoya Charlie et tout le reste de l'équipe chez Morten. C'était probablement excessif, mais c'était là que « Katherine » avait donné rendez-vous à Mickery et son avocat : peut-être que s'ils se rendaient en force là-bas, ils dénicheraient une piste, un indice médico-légal, un témoignage, quelque chose. Pendant ce temps-là, elle fila vers l'est, direction l'Essex.

C'était bon d'être de retour dans la chasse. Bon aussi de s'éloigner du poste de Southampton : elle avait besoin d'un temps de réflexion. Ashworth était désormais terré chez elle, bien à l'abri, et sa déclaration écrite et signée. Depuis cet interrogatoire explosif, elle avait effectué de plus amples vérifications. Jusque-là, elle n'avait jamais mis en doute l'alibi de Whittaker et elle s'en mordait les doigts, car à y regarder de plus près, il ne tenait pas la route. Même si les conditions pour faire de la voile au départ de Poole avaient été bonnes ce jour-là – la météo était au beau fixe et la plupart des bateaux de plaisance s'étaient aventurés en mer –, certains étaient restés à l'ancre, et parmi eux le *Green Pepper*, le rafiot de huit mètres de long de Whittaker, auquel il prodiguait tant de soins et d'attention.

Ainsi le commissaire lui avait menti quant à l'endroit où il se trouvait et un autre officier en service l'avait repéré sur le lieu du crime. Qui plus est, Ashworth avait également accusé Whittaker de harcèlement, de coercition et d'entrave au cours de la justice. Whittaker avait protégé ses intérêts tout du long. S'il avait passé un savon à Garanita, c'était pour l'empêcher de révéler au public l'histoire de la tueuse en série : rien à voir avec la protection d'Helen ni de l'équipe.

La situation était volcanique, il allait falloir s'y prendre avec des pincettes. Le succès de l'enquête – sans parler de l'avenir de sa carrière – dépendait de la justesse de son action.

La clinique Porterhouse à Loughton était chicos et très pro. À l'intérieur, le hall d'entrée était immaculé, le personnel à l'avenant, et il émanait du bâtiment entier un sentiment particulièrement apaisant. La clinique effectuait de nombreux types de chirurgies, mais s'était spécialisée dans la résolution de problèmes autour de la dysphorie de l'identité sexuelle. La thérapie constituait la première étape d'un voyage qui, neuf fois sur dix, aboutissait à une opération et à un changement complet de sexe.

L'équipe d'Helen avait envoyé des informations détaillées quand elle menait les recherches au sujet de Martina. La grande amplitude de la fourchette temporelle avait compliqué la tâche : on pensait que l'opération avait été réalisée trois ou cinq ans auparavant, ce qui laissait un grand nombre de candidats possibles. Cela dit le changement de sexe n'était tout de même pas monnaie courante. Et étant donné qu'ils pouvaient fournir la taille, le groupe sanguin, la couleur des yeux et de bonnes hypothèses concernant le passé médical de cette « femme », les chances d'établir une concordance étaient bonnes. Helen n'en était pas moins nerveuse quand elle fut invitée à venir rencontrer le directeur de la clinique. Beaucoup de choses dépendaient de cette entrevue.

Le directeur, un chirurgien glabre aux mains étonnamment poilues, tenait à s'assurer que la clinique n'allait pas subir de publicité négative en lien avec « le meurtre de cette prostituée », comme il disait, et Helen dut se démener pour qu'il accepte de jouer le jeu, mais quand elle lui rappela gentiment que, dans une affaire aussi grave que celle-ci, il était possible de le contraindre à collaborer, son attitude changea.

« Je crois qu'on va pouvoir vous aider, dit-il en sortant un dossier. Un jeune homme d'une vingtaine d'années est venu nous voir il y a cinq ans. Il avait manifestement vécu une période difficile, physiquement et mentalement. Nous lui avons conseillé une aide psychologique afin de démêler sa situation avant de s'engager dans un processus de changement de sexe, et nous lui avons suggéré qu'il pourrait peut-être à tout le moins réduire sa liste de traitements additionnels. Au final, on a réussi à lui faire abandonner deux ou trois procédures, pas plus. Il était déterminé à subir une reconstruction totale. En plus du changement de sexe, il a eu un implant fessier, un raffermissement des bras et des jambes et il y a eu beaucoup de travail sur son visage.

— Quel genre de travail ?

— Remodelage des pommettes, grossissement des lèvres, rhinoplastie, pigmentation de la peau, injections...

— Combien ça lui a coûté ?

— Cher.

— Avez-vous une idée de la raison pour laquelle il est allé aussi loin pour changer d'apparence ?

— On lui a posé la question, évidemment. Nous discutons toujours chaque procédure afin de voir si elle est... nécessaire. Mais il refusait de parler. Et on ne pouvait pas l'y obliger. »

Un accent défensif s'était immiscé dans sa voix à présent, Helen décida donc de couper court. Elle désigna le dossier :

« Je peux ? »

Il le lui tendit. Dès qu'elle vit son nom, son estomac se noua. Sa photo – jeune, plein d'espoir, vivant – lui donna raison. Ses pires craintes se réalisaient.

Cette affaire était bien liée à elle. Elle l'avait toujours été.

78

Elle était morte. C'était obligé. Une mouche n'aurait pas eu assez d'oxygène ici pour respirer, un humain n'en parlons pas. Il ne restait plus d'énergie, plus de vie dans son corps, elle n'avait presque plus conscience de son environnement. L'obscurité la consumait. La chaleur était insupportable. Pas un souffle d'air.

Hannah avait beau essayer de se convaincre, elle savait qu'elle n'était pas morte… pas encore. La mort serait une douce libération de cette lente torture. Il n'y avait pas de soulagement, pas de répit dans sa souffrance. Elle avait été réduite à un état bestial, se vautrant dans son supplice et dans sa merde.

Depuis quand n'avait-elle pas entendu Sandy ? Elle ne se rappelait plus. Mon Dieu, qu'est-ce que ça donnerait l'odeur ici, s'il mourrait ? Les excréments en putréfaction, c'était une chose, mais un corps en décomposition ? S'il lui était resté des larmes, elle les aurait versées maintenant. Mais ça faisait longtemps qu'elle n'en avait plus. Cosse vide, elle gisait là en espérant que la mort vienne la chercher.

Ça arriva d'un coup. Sans prévenir, une lumière aveuglante lui brûla les yeux. Elle hurla de douleur – c'était comme si des lasers lui avaient transpercé le cerveau – et se plaqua les mains sur le visage. Un brusque courant d'air frais, glacial et pourtant divin, se déversa sur son corps. Hélas, le répit fut de courte durée.

Elle se faisait traîner. Il lui fallut un moment pour analyser cette sensation, mais elle était bel et bien en train de se faire traîner. Quelqu'un lui avait saisi le bras avec une poigne de fer et l'emmenait de force sur le sol jusque dans la lumière. Était-ce une mission de sauvetage ? Était-ce Grace ?

Elle heurta un objet métallique, poussa un cri. Maintenant les mains étaient sous elle, la hissaient. D'instinct elle comprit que ce n'était pas les secours, qu'il n'y aurait pas encore de salut. Elle atterrit avec un bruit sourd dans un espace confiné. Elle tâtonna autour d'elle et lentement, gauchement, commença à ouvrir les yeux.

La lumière était encore d'une intensité insoutenable, mais protégée par l'ombre de quelqu'un, elle pouvait supporter, tout juste, d'entrouvrir fugitivement les yeux. Elle était dans le coffre d'une voiture. Impuissante et étalée dans le coffre d'une voiture.

« Salut, Hannah. Surprise de me voir ? »

C'était la voix de Katherine : son bourreau, sa geôlière.

« Faut pas. Je ne suis pas du genre sadique, alors j'ai décidé de vous épargner. »

Mickery la regarda, incapable de comprendre ce qu'elle entendait.

« Mais il faut d'abord que vous m'accordiez une petite faveur. »

Hannah attendit. Dans son état, elle sut tout de suite qu'elle ferait tout ce que Katherine lui demanderait. Son envie de vivre dépassait tout ce qu'elle avait jamais désiré jusqu'à présent.

Alors que la voiture démarrait, Hannah se surprit à sourire. Il s'était passé quelque chose – quoi, elle l'ignorait. Elle avait été sauvée du purgatoire. Pour ça, n'importe quel prix – vraiment n'importe lequel – valait la peine d'être payé.

Il ne lui vint même pas à l'esprit de se demander ce qui était arrivé à Sandy. Pour elle, il n'existait plus.

79

S'arrêterait-elle jamais de leur rire au nez ? Mickery et Morten constituaient le cinquième enlèvement violent et pourtant la meurtrière n'avait pas fait un seul faux pas. Sanderson, Grounds et McAndrew avaient supervisé les investigations minutieuses au porte-à-porte dans l'espoir de trouver un témoin à ce dernier enlèvement. Whittaker leur avait attribué des renforts – tout ça en vain. Charlie et Bridges avaient passé la journée chez les Morten à chapeauter le passage au peigne fin de la scène de crime : pas un seul brin de preuve médico-légale n'avait été trouvé. De toute évidence, le trio avait bu du champagne – deux flûtes arrosées de sédatif gisaient au sol et l'empreinte d'une troisième fut relevée au pochoir sur la table basse – mais le troisième verre ainsi que la bouteille avaient disparu. Charlie répondit à un appel colérique de Whittaker et fut obligée de reconnaître qu'elle n'avait aucun développement positif à lui communiquer.

C'était culotté d'avoir agi chez la victime. La femme de Sandy était partie rendre visite à des proches à l'étranger, mais quand même. Cette tueuse était-elle intouchable ? On pouvait sérieusement se le demander. La maison des Morten était un endroit bruyant, stressant : le cirque de la police scientifique était en piste et dans les coulisses il y avait la femme, Sheila, qui répugnait à partir s'installer chez des amis, ayant sans doute l'impression que s'attarder sur les lieux, ou à tout le moins refuser de déserter le foyer familial, garantirait d'une certaine manière le retour de son mari sain et sauf. Il n'en serait rien, Charlie le savait, même si elle ne pouvait évidemment pas le lui dire. Sandy reviendrait dans une housse mortuaire ou comme une loque traumatisée, à bout de nerfs. L'ambiance générale était oppressante, Charlie sortit à toute vitesse devant l'assaut d'une nouvelle vague de nausée.

Elle avait tout juste réussi à se mettre hors de vue quand elle dégobilla. Son petit déjeuner sortit façon geyser. Elle s'était sentie barbouillée toute la journée et de plus d'une façon. Il y avait quelque chose de profondément perturbant à faire naître une nouvelle vie dans ce cloaque. Elle et Steve avaient attendu avec impatience de fonder une famille, mais à présent, les doutes l'envahissaient. Quel droit avait-elle de mettre au monde un bébé *là-dedans* ? Quand on était cerné par tant de violence, de cruauté et de mal. Cette idée déprimante à souhait provoqua chez elle un nouveau haut-le-cœur.

Alors qu'elle s'essuyait, son téléphone sonna. Une sonnerie enjouée totalement déplacée. Elle s'empressa de répondre.

« Charlene Brooks.

— Aidez-moi.

— Qui est-ce ? »

Un long silence, une insufflation comme si l'appelant rassemblait son énergie pour parler, puis :

« C'est... Hannah Mickery. »

Charlie se redressa aussitôt. En effet la voix lui ressemblait vaguement. Était-ce vraiment possible ?

« Où êtes-vous Hannah ?

— Devant le Fire Station Diner dans Sutton Street. S'il vous plaît, venez immédiatement. »

Sur ce, elle raccrocha.

Charlie mit les voiles en l'espace de quelques minutes. Bridges, Sanderson et Grounds étaient aussi en route, suivis de près par un groupe d'intervention. Il était clair pour tout le monde qu'il pouvait s'agir d'un piège. Mais enceinte ou pas, Charlie avait bien l'intention de s'y jeter. Alors qu'ils approchaient de Sutton Street, sirènes et gyrophares se mirent en veilleuse et le groupe d'intervention se glissa à l'arrière du pâté de maisons pour observer discrètement, comme d'habitude.

On aurait dit que Mickery arrivait à peine à tenir debout. Elle avait les cheveux emmêlés, son manteau rouge contrastait violemment avec la pâleur morbide de sa peau et elle semblait s'appuyer au mur pour ne pas tomber. Charlie fut choquée par cette transformation. Elle se précipita vers elle en jetant des coups d'œil à droite et à gauche, à l'affût du danger. Bizarrement, maintenant qu'elle était face à Mickery, elle se sentait plus vulnérable qu'elle ne s'y attendait. Des images de son bébé qui grandissait en elle clignotèrent dans sa tête, elle les refoula. Elle devait se concentrer.

Mickery s'effondra dans ses bras. Charlie la soutint un moment en la parcourant des yeux. La psy était dans un état pitoyable. Qu'avait-elle bien pu endurer pour être réduite à ça ?

Charlie appela une ambulance et en attendant son arrivée, elle tenta de glaner ce qu'elle pouvait de la part de la psy terrorisée. Mais Mickery refusait de lui parler. Comme si elle avait des instructions qu'elle était déterminée à suivre à la lettre. Elle qui avait jadis semblé si impudente paraissait désormais complètement affolée.

« Grace. »

Elle avait parlé d'un filet de voix éraillée.

« Pardon ?

— Je ne parlerai qu'à Helen Grace. »

Et ce fut la fin de la conversation.

80

Son portable était éteint, la porte verrouillée, elle était parfaitement seule. Ce n'était pas le protocole normal qu'un officier supérieur coupe tout contact avec son équipe durant une enquête aussi importante, mais Helen avait besoin de passer du temps seule. Elle avait besoin de *réfléchir*.

Elle avait sorti son propre dossier des RH et passait en revue son passé professionnel tout en surfant dans les archives en ligne du *Southampton Evening News* et de *Frontline*, la publication mensuelle de la police du Hampshire. Elle cherchait le maillon manquant : l'indice qui prouverait une fois pour toutes que c'était *elle* que la meurtrière ciblait.

Aucun doute désormais, le choix des victimes était gouverné par les succès passés d'Helen en tant qu'officier de police. Elle avait soustrait James Hawker (le futur Ben Holland) à une mort certaine quand elle avait neutralisé son père devenu fou. La tueuse, en revanche, avait fait en sorte que James/Ben ne connaisse pas une fin heureuse. Helen avait sauvé Anna et Marie d'adolescents incendiaires, la tueuse leur avait réglé leur compte. Martina était née Matty Armstrong et travaillait comme jeune prostitué à Brighton quand sa vie avait méchamment mal tourné. Il avait été piégé, torturé et violé par une bande d'hommes dans un appartement en sous-sol jusqu'à ce que, par chance, Helen et un collègue entendent ses cris et défoncent la porte pour mettre fin à son supplice. Là encore, la tueuse avait veillé à ce qu'il ne survive pas. Mickery était probablement juste un bonus, une petite blague aux dépens d'Helen – le temps le leur dirait – ce qui ne laissait qu'Amy et Sam. C'étaient eux le maillon manquant. En quoi étaient-ils liés à Helen ? Qu'avaient-ils fait pour attirer l'attention de la meurtrière ?

Helen avait obtenu des félicitations officielles pour ses actions vis-à-vis de James et Martina. Il y avait une photo d'elle recevant sa médaille dans des vieux numéros du *Frontline* : facilement accessible pour qui possède un ordinateur. L'aide qu'elle avait apportée à Anna et Marie, si elle ne lui avait pas valu de félicitations, avait en revanche fait l'objet d'un article dans l'*Echo* de Southampton, où Helen était citée nommément. Là encore, n'importe qui aurait pu le trouver en ligne. Mais où étaient Amy et Sam ? Elle n'arrivait à se rappeler aucun incident majeur dans sa carrière ayant impliqué des gens de leur âge. Ça ne rimait à rien.

Elle avait reçu les honneurs à deux autres reprises, la plus notable des deux résultant de sa prise d'initiative rapide durant un grave accident de la route. Mais ça s'était passé il y avait plus de vingt ans – avant la naissance d'Amy et de Sam. Frustrée, elle retourna aux numéros de *Frontline* datant de cette année-là. Bien qu'elle eût les détails encore fraîchement en tête, elle s'y replongea. En rentrant du parc d'attraction de Thorpe Park, un chauffeur de bus avait piqué du nez au volant à proximité de Portsmouth. Son bus avait fait une embardée, traversé la barrière centrale d'une nationale à double voie et s'était retrouvé en plein milieu du flot de circulation inverse. L'homme était mort sur le coup, tout comme plusieurs des conducteurs et passagers des voitures impliquées dans la collision. Le carambolage avait déclenché un incendie et, sans l'héroïsme de deux agents de la circulation arrivées en premier sur les lieux, beaucoup d'autres automobilistes blessés auraient péri. L'une de ces flics était une jeune Helen. Elle s'était engagée depuis trois mois quand cet accident était survenu. Elle n'aimait pas son boulot et disait haut et fort qu'elle voulait passer à autre chose, mais le règlement étant ce qu'il était, elle devait assurer son service. Alors elle l'avait fait du mieux possible, voyant des horreurs au passage ; jamais ses talents et son courage n'avaient été mieux démontrés que lors de cet accident. Épaulée par sa collègue Louise Tanner, elle avait sorti des épaves de nombreux blessés choqués tandis que le feu se répandait. Peu après, les pompiers avaient déboulés, sirène hurlante, et avaient éteint l'incendie. Mais il était clair pour toutes les personnes présentes que la vivacité d'Helen et de Louise avait épargné des dizaines de vies.

Les deux femmes étaient mentionnées dans *Frontline* et les noms des victimes de la région étaient listés dans le *Southampton Evening News* et le *Portsmouth Echo*, en revanche il n'y avait aucune information sur les survivants. Tout le monde se focalisait sur la tragédie des morts. Helen s'affaissa contre le dossier de sa chaise. Encore une impasse. Amy et Sam n'étaient-ils que des victimes aléatoires ? Possible, et pourtant la meurtrière s'était tellement appliquée à traquer les autres qu'il devait bien exister un lien.

Elle décida de surfer dans les archives des journaux nationaux, étant donné que nombre des personnes impliquées dans le carambolage étaient des passagers de ferry qui se rendaient à Portsmouth afin de débuter leurs vacances. Elle passa en revue la couverture de l'accident qu'avaient fait le *Guardian*, le *Times*, le *Mail*, l'*Express*, le *Sun*, le *Mirror*, le *Star*... Rien d'intéressant.

Elle s'apprêtait à laisser tomber quand elle se dit qu'elle allait faire une ultime tentative. Le journal *Today*, très tabloïde, adorait ce genre de sujet durant la brève période où il avait eu un tirage national, elle décida donc de survoler le traitement qu'il avait fait de cette terrible journée.

Et c'est là qu'elle la trouva. Au milieu de l'article en double page sur le carnage se trouvait la photo d'une jeune agent de la circulation en train de porter secours à une femme. Elle avait dû être prise par un badaud et vendue au journal car il n'y avait pas de crédit officiel sous l'image. C'est pour cette raison qu'aucun autre hebdomadaire ne l'avait publiée et qu'Helen l'avait ratée jusqu'à maintenant.

C'était une bonne photo, elle éclaira toute la situation. On voyait clairement le visage d'Helen ainsi que celui de la jeune femme qu'elle extrayait de l'épave. Soudain, tout prenait sens.

81

Helen pressa sur la sonnette et maintint le doigt appuyé. Il était tard, elle n'allait pas être bien reçue, mais elle devait persévérer. Diane Anderson, d'abord hostile, fit entrer Helen quand elle comprit que celle-ci n'avait pas l'intention de s'en aller. Elle – toute la famille – en avait assez que les voisins se rincent l'œil devant l'étrange ballet qui se jouait chez eux. Elle n'avait aucune envie de leur donner un autre os à ronger.

« Je vais aller chercher Richard », lança-t-elle par-dessus son épaule en se dirigeant vers les escaliers. Elle ne pouvait pas affronter seule une nouvelle rafale de questions.

« J'aimerais que vous jetiez un œil à ça avant. »

Helen tendit une sortie imprimante de la photo du *Today* qu'elle avait faite au poste avant de partir. Diane s'arrêta, agacée, et retourna dans le salon, où elle arracha le papier des mains d'Helen. À la vue du cliché, l'agacement céda place au choc.

« Reconnaissez-vous les personnes sur cette photo ? » demanda Helen.

Il n'était plus temps de tourner autour du pot.

Diane restait muette. La stupéfaction se muait en inquiétude. Richard était juste à l'étage, il risquait d'apparaître d'un moment à l'autre.

« Alors ?

— C'est moi, marmonna Diane.

— Donc nous nous étions bel et bien déjà rencontrées. »

Diane hocha la tête, les yeux rivés au sol.

« Est-ce que vous saviez ? Quand je vous ai vue après qu'Amy a... après la mort de Sam, est-ce que vous saviez qu'on s'était déjà rencontrées ?

— Pas au début. Il se passait trop de choses. Mais plus tard... je me suis demandé... je n'étais pas sûre.

— Pourquoi n'avez-vous rien dit, bordel ? s'emporta Helen.

— Mais qu'est-ce que ça peut faire, bon sang ? Quel est le rapport ?

— Le rapport, c'est que ça vous relie aux forces de police... et à moi en particulier. Pourquoi n'avez-vous rien dit ? »

Diane secoua la tête, se refusant à aller sur ce terrain-là.

« Je dois savoir, Diane. Si vous m'aidez maintenant, alors je vous promets qu'on trouvera le meurtrier de Sam, mais sinon... »

Diane refoula un sanglot, puis jeta un œil en direction des escaliers. Aucun signe de Richard – pour le moment.

« Je n'étais pas avec Richard ce jour-là. Je revenais de Salisbury avec quelqu'un d'autre. »

Ça y est, Helen avait compris.

« Votre amant ? »

Diane hocha la tête : à présent les larmes coulaient à flot.

« J'étais allée le voir parce que... parce que j'étais enceinte. C'était le sien. Amy était... est sa fille. Il voulait que je quitte Richard pour vivre avec lui... mais... on a eu un accident sur le trajet du retour. Il a été tué. Au début, je n'arrivais pas à sortir, j'avais les pieds coincés, j'ai cru que j'allais brûler vive, et puis...

— Je vous ai sortie de la voiture. »

Helen jeta un œil à la photo. En regardant bien, on distinguait une bosse au niveau du ventre de Diane. Helen lui avait sauvé la vie, et plus important encore, elle avait sauvé celle d'Amy. Cette idée lui donna la nausée : leur tueuse était encore plus sournoise et tordue que ce qu'elle avait cru.

« À quoi ça sert tout ça ? Pourquoi voulez-vous avoir des explications sur ce jour-là ? »

La question à six millions de dollars.

« Je ne peux pas vous répondre tout de suite, Diane, mais nous sommes beaucoup plus près de comprendre pourquoi Amy a été enlevée. Je vous en dirai davantage dès que j'aurai une certitude. Mais pour le moment, cette conversation doit rester entre vous et moi. »

Diane hocha la tête : ça ne lui posait aucun problème.

« Nous allons arrêter le meurtrier de Sam, poursuivit Helen, et Amy obtiendra justice. Vous avez ma parole. Quant au reste, c'est à vous de voir. Je n'ai aucun intérêt à briser le mariage de qui que ce soit. »

Diane la raccompagna. Helen sortit aussitôt son portable. Il y avait plusieurs messages de Charlie et quand elle parvint à l'avoir au bout du fil, elle apprit pour Mickery. À chaque revirement, le jeu devenait de plus en plus étrange : elle avait le mauvais pressentiment que les choses escaladaient vers une apogée parfaitement planifiée. Elle passa mentalement en revue les nombreuses personnes désagréables qu'elle avait croisées durant son boulot de flic, cherchant désespérément la coupable.

« J'arrive, Charlie, mais il faut d'abord que tu fasses une chose pour moi.

— Oui, chef ?

— Je voudrais que tu te renseignes sur l'endroit où se niche Louise Tanner. »

82

Hannah Mickery n'avait jamais été de ceux qui se rongent les ongles. Pourtant elle avait désormais les doigts mordus jusqu'au sang. Quelle ironie ! Une grande partie de son travail avait consisté à transformer les arracheurs de cheveux et autres rongeurs en des êtres humains stables et rationnels. Et maintenant il fallait la voir. Une pelote de nerfs, toute sa science du contrôle de soi avait été sapée par son terrible supplice.

Où était Grace ? Cette attente était de la torture à petit feu. Quand elle avait passé ce marché avec sa ravisseuse, tout avait été si simple. Après avoir fait ce qu'on lui demandait, elle serait libre. Et dire que pendant les brefs moments grisants qui avaient suivi ce pacte, elle avait eu la vision éclair d'une vie au-delà de la peur et du désespoir. Une vie au cours de laquelle elle pourrait utiliser son calvaire et plus précisément son rétablissement à bon escient. Pour aider les autres. S'aider elle-même.

À présent tout cela lui semblait d'une bêtise sans nom. Une pauvre idée folle née d'un esprit dérangé. Peut-être qu'elle n'arriverait pas à voir Grace ? Peut-être qu'elle allait échouer ? La torture n'était pas encore terminée.

Et soudain Grace fut là. Mickery exulta, même si le commandant était visiblement choquée par son apparence. Grace avait beau essayer de prendre son visage compatissant, la psy avait l'impression d'être une créature exotique repoussante qu'on observe bouche ouverte dans l'aquarium des reptiles.

Quant à Helen, elle était sidérée par ce qu'elle voyait. Mickery, d'un calme olympien lors des précédents interrogatoires, ressemblait à l'une de ces femmes déjantées qu'on voit tous les jours à la soupe populaire. Aux sans-abri qui ont été tellement tabassées par la vie qu'elles ont l'air complètement dingos.

« Je ne veux pas d'elle ici, aboya Mickery en lançant un regard accusateur à Charlie.

— La présence du lieutenant Brooks est obligatoire, c'est une question de pro...

— C'est impossible. S'il vous plaît. »

Elle avait formulé sa requête d'un ton plaintif, les larmes menaçaient. On aurait dit que son corps entier tremblait. Sur un signe de tête d'Helen, Charlie quitta la pièce.

« Que vous est-il arrivé, Hannah ? Êtes-vous capable de me le dire ?

— Vous savez très bien ce qui m'est arrivé.

— Je peux le supposer, mais je veux l'entendre de votre bouche. »

Mickery secoua la tête et baissa les yeux au sol.

« Vous n'êtes pas en état d'arrestation et je n'ai pas l'intention de porter plainte contre vous pour des choses qu'on vous a obligée à faire. Si vous avez tué Sandy... alors dites-moi où...

— Sandy n'est pas mort, coupa Mickery, du moins je ne crois pas. Et je ne lui ai rien fait.

— Alors où est-il ? Si on peut lui porter secours...

— Je ne sais pas. On était dans un container métallique, un container de fret sur les docks, j'imagine. J'ai senti une odeur de mer quand j'ai été traînée vers la sortie.

— Qui vous a traînée vers la sortie ?

— Elle. Katherine.

— Soyons bien clairs. Elle vous a traînée vers la sortie et elle vous a épargnée en dépit du fait que Sandy était sain et sauf ? »

Mickery hocha la tête.

« Le flingue était vide. Elle n'avait jamais eu l'intention qu'on meure. Tout ça n'était qu'une grosse blague à la con. »

Helen s'adossa, tâchant d'analyser ce nouveau rebondissement.

« Pourquoi, Hannah ? Pourquoi vous a-t-elle épargnée ?

— Parce qu'elle voulait que je vous transmette un message.

— Un message ?

— Je devais contacter Brooks, mais vous parler à vous. Rien qu'à vous.

— Et quel est ce message ?

— Toutes mes félicitations. »

Helen attendait la suite, rien ne vint.

« C'est tout ? »

Mickery hocha la tête.

« Toutes mes félicitations », répéta-t-elle.

Il n'y a pas moyen que ce ne soit pas elle qui donne ce message, songea Helen.

« Qu'est-ce que ça veut dire ? »

La question de la psy était désespérée. Comme si la réponse d'Helen pourrait donner un sens à ses terribles expériences.

« Ça veut dire qu'on se rapproche de la meurtrière.

— Qui est-elle ? »

Helen réfléchit. Que lui dire ?

« Je n'en suis pas sûre, Hannah. Pas encore. »

Mickery ricana : l'incrédulité s'inscrivait en grosses lettres sur son visage.

« Et qu'est-ce que je suis censée faire pendant que vous jouez aux gendarmes et aux voleurs ?

— On peut vous proposer un logement sécurisé et une protection personnelle si c'est ce que...

— Ne vous embêtez pas.

— Je suis sincère, Hannah, nous pouvons vous prot...

— Vous croyez qu'une quelconque action de votre part pourra l'arrêter ? Elle ne se laissera pas faire. Elle va gagner. Vous ne comprenez donc pas ? »

Ses yeux lançaient des flammes. Elle avait l'air complètement cinglée.

« Laissez-moi vous appeler un médecin, Hannah. Je pense vraiment...

— J'espère que vous arrivez à dormir la nuit. »

Mickery lui agrippa le bras en pinçant violemment la peau.

« Je ne sais pas ce que vous avez fait, mais j'espère que vous arrivez à dormir la nuit. »

En quittant la salle d'interrogatoire pour aller chercher le médecin du poste, Helen avait les oreilles qui résonnaient encore des mots de Mickery. Son accusation avait été prophétique, troublante. Immergée dans ses pensées, elle n'entendit pas tout de suite qu'on la hélait.

Whittaker. Elle aurait dû s'y attendre. Elle se maudit intérieurement de ne pas avoir un plan de bataille au point pour gérer cette situation épineuse.

« Comment va-t-elle ? Vous avez réussi à en tirer quelque chose ? »

Malgré son ton professionnel, Helen voyait bien qu'il était tendu. C'était un bon politicien, un bon acteur, mais il était ébranlé. Il n'avait aucune idée de l'état dans lequel se trouvait Mickery ni de ce qu'elle racontait. La psy pouvait détruire sa carrière en deux ou trois phrases.

« Elle est mal en point, commissaire. Mais elle ne se laisse pas abattre et elle coopère.

— Bien, bien. »

Pas très convaincant, songea Helen.

« Et l'avocat ? poursuivit Whittaker. Est-ce qu'il... ?

— Nous n'en sommes pas sûrs pour le moment. Il semblerait que la tueuse les aurait laissé partir tous les deux. »

Le commissaire se décomposa.

« Ma foi, tenez-moi au courant. Nous ne pourrons pas maintenir le couvercle beaucoup plus longtemps sur cette affaire, alors... »

Sur ce, il était parti. Et maintenant ? Helen savait qu'elle n'avait guère le choix. Difficile de trouver un endroit discret au poste, un endroit où on pouvait parler librement. Cela dit derrière les poubelles de la cantine, c'était idéal. Elle s'y rendit donc sur-le-champ et appela l'anticorruption.

« Ce que je m'apprête à vous dire ne doit pas quitter cette pièce, compris ? »

Helen était maintenant de retour dans la salle d'enquête. Charlie, Bridges, Grounds, Sanderson, McAndrew, tous avaient été convoqués à un briefing d'équipe et écoutaient, tendus, dans l'expectative. Ils hochèrent la tête de concert à la question d'Helen et attendirent la suite.

« Jusqu'ici, notre tueuse a ciblé cinq duos. Tous sont liés à moi d'une manière ou d'une autre. »

Remous dans l'assistance, toutefois personne n'étant prêt à interrompre Helen dans une humeur pareille, elle poursuivit.

« Marie et Anna Storey. Je les ai sauvées de la racaille. Ben Holland, né James Hawker, était sur le point de se faire massacrer par son dément de père quand je suis intervenue. Martina, notre prostituée, était en réalité Matty Armstrong, un jeune gigolo qui se faisait torturer et violer par une bande de types jusqu'à ce que mon collègue et moi venions à sa rescousse. »

Nouveau murmure dans la salle.

« Diane Anderson, alors enceinte, avait été impliquée dans un carambolage à proximité de Portsmouth. Louise Tanner et moi étions à cette époque au service de la circulation et nous l'avions secourue elle et son futur bébé, Amy. Diane ne nous en a jamais parlé parce qu'elle ne voyageait pas avec son mari à l'époque... mais aujourd'hui elle reconnaît les faits.

— Et Mickery ? »

Enfin quelqu'un qui osait poser une question. C'était McAndrew le courageux, cette fois-ci.

« Mickery et Sandy, c'était du bonus. Une petite blague à nos et à leurs dépens. Manifestement la meurtrière trouvait qu'on ne pigeait pas assez vite, alors elle a décidé de nous envoyer un message. Mickery a été relâchée à condition qu'elle vienne me trouver avec la phrase suivante : "Toutes mes félicitations." »

Ces trois mots pesèrent lourdement dans la pièce. Personne ne s'aventura à commenter.

« J'ai reçu les félicitations officielles de la police pour tous les incidents que je viens de mentionner sauf un. Notre tueuse a délibérément ciblé des gens que j'avais aidés et s'est évertuée à les détruire. Pour elle, peu importe qu'ils soient tués ou tueurs. De toute façon ils sont foutus. Elle adore cette inconnue, ça confère au spectacle un élément de surprise. »

La question évidente était « Qui est cette tueuse ? », Helen fut donc impressionnée par la réaction de Charlie.

« As-tu reçu d'autres félicitations ? »

Nouveau bourdonnement dans les rangs, puis Helen répondit :

« Oui, à une seule autre occasion. Une jeune Australienne du nom de Stephanie Bines. Elle bossait comme serveuse à Southampton. Après avoir assisté à une fusillade pas loin des docks, elle avait choisi de témoigner et on avait attenté à sa vie. Nous l'avions protégée ce jour-là, et les arrestations que nous avions effectuées avaient contribué à expédier tout un gang derrière les barreaux. J'ai déjà envoyé des agents à sa dernière adresse connue, mais je veux immédiatement deux d'entre vous sur le coup. Pas toi, Charlie. »

Cette dernière se rassit alors qu'Helen désignait deux autres membres de l'équipe. Helen la prit à part.

« Je voudrais que tu fasses autre chose pour moi et je voudrais que tu le fasses aussi discrètement et aussi prudemment que possible. Compris ? »

Charlie hocha la tête.

« Louise Tanner bossait avec moi le jour où on a sauvé Diane Anderson de ce carambolage atroce. »

Elle hésita un court instant – était-ce la bonne décision ? – puis poursuivit :

« Elle n'a pas... elle n'a pas très bien encaissé le contrecoup. Elle n'a jamais repris le service à plein temps et peu après, elle a complètement disparu des radars. Je voudrais que tu déniches tout ce que tu peux sur l'endroit où elle est allée et ce qu'elle a fait, et que tu confies à moi et à moi seule le résultat de tes recherches, d'accord ?

— Bien sûr, chef, je suis déjà sur le coup.

— Avant que tu partes, je voudrais discuter d'autre chose avec toi. Il va bientôt y avoir un sacré branle-bas de combat ici et je vais avoir besoin que tu m'aides à gérer la situation.

— Comment ça ?

— Mark est innocent. Il ne nous a pas vendus. »

Charlie la dévisagea avec des yeux ronds comme des soucoupes. Elle avait détruit sa vie et elle s'était plantée ?

« Je connais le coupable. Ça va tout faire péter ici. Je vais avoir besoin que tu m'épaules pour faire en sorte que tout le monde reste calme et concentré. La corruption, c'est une chose, mais on a une meurtrière à choper. Quoi qu'il arrive ici, je veux qu'on continue à avancer jusqu'à ce que le boulot soit terminé. Est-ce que je peux compter sur toi ?

— À cent pour cent. »

Helen savait qu'elle pouvait lui faire confiance. Cette enquête avait été un cauchemar et le pire restait à venir. Mais Charlie avait fait ses preuves au cours de cette traque et Helen était contente de savoir qu'elle serait là, ou dans les parages, au moment de sa conclusion.

Raison pour laquelle elle avait vraiment mauvaise conscience de la conduire délibérément sur une fausse piste.

83

La cravache fendit l'air, mordant la chair ferme en atteignant sa cible. Helen se cambra sous la douleur, qu'elle laissa l'envahir. Suivit la brûlure cuisante habituelle, puis son corps commença à se détendre. Après déjà quinze coups, la fatigue se faisait sentir, mais elle lança quand même :

« Encore. »

Jake s'exécuta, tout en sachant que c'était maintenant qu'il devrait mettre un terme à leur séance. Ça avait été une rencontre agréable – presque comme au bon vieux temps – et s'ils étaient malins, ils s'arrêteraient au point culminant.

« Un dernier. »

Il leva la cravache avec soulagement, atteignant sa cible avec un peu plus de vitesse et de force que d'habitude. Helen gémit – un gémissement heureux, comblé. Il se demanda alors si un changement était en train de s'opérer. Commençait-elle à tirer un plaisir sexuel de son châtiment ? Nombre des femmes qu'il frappait se terminaient devant lui sans la moindre gêne, amenées à la limite de l'orgasme par les coups délicieusement cruels qu'il administrait. S'autoriserait-elle à suivre cette voie-là ? Pourrait-il l'y conduire ?

Il s'était surpris à penser de plus en plus souvent à elle. Elle avait toujours titillé sa curiosité, mais depuis leur dispute et leur réconciliation, il ne pouvait s'empêcher d'essayer de comprendre son fonctionnement intérieur.

Pourquoi se haïssait-elle autant ? Dans sa tête, il avait répété une dizaine de manières différentes d'aborder le sujet, mais au final, la question jaillit d'elle-même – les surprenant tous les deux.

« Avant de partir, y a-t-il quoi que ce soit dont vous aimeriez parler ? »

Elle s'immobilisa en le toisant d'un drôle d'air.

« Enfin... vous savez que tout ce qui se passe ici est confidentiel, alors si jamais vous aviez envie de parler, il n'y aurait pas d'inquiétude à avoir. Ce qui est dit ici reste ici.

— De quoi parlerais-je ? »

Sa réponse évasive trahissait malgré tout de la curiosité.

« De vous, j'imagine.

— Pourquoi ferais-je une chose pareille ?

— Peut-être parce que vous en avez envie. Parce que vous vous sentez à l'aise ici. Peut-être est-ce pour vous l'endroit idéal pour me dire comment vous vous sentez ?

— Comment je me *sens* ?

— Oui. Comment vous sentez-vous quand vous venez ici ? Et comment vous sentez-vous quand vous repartez ? »

Elle lui lança un regard étrange et répondit en rassemblant ses affaires :

« Je suis désolée, je n'ai pas le temps pour ça. »

Elle se dirigeait vers la porte. Jake avança d'un pas, lui barrant le passage doucement mais fermement.

« S'il vous plaît, ne vous méprenez pas. Je ne veux pas être indiscret et je ne veux certainement pas vous blesser. Je voudrais juste savoir comment je pourrais vous aider.

— M'aider ?

— Oui, vous aider. Vous êtes une bonne personne, une personne forte qui a énormément à donner et pourtant vous vous détestez, ça n'a pas de sens. Alors s'il vous plaît, laissez-moi vous aider. Vous n'avez aucune raison de vous flageller comme ça et peut-être que si vous acceptiez de me parler... »

Il ne termina pas sa phrase tellement il y avait de férocité dans le regard qu'elle lui adressa. C'était un mélange explosif de colère, de fiel et de déception.

« Allez vous faire foutre, Jake. »

Elle le repoussa et disparut. Il s'affaissa sur une chaise : il s'y était pris comme un pied et maintenant il allait en payer le prix. Il savait avec une certitude absolue qu'il ne reverrait jamais plus Helen Grace.

84

On a tous un point de bascule. Une ligne qui ne doit pas être franchie. Je n'étais pas différente. Ce foutu connard aurait eu un brin de bon sens, rien de tout ça ne serait arrivé. Mais il était débile et n'avait pas de limites, c'est pour ça que j'avais décidé de le tuer.

J'étais une épave à ce moment-là. J'avais perdu espoir en la vie : je savais que c'était mon sort d'être bousillée et balancée aux ordures. J'en avais pris mon parti : après tout, c'est ce qui arrivait aux filles que je connaissais. Aucune n'avait réussi à atteindre l'autre rive. Regardez ma mère : c'était pas une personne, c'était une serpillière. Un paillasson, un punching-ball, pire encore, c'était une complice. Elle savait ce qu'il me faisait. Ce que Jimmy et les autres me faisaient. Mais elle ne levait pas le petit doigt. Elle continuait sa vie comme si de rien n'était. S'il l'avait foutue dehors, elle aurait probablement crevé dans la rue, personne d'autre n'aurait voulu d'elle. Alors elle choisissait la solution de facilité. D'ailleurs je la détestais davantage elle que lui.

Du moins c'est ce que je pensais jusqu'à ce jour-là. Quand je l'ai vu entrer dans notre chambre et hésiter. D'habitude il se contentait de foncer dans la pièce et de tirer son coup : il aimait que ce soit bref et violent. Mais ce jour-là il s'est arrêté et, pour la première fois, son regard a dérivé vers le lit au-dessus du mien.

Je savais le sens de ce regard, quelles pensées diaboliques tournoyaient dans sa tête. Bizarrement, il a reculé, il est sorti. Peut-être qu'il n'était pas encore prêt à aller sur cette voie-là. Mais je savais que ce n'était qu'une question de temps. Et à cet instant-là, ma décision a été prise.

J'ai résolu sur-le-champ de buter ce salopard.

Et en plus, j'allais prendre mon pied.

85

« Ce n'est pas difficile. Vous voulez que je vous montre comment on fait ? »

Pour la première fois depuis plusieurs jours, Simon Ashworth avait un peu de couleur aux joues. À se planquer dans l'appartement d'Helen, il était devenu un être nerveux, agité, qui mangeait peu et clopait beaucoup. Mais maintenant qu'Helen avait du boulot pour lui – et un vrai boulot d'enquêteur qui plus est – il avait repris du poil de la bête. Il adorait les occasions où il pouvait mettre en valeur son expertise technique, or Helen venait de lui en offrir une sur un plateau.

Son arrivée soudaine l'avait surpris. Elle avait fait une entrée fracassante et l'avait mitraillé de questions sans lui demander comment il allait ni prendre la peine de le mettre au courant de la situation Whittaker. Elle semblait inquiète, éperdue, et alors qu'elle lui expliquait les détails de l'enquête, il avait compris pourquoi. Rien ne lui avait échappé, mais ça restait malgré tout hallucinant. Il y avait clairement eu une avancée. Le commandant Grace avait fini par comprendre la motivation du choix des victimes, et maintenant elle voulait connaître le mode opératoire. Comment la tueuse pouvait-elle être informée des déplacements de ses victimes au point de pouvoir être sur place pile au bon moment pour leur proposer de les emmener et les enlever ensuite ?

Certains de ces déplacements, comme la réunion hebdomadaire de Ben Holland, étaient faciles à anticiper pour un simple harceleur. Quant à Marie et Anna, elles ne quittaient jamais leur appartement. Mais Amy, alors ? Ou Martina ? Leurs déplacements étaient aussi impulsifs qu'imprévisibles. Comment était-il possible de s'insinuer dans leur tête ?

« En supposant qu'elles ne postent pas leurs allées et venues à l'avance sur des réseaux sociaux et ainsi de suite, la meilleure façon de surveiller leurs projets est de pirater leurs communications », commença Simon.

Pour une fois, Helen restait muette, Simon savourait ce bref changement de pouvoir.

« Pirater leurs communications téléphoniques, c'est coton vu que ça nécessite de mettre la main sur leur téléphone et d'y insérer une puce. Possible, mais risqué. C'est beaucoup plus simple de pirater leur boîte mail.

— Comment ?

— La première étape, c'est d'aller sur leur page Facebook ou un site du même genre qui possède des informations perso sur elles. Normalement on peut obtenir leur adresse mail à partir de là – Gmail, Hotmail, n'importe – plus des tonnes d'infos sur leur famille, leur date de naissance, leurs destinations de vacances préférées, etc. Ensuite on appelle le fournisseur de messagerie en disant qu'on n'arrive plus à accéder à nos mails parce qu'on a oublié notre mot de passe. Il va poser un certain nombre de questions de sécurité assez ordinaires – le nom de jeune fille de notre mère, le nom d'un animal domestique, une date importante, un endroit de prédilection – auxquelles on devrait pouvoir répondre pour la plupart si on a fait correctement nos devoirs. Le fournisseur nous communique alors l'ancien mot de passe et demande si on veut le garder ou le changer. On leur répond qu'on veut le garder tel quel, ainsi le véritable propriétaire du compte n'y verra que du feu et nous on pourra désormais accéder à tous ses mails depuis notre propre machine. Un jeu d'enfant.

— Et y aurait-il possibilité de déterminer si le compte de quelqu'un a été consulté depuis plus d'une machine ?

— Bien sûr. Le fournisseur de messagerie saurait vous le dire si vous arriviez à le persuader. Ils n'aiment pas trop ce genre de questions mais si vous leur dites qu'il s'agit d'une enquête pour meurtre, ils joueront probablement le jeu. »

Elle remercia Simon et retourna au poste. Cet homme s'était révélé d'une importance cruciale dans cette affaire, par des biais insoupçonnés. Amy avait envoyé un mail à sa mère histoire de lui expliquer les détails de son retour en stop. La tueuse était-elle allée se planquer pour l'attendre après avoir réussi à accéder à son compte ? De même, Martina avait envoyé un mail à sa sœur – la seule personne de son ancienne vie avec laquelle elle gardait contact – en lui demandant si elle pouvait passer lui rendre visite, se barrer de Southampton. Était-ce comme ça que la tueuse avait retrouvé la trace de Matty ? Et était-ce la raison pour laquelle « Cyn » les avait enlevées quand elle avait su, craignant de louper l'occasion si Matty/Martina partait chez sa sœur à Londres ?

Plus de questions que de réponses, mais elle avait enfin l'impression de se rapprocher de la vérité.

86

« Ne t'approche pas », siffla Mickery.

Whittaker l'ignora et avança droit sur elle.

« Si tu poses un seul doigt sur moi, je gueule à faire s'écrouler la baraque. »

On l'avait emmenée à l'infirmerie du poste pour la nuit. Afin qu'elle puisse se reposer tout en étant protégée vingt-quatre heures sur vingt-quatre. L'agent inexpérimenté qui était de garde pour le tout dernier quart n'avait pas pigé que si le big boss l'autorisait à faire une pause clope, il devait y avoir anguille sous roche. Énième preuve du bon gars qu'il était. Whittaker savait qu'il disposait de cinq minutes max et avait bien l'intention de les employer au mieux.

« Je dois savoir ce que tu comptes faire.

— Je ne plaisante pas. Reste où tu es.

— Pour l'amour du ciel, Hannah, je ne vais pas te faire de mal. C'est moi, Michael. »

Il tenta de la toucher, de la consoler, elle se dégagea brutalement.

« C'est de ta faute. Tout est de ta...

— Ne sois pas ridicule. C'est toi qui es venue me chercher.

— Pourquoi ne m'as-tu pas retrouvée ? »

La vulnérabilité de sa voix le choqua.

« J'étais en enfer, Mike. Pourquoi ne m'as-tu pas retrouvée ? »

Soudain toute la colère du commissaire se dissipa et la pitié l'envahit. Il sentit une boule se former dans sa gorge, une brusque montée de tristesse. Il avait rencontré Hannah pour la première fois suite à la fusillade sanglante qui avait mis fin à sa carrière sur le terrain. Elle lui avait fourni une aide psychologique, elle l'avait apaisé et tous deux étaient tombés amoureux. Il avait gardé son existence secrète car il ne voulait pas que les gens sachent qu'il avait une psy, mais ses sentiments envers elle étaient sincères.

« On a essayé, Hannah, bon Dieu, on a essayé. On a jeté toutes nos forces dans la bataille. Tous les agents dont nous pouvions nous passer sans éveiller… »

Elle leva brusquement la tête.

« Sans te trahir ? lâcha-t-elle, amère.

— J'ai essayé, crois-moi. J'ai vraiment, vraiment essayé. Mais il n'y avait aucune trace de toi. Ni de Sandy. Tu avais disparu de la surface de la terre. Je ne sais pas si cette meurtrière est humaine… ou si c'est un putain de fantôme. En tout cas on n'est pas arrivés à la pister. Je suis absolument désolé. Si on avait pu échanger nos places, je l'aurais fait, crois-moi…

— Ne dis pas ça. N'aie pas le *culot* de dire ça.

— Que veux-tu que je dise ? »

Cette question resta en suspens. Whittaker ne disposait plus que de quelques secondes – tout lui intimait de partir.

« Je veux que tu me dises que ça n'est jamais arrivé. Je voudrais ne t'avoir jamais rencontré. Je voudrais n'être jamais tombée amoureuse. J'aurais voulu que tu te gardes ta tueuse pour toi. Je voudrais que tout ça disparaisse. Je regrette d'être encore ici. Je regrette d'être en vie. »

Il la dévisageait, incapable de trouver les mots dans le torrent de ce désespoir.

« Mais rassure-toi. Je ne leur révélerai rien sur toi. Je vais me taire. Faire ce qu'on m'a demandé, et ensuite peut-être que je pourrai vivre. »

Elle retourna à son lit et se mit face au mur.

« Merci, Hannah. »

C'était tellement inapproprié que ça en était grossier, mais le temps pressait, il s'éclipsa. Quelques instants plus tard, le jeune agent réapparut, puant la cigarette au rabais, Whittaker lui assena une tape dans le dos et s'en alla. De retour dans son bureau, il poussa un soupir. À la base, l'idée avait été de partir ensemble à la retraite avec des millions sur leur compte en banque. C'était foutu à présent, mais au moins il était hors de danger. La situation avait salement dérapé, mais il allait s'en tirer. N'ayant pas fermé l'œil de la nuit, il était à bout, pourtant alors que le soleil pointait, il sentit monter en lui une vague d'énergie et d'optimisme.

C'est alors qu'on frappa sèchement à sa porte. Avant même qu'il ait pu réagir, Helen entra – flanquée de deux officiers de l'anticorruption.

87

Stephanie Bines était introuvable. Les travailleurs itinérants sont particulièrement difficiles à localiser, surtout ceux qui bossent dans les bars. C'est une profession mouvante, où la promesse de quelques dollars supplémentaires pousse sans arrêt les gens à changer de crèmerie. Stephanie avait travaillé dans la plupart des bars de Southampton – séduisante et drôle, elle était aussi frivole et imprévisible –, et personne ne l'avait vue depuis un bon bout de temps.

Après le procès, elle avait envisagé de retourner chez elle, mais il y avait eu une raison à sa fuite d'Australie et l'idée d'y retourner la queue entre les jambes – encore fauchée et célibataire – ne lui disait rien. Alors de Southampton elle était allée à Portsmouth, où elle avait fait ce qu'elle faisait avant : bosser, boire, baiser, pioncer. C'était un morceau de bois flotté échoué sur la côte sud.

Personne ne répondait à sa dernière adresse connue. Sanderson s'y était rendu, mais c'était un logement provisoire où on payait à la semaine, or ça faisait un bail que Stephanie n'y avait pas été vue. Le propriétaire, méfiant vis-à-vis de la police et incertain quant aux personnes ou aux choses qu'on pourrait découvrir dans ses chambres bon marché, avait rechigné à donner un coup de main : il avait exigé un mandat de perquisition avant d'ouvrir une seule porte. L'équipe en avait aussitôt fait la demande, mais ça allait prendre du temps. Ils avaient donc repris leur quête dans les clubs et les bars du centre-ville, les hôpitaux locaux, les sociétés de taxi et ainsi de suite. Toujours rien.

Elle avait disparu.

88

Whittaker toisait Helen. Ni l'un ni l'autre ne parlait – le capitaine Lethbridge de la brigade anticorruption exposait de façon formelle les accusations – pourtant Helen avait tout de même l'impression d'être soumise à un interrogatoire. Le regard mauvais du commissaire lui transperçait le crâne comme s'il essayait de deviner ses pensées.

« Je dois dire que vous m'étonnez, Helen. Je croyais que vous aviez plus de bon sens que ça. »

Le capitaine Lethbridge se tut brusquement, surpris par cette soudaine interruption.

« Je croyais que nous avions clarifié cette affaire, poursuivit Whittaker, et voilà qu'elle atterrit à ma porte. Je n'ai pas besoin de vous rappeler qu'il y a en cours une enquête musclée qui devrait nécessiter *toute* votre attention. »

Helen refusa de baisser les yeux, de se laisser intimider. Lethbridge reprit son discours mais Whittaker couvrit ses paroles.

« Je ne peux que supposer qu'il s'agit là d'une histoire d'ambition. Peut-être aviez-vous l'impression de ne pas grimper assez vite les échelons. Peut-être que vous promouvoir au rang de plus jeune commandant femme que ce commissariat ait jamais connu n'était pas une récompense suffisante. Mais laissez-moi vous dire une chose : poignarder vicieusement des officiers supérieurs dans le dos n'est pas une bonne manière d'avancer. Vous le découvrirez vite. »

Il ne la lâchait pas des yeux. Helen fut la première à céder – un sursaut de conscience, de culpabilité – même si la raison de cette culpabilité la dépassait complètement. C'était du Whittaker tout craché de lui rappeler ce qu'elle lui devait tout en lançant une menace voilée. C'était un as pour neutraliser et intimider, sans franchir la ligne rouge, quiconque susceptible de mettre son poste en péril. Oui, c'était lui qui l'avait « repérée », identifiée comme une lieutenant prometteuse et aidée à se hisser sur l'échelle de promotion jusqu'au grade de commandant. Et voilà qu'elle se retournait contre lui. Mais ce qu'il avait fait était tellement grave – ce n'était pas seulement sa relation avec Mickery et le fait qu'il fasse fuiter des informations cruciales, c'était aussi sa façon de faire porter le chapeau à Mark et à Simon Ashworth – qu'en réalité elle n'aurait rien dû ressentir d'autre que du mépris.

Elle était contente que l'interrogatoire se termine au bout de vingt petites minutes. Il y aurait une autre réunion avec le représentant syndical et l'avocat de Whittaker, mais à partir de maintenant, Helen serait exclue du processus. Comme il fallait s'y attendre, Whittaker n'avait pas dit grand-chose, niant toutes les accusations. Allait-il craquer ?

Il y avait tout simplement trop de fumée pour qu'il n'y ait pas de feu. Charlie semblait innocente. La main sur le cœur, Mark avait lui aussi mené une défense convaincante. Et Simon Ashworth avait fait un rapport tellement irréfutable. Tout pointait vers la culpabilité de Whittaker. Cependant elle savait que les officiers supérieurs étaient rarement mis au pilori. Et c'était encore moins probable dans ce cas-là étant donné le caractère hautement sensationnel de l'enquête qu'il avait compromise. Ces affaires de corruption ont tendance à s'éterniser derrière des portes closes pendant des mois, voire des années. Et combien pouvait-on parier qu'au final, il serait mis à la retraite sans véritable blâme ni châtiment ? Helen détestait toute cette realpolitik.

Si le processus mettrait du temps à aller à son terme, en revanche il apparaissait déjà deux choses. D'une, Helen allait reprendre le rôle de Whittaker en intérim. De deux, elle voulait que Mark revienne dans l'équipe.

Elle prit une grande inspiration et sonna chez lui. Ça n'allait pas être facile, mais il n'était plus temps de tergiverser. Charlie était toujours à la recherche de Louise Tanner, il n'y avait pas trace de Stephanie Bines et ils n'étaient toujours pas près de mettre un terme à ce cauchemar. Elle avait besoin de tous ses meilleurs éléments à ses côtés.

« Allez, allez », marmonna-t-elle, à l'affût du moindre signe de vie.

Une minute s'écoula. Puis deux. Elle était sur le point de jeter l'éponge quand elle entendit quelqu'un se débattre avec la serrure. Elle se retourna au moment où la porte s'ouvrait en grand, révélant Mark. Du moins ce qu'il en restait.

Il faisait peine à voir. Pas rasé, les yeux rougis, l'équilibre instable. Un alcoolo à plein temps qui n'avait rien – ni personne – pour l'arrêter. S'il portait un survêtement, le sport n'était clairement pas au programme. Il s'était refermé. Helen eut un pincement de regret. Elle lui avait proposé de le sauver pour ensuite le ramener une fois de plus à la bouteille. Devant son regard où se mêlaient étonnement et mépris, Helen alla droit au but :

« Mark, on a vécu trop de choses ensemble pour que je tourne autour du pot ou que j'essaie d'enjoliver les faits, alors je vais te le dire brut de décoffrage. Je sais que tu es innocent de toutes les accusations que je t'ai balancées à la figure. Je sais que j'ai grave merdé. Et je voudrais que tu reviennes illico dans l'équipe. Si tu n'as pas la force ou si tu ne peux pas supporter d'être dans la même pièce que moi, je comprendrai, mais je voudrais trouver un moyen de te remettre sur les rails : tu es trop doué comme flic pour qu'on te jette à la décharge. Je me suis plantée. Mais maintenant j'ai épinglé le bon type et je voudrais faire amende honorable. »

Long silence. Mark avait l'air sur le cul. Puis :

« C'est qui ?

— Whittaker. »

Il siffla, puis éclata de rire. Il n'en croyait pas ses oreilles.

« On ne sait pas encore si sa relation avec Mickery était d'ordre financier ou sentimental, mais je suis parfaitement convaincue que c'était lui. Il a menti sur son alibi, fait pression sur d'autres officiers pour qu'ils mentent... C'est un beau bordel.

— Qui prend la main, alors ?

— Moi.

— Compliments. »

Il s'était montré poli jusqu'à présent, mais les premiers signes de sarcasme pointaient.

« Je sais que je t'ai foutu les boules, Mark. Je sais que j'ai trahi notre... amitié. Je ne voulais pas te blesser, mais si j'ai fait tout ça, c'était pour de bonnes raisons. Seulement je me suis plantée. Méchamment plantée. »

Elle prit son inspiration et poursuivit aussitôt.

« Mais les choses ont changé et j'ai besoin que tu reviennes. Je sais à présent que ce qui motive la tueuse est une haine qui m'est destinée. On se rapproche, Mark, j'ai besoin de ton aide pour franchir la ligne d'arrivée. »

Elle expliqua rapidement la situation : les victimes, les félicitations. Mark enregistra toutes les informations, d'abord passivement, puis lentement il se risqua à poser des questions, s'impliquant de plus en plus dans le récit. Les vieux instincts se réveillent, songea Helen.

« Tu l'as dit au reste de l'équipe ? Que j'étais innocent, repartit Mark, lui coupant l'herbe sous le pied.

— Charlie est au courant, je l'annoncerai aux autres dans la journée.

— C'est bien le *minimum* qui doit se passer avant même que je réfléchisse à ta proposition.

— Bien sûr.

— Et je veux que tu t'excuses. Je sais que tu n'es pas très douée pour ce...

— Je suis désolée, Mark. Vraiment, vraiment désolée. Je n'aurais jamais dû douter de toi. J'aurais dû écouter mes intuitions. Je ne l'ai pas fait. »

Il la dévisagea, surpris par l'exhaustivité de ses excuses.

« Je sais que c'est moi qui t'ai conduit à cette situation, mais je tiens à faire amende honorable. Lave-toi et aide-nous à la choper. S'il te plaît. »

Il n'allait pas s'engager sur-le-champ, elle le savait bien, même si une partie d'elle l'espérait. Le pardon instantané est toujours désirable, à défaut d'être très probable. Elle le laissa donc réfléchir et se remit au boulot. S'y était-elle prise trop tard pour réparer les dégâts ? Le temps le dirait.

89

Charlie Brooks n'aimait pas l'alcool. Elle n'avait jamais aimé ça. Les pubs qui ouvrent à neuf heures du mat' n'étaient pas son habitat naturel. Pourtant ce jour-là elle les traquait, mettant le pied dans un autre univers, plus sinistre. Il y a des pubs où on va pour faire plaisir à son mec. D'autres pour chanter debout sur les tables. Et d'autres encore pour se bourrer la gueule à mort. Il était encore tôt le matin et pourtant The Anchor était déjà plein à craquer – de retraités, d'alcooliques et de ceux qui préfèrent être n'importe où plutôt qu'être seuls.

Malgré l'interdiction de fumer, l'odeur de cigarette était prégnante. Charlie se demandait devant quoi d'autre cet établissement insalubre fermait les yeux. Cela faisait des années que le conseil municipal essayait d'interdire ces pubs en bordure de quais, mais les brasseries avaient de l'influence et les pubs qui vendaient de la bière forte à 1,99 livres la pinte auraient toujours la cote auprès des clients.

Ses recherches l'avaient déjà épuisée, malheureusement il y avait un tas de rades douteux à côté des docks de Southampton, elle allait devoir tous se les faire. Dès qu'elle entrait, les yeux se braquaient sur elle, les oreilles s'aiguisaient. Malgré sa tenue négligée, elle était encore trop séduisante, trop fraîche pour ce genre d'endroits, et la clientèle aussitôt intriguée, parfois sur ses gardes. Personne ne lui avait offert d'accueil chaleureux, elle commençait à se décourager quand elle eut enfin un coup de chance.

Louise Tanner, ou Louie comme on l'appelait dans le coin, était une habituée de The Anchor. Elle allait se pointer à un moment ou à un autre. Il suffisait d'attendre.

Progressait-elle ? C'était mieux que rien, alors elle se paya un verre et s'installa au fond dans un coin. De là elle jouissait d'un bon poste d'observation : elle voyait parfaitement l'entrée tout en étant dissimulée des regards.

Elle essaya de s'imaginer ce à quoi Louise pouvait ressembler. Ils n'avaient à se mettre sous la dent que sa photo officielle de l'association de la police, vieille de plusieurs années. À l'époque c'était un agent musclé aux cheveux blonds coiffés en queue de cheval et aux dents de devant légèrement écartées. Sans être séduisante, c'était un personnage imposant et impressionnant. Sa force physique s'était révélée bien pratique quand elle et Helen avaient tiré ces gens hors de danger, mais les séquelles qu'avait laissées cet accident avaient trahi un manque manifeste de force mentale. Nos réactions suite à une expérience traumatique sont imprévisibles : Helen Grace était parvenue à refouler cet accident, à le bâillonner ou à le gérer d'une manière ou d'une autre, Louise Tanner, non. Étaient-ce les brûlures sur certaines jeunes victimes ? Le chauffeur écrasé entre le bus et le pilier ? La chaleur, l'odeur, la peur et l'obscurité ? Quoi qu'il en soit, Louise avait eu du mal à digérer le contrecoup. Elle avait bénéficié d'une aide psychologique, divisé ses heures par deux et jouit de toute l'aide à laquelle on s'attend en pareil cas, pourtant un an après, elle avait démissionné.

Ses collègues et ses amis avaient essayé de garder le contact, mais Louise était devenue de plus en plus agressive et aigrie. Les gens disaient qu'elle buvait trop et avançaient même l'hypothèse qu'elle pourrait être impliquée dans la petite délinquance. Alors l'un après l'autre ils avaient rompu les amarres, jusqu'à ce qu'au final il n'y ait plus personne, pas même sa famille, qui puisse garantir avec certitude l'endroit où elle se trouvait. Sa vie n'aurait pas pu contraster de manière plus défavorable avec celle d'Helen, qui était montée en flèche au sommet de sa profession et jouissait désormais du salaire et du statut qui allaient de pair avec le rang de commandant. Bizarrement, Tanner jugeait Helen responsable de ses problèmes, d'où les courriers haineux qu'elle envoyait de temps à autre au commissariat de Southampton. Helen avait laissé courir, mais ces lettres se révélaient utiles à présent, le cachet de la poste de Southampton attestant que Louise habitait toujours dans le coin. On l'avait aperçue quelques fois dans la ville et l'instinct viscéral d'Helen lui disait que Louise n'était pas du genre à s'écarter de son territoire familier. C'est pourquoi Charlie, les doigts serrés autour d'un verre de jus d'orange tiède, se trouvait au fond de l'un des pubs les plus cradocs où elle avait jamais mis les pieds.

Le temps s'écoulait au ralenti. Elle commençait à se demander si c'était un canular de haute volée. Le propriétaire s'était-il débrouillé pour avertir Louise ? Peut-être qu'à l'heure qu'il était, ils gloussaient tous les deux aux dépens de cette fliquette sans cervelle qui perdait son temps à guetter dans le vent.

C'est alors qu'il y eut du mouvement à l'entrée. Une femme en doudoune et pantalon de survêtement flashy rappliquait. Visiblement une habituée. Charlie entraperçut le visage et une mèche de cheveux blonds raides et ternes. Était-ce Louise ?

La femme se glissa jusqu'au bar et sortit une blague au gérant. Celui-ci lui lança quelques mots, elle se retourna aussi sec vers Charlie. Manifestement il avait vendu la mèche. Alors que la femme scrutait le fond du bar, Charlie n'eut plus aucun doute : c'était Louise. Celle-ci croisa son regard, analysa la situation en un quart de seconde, fit volte-face et prit la tangente.

Charlie se lança aussitôt à ses trousses. Louise avait trente mètres d'avance, on aurait dit qu'elle avait le feu aux fesses. Elle dévala les ruelles pavées qui quadrillaient le quartier jadis médiéval, puis traversa la rue principale et se dirigea vers les entrepôts de cargaison sur les docks ouest. Charlie redoubla d'efforts, ses poumons commençaient déjà à la brûler. Louise n'était clairement pas au mieux de sa forme – ses grandes foulées bizarroïdes trahissaient quelque blessure passée – et pourtant, poussée par le désespoir, elle fonçait comme une dératée.

Charlie n'était plus que dix mètres derrière quand Louise bifurqua brusquement à droite et pénétra dans l'entrepôt 24, un dépôt réservé aux cargaisons polonaises, où les containers s'empilaient jusqu'au plafond. Charlie s'y engouffra à son tour. Pas de Louise.

Elle jura. Elle devait être à deux doigts de lui mettre la main dessus, mais avec toutes ces allées minuscules entre les containers et tous ces recoins où se planquer, par où diable commencer ? Elle plongea à gauche, puis s'arrêta net. Elle tendit l'oreille. Oui, ça recommençait. Un toussotement. Louise était une grosse fumeuse, ce sprint n'avait pas dû arranger sa toux. Contournant discrètement l'arrière du container le plus proche, elle avança à pas de loup, guidée par les quintes assourdies mais persistantes. Louise était là, de dos, piégée, si seulement Charlie parvenait à la rejoindre.

Dix mètres les séparaient quand Louise fit volte-face, les yeux écarquillés, éperdue. Alors seulement Charlie vit le couteau : un petit surin menaçant, que Louise projeta vers elle. Elle recula aussitôt, prenant conscience pour la première fois du danger dans lequel elle s'était fourrée elle – et son bébé.

À présent Louise avançait. Charlie accéléra sa retraite, rétropédalant à toute vitesse en s'efforçant au calme.

« Je voudrais juste vous parler, Louise. »

Sa proie ne répondit rien, rabattant sa capuche sur sa tête comme pour dissimuler son identité à sa poursuivante. Plus près, plus près, Charlie avait les yeux rivés sur la lame qui approchait.

Bang ! Elle percuta la paroi métallique d'un container. Elle tourna la tête et se rendit compte trop tard qu'elle s'était fourrée dans un cul-de-sac. Elle eut tout juste le temps de se retourner et de lever les bras en signe de capitulation : Louise l'empoignait déjà par le col et la propulsait en arrière. Le couteau en appui contre la gorge de Charlie, Louise se mit à la fouiller en quête d'objets de valeur. L'expression furibonde de son regard se mua en dégoût quand elle tomba sur l'insigne de police et la radio. Elle les jeta au sol et cracha dessus.

« Qui vous envoie ? aboya-t-elle.

— Nous menons une enquête...

— QUI vous envoie ?

— Helen Grace... Le commandant Grace. »

Un moment de réflexion, puis Louise se fendit d'un grand sourire, laissant voir ses dents du bonheur.

« Eh ben, transmettez-lui un message de ma part.

— Pas de problème. »

Sur ce, Louise lui taillada la poitrine, manquant de peu sa gorge. Du sang s'écoula de la plaie, juste au-dessus des seins. Charlie, tétanisée par le choc, fut ramenée à la réalité par le vilain gloussement de Louise.

« Ça vous suffit pas ? »

Soudain la radio jetée au sol émit une salve de grésillements. Louise jeta un œil sur le côté, craignant une interruption, et Charlie, d'un geste leste du bras gauche, envoya valser le couteau. Elle bondit mais sa gorge entra en collision avec le poing gauche de Louise qu'elle venait de désarmer. L'espace d'un instant, elle crut que son larynx avait été écrasé. Elle s'étrangla, n'arrivait plus à respirer et dut prendre appui sur le mur. Quand elle leva les yeux, Louise avait déjà passé la porte et se carapatait vers la liberté. Charlie s'élança à sa poursuite, s'arrêta aussi sec et vomit. Impossible de faire un pas de plus.

Elle demanda du renfort par radio, puis se dirigea lentement vers l'entrée. Le choc commençait à se faire sentir, elle avait besoin de prendre le frais. Elle inspira profondément, se remplissant les poumons d'air marin, et se sentit momentanément mieux. Alors qu'elle levait les yeux, elle vit avec surprise des agents en uniforme qui se précipitaient déjà à sa rencontre. Derrière eux, aux alentours de l'entrepôt numéro 1, elle aperçut une scène d'incident neutralisée par la police. Cela faisait des années qu'il n'était plus utilisé, du moins c'est ce qu'on croyait. Il s'était passé un truc là-bas : tout en s'occupant de Charlie, les bleus la mirent au courant. Des gosses qui séchaient les cours avaient trouvé ce matin-là un homme d'une quarantaine d'années – pas mort mais pas loin – qui gisait, comateux, dans un container de fret maculé d'excréments.

Ils avaient trouvé Sandy Morten.

90

Le service local de mise en liberté surveillée était basé rue Southam dans une ancienne école. Sarah Miles, une vieille collègue d'Helen qu'elle avait rencontrée durant sa formation à l'école de police de Netley, travaillait là-bas, c'était elle qu'Helen fonçait voir à présent. Elle détestait devoir tromper une bonne amie, mais il n'y avait pas d'autre solution. Elle ne pouvait pas faire état de ses soupçons de manière transparente avant d'être absolument certaine. Il y aurait largement le temps de s'expliquer plus tard.

Elle avait demandé à voir ce qu'ils avaient sur Lee Jarrot, un délinquant récidiviste qui aurait pu, avait insinué Helen, avoir rompu avec les termes de sa liberté surveillée. C'était un vilain tour à jouer à Sarah, et probablement à Lee aussi vu qu'à sa connaissance, il n'avait strictement rien fait de mal, mais bon. Sarah pénétra dans le local des archives au sous-sol grâce à sa carte magnétique, Helen sur les talons. Les officiers extérieurs au service n'avaient pas le droit d'y descendre, pourtant Helen y accompagnait souvent Sarah histoire de s'échanger des potins et de bavarder. Elles étaient à mi-chemin des « J », longeant les rangées interminables de dossiers, quand Helen s'aperçut qu'elle avait laissé son portable dans sa voiture.

« J'avais dit que je serais joignable vingt-quatre heures sur vingt-quatre, ça t'embêterait de me remonter le dossier ? »

Sarah leva les yeux au ciel sans s'arrêter. C'était une femme énergique qui n'aimait pas perdre de temps.

Autrement dit Helen allait devoir agir vite. Elle rebroussa chemin vers l'entrée puis vira brusquement à gauche. Elle balayait fébrilement des yeux les dossiers : où diable se trouvaient les « C » ? Elle entendit le claquement des talons de Sarah qui ralentissait. Elle devait être tout près du dossier de Jarrot.

C. Nous y voilà. Helen parcourait les fichiers de plus en plus vite. Casper, Cottrill, Crawley… Sarah revenait sur ses pas à présent. Il ne lui restait plus que quelques secondes quand… Trouvé ! Dans n'importe quelle autre circonstance, elle aurait hésité à le toucher, l'idée même la traumatisait. Là elle l'empoigna et le fourra dans son sac.

Quand Sarah revint à l'entrée, Helen l'attendait.

« Il était resté dans ma poche, en fait. Franchement, j'oublierais ma tête si elle n'était pas vissée sur mes épaules. »

Sarah Miles leva de nouveau les yeux au ciel et les deux femmes sortirent, Helen poussant discrètement un soupir de soulagement.

91

La blessure de Charlie s'était révélée superficielle, mais comme elle était enceinte, les médecins l'avaient gardée plus longtemps que d'ordinaire afin de surveiller son état. Résultat, maintenant presque tout le commissariat savait qu'elle attendait un bébé. Quand elle entra dans la salle d'enquête, l'équipe fit cercle autour d'elle, lui demandant comment elle se sentait, lui suggérant de rentrer chez elle – mais elle était déterminée à rester pour aider ses coéquipiers.

Ils furent impressionnés par son stoïcisme, pourtant en réalité elle avait été sacrément secouée par l'agression de Tanner. Elle n'avait pensé qu'à son bébé, qu'elle avait mis en péril avec tant de désinvolture. Comment aurait-elle pu regarder Steve en face si elle avait perdu l'enfant qu'ils avaient si longtemps attendu ? Elle n'avait qu'une envie : rentrer chez elle, se pelotonner contre son copain et pleurer un bon coup. Cependant elle savait que la police était un milieu encore profondément misogyne et que le moindre signe de faiblesse de la part d'une femme – même justifié – lui aurait été reproché par ses collègues masculins. Vous êtes ensuite étiquetée comme un maillon faible et traitée comme tel. Et si vous avez le malheur de faire passer les gosses avant le boulot, que Dieu vous vienne en aide. Dès qu'on vous a cataloguée comme une mère poule, on vous raye de la carte. Si vous voulez prolonger votre congé maternité ou travailler à mi-temps, autant demander un transfert dans les services administratifs. Personne n'aime les temps partiels sur le terrain.

Il n'y a pas de place pour les sentiments : c'est tout ou rien. Voilà pourquoi tout le monde respectait Helen Grace, parce qu'elle n'était jamais en congé, n'avait jamais laissé sa vie privée interférer : la flic idéale. Elle rendait la tâche sacrément difficile aux autres femmes, mettait la barre trop haut, mais c'était comme ça. Alors Charlie resta. Elle avait beau être secouée jusqu'aux os, il était hors de question qu'elle se laisse mettre sur la touche après avoir travaillé si dur pour en arriver là.

Mark, quant à lui, attendit la dispersion de la foule pour traverser la pièce et serrer Charlie très fort dans ses bras. Elle savait pourquoi il restait en retrait : il y avait des dubitatifs parmi leurs collègues, des gens à qui il faudrait du temps pour lui refaire confiance, alors sa place n'était pas en tête de file. Qu'ils aillent se faire foutre, songea Charlie, serrant Mark de toutes ses forces un peu plus longtemps que nécessaire. Elle voulait signifier clairement son point de vue au reste de l'équipe. Peut-être qu'une partie de sa sainteté déteindrait sur Mark et accélérerait sa rédemption.

De toute façon ils allaient bientôt devoir ravaler leurs soupçons vis-à-vis de Mark et arrêter les insinuations : Mickery parlait. Charlie n'aurait pas dû le savoir, bien sûr, mais les murs ont des oreilles et la psy n'avait presque pas quitté l'infirmerie du commissariat depuis qu'elle avait été retrouvée. C'était son sanctuaire, où elle avait toutes ses discussions avec l'anticorruption. Or Charlie avait suffisamment d'amies parmi les fliquettes bavardes qui s'ennuyaient à garder un œil sur Mickery, lesquelles lui avaient rapporté les propos qu'elles avaient surpris : la rumeur courait que la psy avait eu une liaison avec Whittaker après qu'ils s'étaient rencontrés à titre professionnel. Couchaient-ils encore ensemble quand les meurtres avaient commencé ? Et qui avait eu l'idée de ce plan pour s'en mettre plein les poches ? Peu importait, en fait. Mark allait être blanchi : c'était ça qui comptait.

La grande question, c'était comment allait-il réagir à l'arrivée d'Helen ? S'ils parvenaient à trouver le moyen de s'entendre, alors sa résurrection serait assurée. Sinon, il serait dans la merde.

Helen arriva pile à l'heure. S'abstenant de montrer qu'elle avait bien remarqué le retour de Mark, elle convoqua l'ensemble de l'équipe afin de distribuer les tâches.

« Bon, nous savons que Sandy Morten a subi une crise cardiaque, commença-t-elle. Mickery ne lui a rien fait, simplement son corps n'a pas résisté aux conditions de son enfermement. Il est en unité de soins intensifs et se débat comme un beau diable, mais croyez-le ou non, il a eu du bol. Si ces garçons ne l'avaient pas trouvé ce matin-là, on aurait un autre cadavre sur les bras. Les médecins pensent qu'il va s'en sortir. Qu'est-ce que ça nous apprend ?

— Qu'il ne faisait pas partie du plan, répondit le lieutenant Bridges.

— Exactement. Elle a épargné Mickery et Morten. Elle n'a jamais eu vraiment l'intention de les tuer. Ils constituaient juste sa petite blague. C'était sa façon d'accélérer la partie. »

Helen parcourut l'équipe du regard et fut satisfaite de voir de la colère mêlée à la détermination. Les flics détestent être poussés au cul.

« Alors il est temps pour nous de passer la vitesse supérieure, d'avoir un coup d'avance sur elle, pour changer. La priorité numéro un est de trouver Stephanie Bines. C'est la prochaine victime évidente, or je ne veux pas qu'on ait sa mort sur la conscience. Charlie, est-ce que tu peux coordonner les efforts là-dessus ? Utilise toutes les personnes et tous les moyens dont tu auras besoin : il faut qu'on la trouve. Mark, il faudrait que tu te concentres sur la recherche de Louise Tanner. Elle est particulièrement dangereuse, elle a une sacrée dent contre moi et elle a déjà essayé de tuer l'un des nôtres. Alors prends deux gars avec toi et mets-lui le grappin dessus, O.K. ? »

Mark hocha la tête, toute l'équipe avait les yeux braqués sur lui. Il la jouait exactement comme il fallait, songea Helen : franc, à l'aise, déterminé. Il faisait un effort surhumain – avec ses collègues, avec son apparence (O.K., il avait toujours une gueule à chier mais il était propre et pas bourré) et avec elle. Elle lui en était infiniment reconnaissante et était ravie qu'il ait décidé de lui redonner sa confiance.

L'équipe se mit en branle. Maintenant qu'Helen avait endossé le rôle de commissaire, ses officiers étaient encore plus déterminés à gagner son approbation, et le sentiment régnait que celui ou celle qui ramènerait la tueuse serait en pole position pour succéder à Helen au poste de commandant. Ainsi donc tout le monde redoublait d'efforts en flairant la gloire.

Helen alla s'isoler dans l'intimité du bureau de Whittaker. Même s'il était suspendu et de fait ne remettrait jamais plus les pieds dans ce commissariat, elle avait toujours l'impression que c'était *son* bureau. Alors pour le moment elle évitait de s'asseoir dans le fauteuil et, debout à côté de la table, elle feuilletait une fois encore le dossier qu'elle venait de voler.

Elle décrocha le téléphone, appela les services sociaux et obtint vite l'adresse dont elle avait besoin.

Le reste de l'équipe étant sorti traquer Bines et Tanner, elle disposait de quelques heures de grâce. Cela dit ce ne serait encore pas suffisant car un long trajet l'attendait, elle tourna donc la poignée de gaz et fila à toute vitesse. L'autoroute 25 étant embouteillée, comme d'habitude, ce fut avec un certain soulagement qu'elle bifurqua sur la 11. Elle se retrouva bientôt sur la nationale du même numéro, en direction de Norfolk.

Alors qu'elle suivait les panneaux indiquant Bury St Edmunds, elle se retrouva en territoire inconnu. À mesure qu'elle approchait de sa destination, elle prenait conscience de sa nervosité. Se retrouver dans cette position la mettait mal à l'aise : c'était ouvrir la boîte de Pandore.

La maison était une bâtisse d'aspect plaisant avec une baie vitrée et des jardins bien entretenus. En théorie, c'était un foyer, mais c'était beaucoup plus joli que ça. Si les autochtones n'y prêtaient plus attention, un passant, lui, aurait jugé cet endroit ravissant et accueillant.

Helen avait prévenu de son arrivée par téléphone, elle fut donc rapidement invitée à s'entretenir avec le directeur. Elle confirma son identité, présenta la photo la plus récente et débita son boniment avec assurance. Elle avait beau savoir que les chances étaient infimes, elle fut tout de même démoralisée quand l'homme lui apprit que ça faisait plus d'un an qu'ils n'avaient pas vu Suzanne Cooke. Elle ne s'était jamais vraiment intégrée, lui confia-t-il, n'avait jamais semblé montrer d'intérêt à s'inscrire à leurs programmes. Ils avaient évidemment alerté les services de mise en liberté surveillée quand elle avait disparu, hélas, entre les restrictions budgétaires et la réorganisation interne, ils n'avaient jamais parlé deux fois de suite à la même personne et son dossier n'avait jamais été suivi.

« Nous aimerions faire plus, mais on ne peut pas être au four et au moulin. On a déjà suffisamment de travail comme ça ici, conclut le gérant.

— Je comprends : c'est difficile. Dites-m'en un peu plus sur Suzanne. Que faisait-elle quand elle était là ? Avait-elle des amis ? Un confident ?

— Pas que je sache. Elle ne s'était pas vraiment liée à l'équipe. Elle restait le plus souvent seule. Ce qu'elle aimait par-dessus tout, c'était l'exercice physique. C'est une sportive sacrément baraquée. Elle faisait beaucoup de musculation et quand elle n'était pas dans la salle de gym, elle donnait un coup de main pour réduire la population animale. On disait qu'elle était plus forte que la plupart des gars.

— Réduire la population animale ?

— Dans la forêt de Thetford. C'est juste à quelques kilomètres d'ici et chaque été, on autorise nos pensionnaires qui le souhaitent à donner un coup de main pour chasser les animaux. C'est une pratique strictement encadrée évidemment, à cause des armes à feu, mais il y a des gens qui aiment ça : c'est du travail manuel difficile qui permet de passer une journée entière en plein air.

— Comment ça ?

— Ce sont surtout les cerfs élaphes qui sont en surnombre à Thetford. On les tue en début de matinée, en général dans des coins reculés de la forêt. Comme c'est impraticable pour les véhicules, il faut traîner les dépouilles jusqu'à la piste la plus proche afin de les charger.

— De quelle manière ?

— En utilisant un harnais de vènerie. On attache les pattes du cerf ensemble, ensuite on fixe à ce lien une corde en tissu à l'aide d'un mousqueton. La corde est reliée à un harnais – assez similaire à un baudrier d'escalade – qu'on se passe autour des épaules. Et on tire l'animal derrière soi. C'est beaucoup plus facile que d'essayer de le porter. »

Une autre pièce du puzzle venait de trouver sa place.

92

Charlie, les yeux rivés sur l'écran d'ordinateur, avait l'estomac noué par la tension. Alors que Skype émettait sa tonalité au son rond, elle priait pour que quelqu'un réponde. Le sort de Stephanie Bines en dépendait.

Ça avait été une quête exténuante, mais elle n'avait jamais baissé les bras. Accompagnée des lieutenants Bridges et Grounds, elle avait fait tous les pubs, cafés et boîtes de nuit minables de Southampton et même au-delà. La conversation prenait toujours le même tour :

« Ouais, on connaît Stephanie. Elle a bossé ici il y a quelques mois. Beaucoup de succès, surtout avec les gars.

— Et savez-vous où elle se trouve maintenant ?

— Aucune idée. Un jour elle s'est pas pointée au taf et basta. »

Au début cette phrase rendait Charlie extrêmement nerveuse. Toute mention de disparition brutale était source de stress dans cette affaire, mais progressivement elle s'était représentée une jeune femme au tempérament nomade, en proie au mal-être, qui ne tissait aucun lien fort avec les gens ni avec les lieux. C'était une voyageuse qui avait jeté l'ancre sur la côte sud, mais quelque chose disait à Charlie qu'il ne s'agissait là que d'un mouillage temporaire. Elle avait donc arrêté de battre le pavé et était retournée à la salle d'enquête pour effectuer une vérification sur les vols internationaux. La dernière trace d'elle à Southampton remontait au mois de septembre, elle avait commencé par là. Secondée par ses collègues, elle avait passé des coups de fil à Qantas, British Airways, Emirates, avant d'enfin toucher le jackpot avec Singapore Airlines. Le 16 octobre, Stephanie Bines, aller simple pour Melbourne. De plus amples recherches avaient révélé l'existence d'une sœur habitant dans une banlieue de Melbourne et on avait enfin retrouvé sa trace – elle était manifestement en vie et en bonne santé – chez cette dernière.

Mais Charlie ne voulait rien laisser au hasard, d'où la liaison avec Skype. La fourberie de cette tueuse était telle que Charlie ne voulait pas, ne pourrait pas se détendre avant d'avoir vu Stephanie de ses propres yeux.

Et elle était là. Plus bronzée, plus blonde aussi, mais c'était indubitablement elle. Une petite victoire pour Charlie, Helen et l'équipe. Ils en avaient au moins sauvé une. La brusque décision de Stephanie de retourner dans son pays natal avait-elle compromis les projets les plus élaborés de la tueuse ?

La jeune femme n'avait pas besoin qu'on l'encourage beaucoup pour repartir sur les routes. Rentrée chez elle depuis quelques semaines à peine, elle avait déjà l'impression de suffoquer, d'être rabaissée. Charlie dut réfléchir à toute vitesse, inventer un petit risque lié au procès du gang que Stephanie avait contribué à démanteler. Tout en restant calme et rassurante, elle lui suggéra qu'il serait peut-être mieux pour elle et sa famille si elle se contentait d'un petit voyage – à Queensland, au Red Centre, n'importe – en attendant qu'ils aillent au fond des choses ici.

Charlie mit fin à leur session Skype avec un sentiment d'optimisme : cette meurtrière n'était peut-être pas si invincible après tout.

Son attention fut soudain attirée par Mark, qui lui faisait signe à l'autre bout de la pièce. Elle s'empressa de le rejoindre.

« Le commissariat vient juste de recevoir un appel. Tanner a été repérée en train de faire la manche à côté de l'ancien hôpital pour enfants dans Spire Street.

— Quand ça ?

— Il y a cinq minutes. C'est une mère avec une poussette qui a tiré la sonnette d'alarme. Elle a donné une pièce à Tanner et c'est tout son sac à main qui a failli y passer. »

Ils étaient en route, direction le centre-ville. Tanner était-elle leur tueuse ? Ils allaient vite le découvrir. Charlie sentit son pouls s'accélérer alors qu'ils roulaient à tombeau ouvert vers le lieu de l'incident. C'était bon de repartir en tandem et de se rapprocher du dénouement.

93

Il y a d'innombrables moments dans la vie de tous les jours où il faut décider entre s'ouvrir et s'enterrer bien profondément. En amour, au boulot, au sein de sa famille, avec ses amis, il y a des moments où il faut décider si on est prêt à révéler notre vraie personnalité.

Helen s'était délibérément constituée en énigme. La carapace épaisse qu'elle présentait au monde la définissait : elle était coriace, résistante, incapable de doute ni de regret. On était bien loin de la vérité, et pourtant c'était dingue le nombre de gens qui gobaient ça. On se remet toujours plus en question soi-même que les autres : la plupart de ses collègues et de ses amants occasionnels semblaient adhérer à l'image d'une flic ambitieuse, dure à cuire et engagée, que rien ne pouvait choquer, effrayer ni intimider. Plus elle persévérait dans cette voie-là, plus les gens y croyaient, voilà pourquoi elle avait acquis l'aura de quelqu'un qui vivait détaché du monde, surtout parmi les flics.

Sachant tout ça, elle s'arrêta pour reprendre son souffle maintenant qu'elle était sur le point de faire voler en éclats l'idole qu'elle avait créée. Mettre les autres dans le secret était la bonne solution, ça pourrait sauver des vies, mais ça lui coûtait, car ce faisant elle déterrerait des événements et des décisions profondément enfouis.

Le lieutenant Bridges entra, brisant la transe introspective d'Helen. Il apportait les dossiers qu'elle lui avait demandés. Alors qu'ensemble, planqués discrètement dans son bureau, ils étudiaient le contenu des pages, Helen ne cessait de vérifier chacun des maillons de la chaîne, vérifiant deux voire trois fois ses hypothèses. Il ne pouvait pas y avoir de place pour le doute.

Soudain son cœur s'arrêta net.

« Reviens en arrière.

— Aux effets personnels ? Ou...

— Le rapport de la police scientifique. Concernant la maison des Morten. »

Suite à la disparition de Sandy Morten, les flics de la scientifique avaient fouillé sa maison du sol au plafond. Comme la ravisseuse s'y était trouvée, avait bu du champagne avec Morten et Mickery, ils avaient remué ciel et terre en quête de la moindre trace d'elle.

« Y a rien là, chef. Les experts ont trouvé en pagaille de l'A.D.N. de Mickery, de Morten, de sa femme, de tous les principaux...

— Deuxième page.

— Y a que des échantillons incomplets, la plupart on les a écartés... »

Helen lui arracha le rapport des mains et le scruta. Il ne restait plus aucun doute à présent. Elle savait qui était la tueuse et pourquoi elle tuait.

Tanner était introuvable. Toutefois un sac à main jeté à côté de l'hôpital pour enfants condamné laissait penser qu'elle s'était trouvée là récemment et avait peut-être empoché le butin qu'elle cherchait. Ils s'apprêtaient à partir quand ils entendirent un bruit qui les fit s'arrêter net. Un choc métallique sourd en provenance du bâtiment à l'abandon, comme si un objet avait été laissé tomber.

Mark adressa un signe à Charlie. D'instinct ils éteignirent radio et téléphone et se dirigèrent en silence vers l'ancien hôpital. L'une des planches qui condamnaient les fenêtres ne tenait plus : voilà qui aurait pu être la cachette idéale pour quelqu'un voulant aller et venir sans être vu.

Charlie et Mark, le plus discrètement possible, grimpèrent en prenant appui sur le rebord pourri de la fenêtre. À l'intérieur, le bâtiment déserté tombait en ruine, simple coquille de la fourmilière qu'il avait jadis été, avant que l'hôpital flambant neuf du centre-ville ne scelle son destin. Charlie dégagea sa matraque de sa ceinture et se prépara à l'action. Sa main tremblait : était-elle prête à affronter ça ? Trop tard maintenant. Ils avancèrent en silence, s'attendant à tout moment à ce qu'on leur saute dessus.

Et là un mouvement brusque. Tanner, capuche et survêtement, jaillit de sa cachette et franchit des portes battantes. Mark et Charlie se lancèrent à ses trousses, mouillant le maillot pour se précipiter dans le couloir à la poursuite de leur proie. Bang ! Ils franchirent les portes d'un grand coup d'épaule, déjà vingt mètres les séparaient de Tanner.

Déboulant dans la cage d'escalier, ils la virent au-dessus d'eux qui montait les marches quatre à quatre. Ils lui coururent après, Mark prenant la tête, déterminé à la choper. Plus haut, toujours plus haut. Nouveau bruit de collision.

Le temps qu'ils la rattrapent, ils étaient au quatrième étage. Était-elle partie à gauche ou à droite ? Les portes battantes vibraient légèrement d'un côté. Gauche. Mark ouvrit prudemment et ils se glissèrent dans le couloir.

Vide. Il y avait des portes à l'autre bout – aucune ne bougeait – et quatre chambres desservies. Elle aurait pu se trouver dans n'importe laquelle. Si c'était le cas, elle était piégée à présent. Ils en essayèrent une, puis deux. Puis trois. Plus qu'une.

Bang ! Tout se passa si vite que Charlie parvint à peine à analyser la situation. Un tuyau en métal vint s'écraser à l'arrière du crâne de Mark, qui s'écroula au sol. Charlie projeta violemment sa matraque contre Tanner : elle heurta le tuyau avec un grand fracas métallique. Elle frappait à tour de bras, Tanner parait les coups.

Sauf que ce n'était pas Tanner. Ça aurait dû leur sauter aux yeux vu la façon dont elle avait bondi en haut des escaliers durant leur course poursuite. Et à en juger par la ruse dont elle avait fait preuve en les amenant à choisir le mauvais couloir avant de se glisser derrière eux. Ce n'était pas Tanner, c'était leur tueuse, et Charlie se retrouvait nez à nez avec elle.

Il était temps de porter l'attaque contre l'ennemi. Ordonnant à un Bridges désarçonné de rassembler l'équipe, Helen sortit son portable et composa le numéro de Charlie. Boîte vocale. Elle composa celui de Mark en jurant. Rebelote, boîte vocale. À quoi jouaient-ils, bon Dieu ? Elle laissa un message pressant, puis se dirigea vers la salle d'enquête.

Elle n'aimait pas l'idée de sonner la charge en l'absence de ses deux meilleurs éléments, mais elle n'avait pas le choix. Même sans eux, l'équipe était forte de vingt officiers et elle pouvait compter sur McAndrew, Sanderson et Bridges pour coordonner les efforts de manière efficace.

Voulant jouer cartes sur table le plus vite possible, elle alla droit au but.

« La femme que nous recherchons s'appelle Suzanne Cooke. »

Les officiers firent circuler les photos de Suzanne pour que chacun en ait une.

« Au dos, vous trouverez son casier judiciaire. C'est une meurtrière qui a écopé de vingt-cinq ans de prison pour un double homicide. Elle s'est volatilisée de son foyer de mise en liberté surveillée il y a douze mois. Celui-ci se trouvait dans la région de Norfolk, mais je pense que Suzanne est désormais dans le Hampshire et pourrait être coupable de ces meurtres. »

Un murmure parcourut la salle. Helen marqua une pause avant de reprendre :

« Je pense que c'est *moi* qu'elle vise délibérément à travers son choix de victimes. Stephanie Bines semble hors de danger pour le moment, toutefois je veux une liaison permanente avec nos homologues australiens afin que nous puissions garantir sa sécurité. Elle est la dernière personne possible sur la liste, cela dit comme l'a montré l'enlèvement de Mickery, Suzanne a de l'imagination et est capable de dévier de son plan initial. Alors je veux mettre toutes les personnes disponibles sur le coup. Je m'occuperai de la presse : je veux que vous concentriez tous vos efforts à la dénicher. Lieutenant Bridges, pouvez-vous informer les bleus ? Je veux tous les voir sur le terrain à interroger les gens. Suzanne Cooke est désormais notre suspect numéro un, toutes les prunelles du comté doivent être à l'affût. Compris ?

— Pourquoi vous, chef ? répliqua le lieutenant Grounds, posant la question qu'ils avaient tous en tête. Pourquoi c'est vous qu'elle vise délibérément ? »

Helen hésita. Le temps des secrets avait beau être révolu, elle dut prendre une grande inspiration avant de répondre :

« Parce que c'est ma sœur. »

Charlie se prépara à un combat à mort. Pourtant son adversaire ne fit pas un geste à son encontre, desserrant au contraire sa prise sur le tuyau métallique. Il tomba bruyamment au sol, le vacarme se répercuta à travers la carcasse du bâtiment. Charlie se figea, flairant le piège. La tueuse se contenta de retirer sa capuche, révélant un visage dur mais séduisant. Le temps d'un éclair, Charlie crut bizarrement la reconnaître. Mais cette impression se dissipa aussi vite qu'elle était venue. Qui était cette femme ? Elle était costaud, avec des épaules aux muscles proéminents, et son visage fin était beau même en l'absence de maquillage. Ce détail était sûrement destiné à ce qu'elle ressemble le plus possible à Tanner.

« Je ne sais pas pourquoi vous nous avez attirés ici, mais nous pouvons mettre un terme pacifique à cette histoire. Tournez vous et mettez les mains sur le mur.

— Je ne vais pas me battre avec vous, Charlie. Ce n'est pas pour ça qu'on est là. »

Entendre son nom dans la bouche de cette tueuse était profondément troublant. Pourtant le pire restait à venir. Sourire aux lèvres, l'air de rien, la meurtrière sortit un flingue de sa poche et le braqua sur Charlie.

« Vous savez quels dégâts peut provoquer cette petite chose, n'est-ce pas ? Si ma mémoire est bonne, vous vous êtes formée avec un Smith and Wesson, non ? »

Bizarrement, Charlie hocha la tête. Cette femme avait un étrange pouvoir : était-ce sa personnalité ou le simple fait qu'elle connaissait tout sur vous ?

« Alors posez votre matraque et retirez votre ceinture. Si vous voulez arriver à traîner votre collègue en bas des escaliers, il va falloir voyager léger. »

La femme lui jeta une espèce de harnais et lui fit signe de l'enfiler. Charlie la dévisageait sans bouger. Elle était paralysée.

« Et que ça saute ! » beugla la tueuse, son expression passant de la gentillesse à la rage.

Charlie laissa tomber sa matraque. Ils s'étaient fourrés dans un piège monstrueux. C'était probablement *elle* qui avait appelé le commissariat en prétendant avoir vu Tanner. Et ils étaient tombés dans le panneau. Si elle avait passé un sale quart d'heure dans l'entrepôt, la situation présente était infiniment pire.

L'équipe assaillit Helen de questions – certains étaient furieux, d'autres curieux –, elle campait sur sa position en répondant de façon aussi franche et posée que possible.

« Depuis combien de temps avez-vous des soupçons ? »

« Depuis combien de temps est-ce que vous *savez* ? »

« Qu'est-ce qu'elle veut ? »

« Est-ce qu'elle va vous viser directement ? »

Seulement il y avait encore trop d'inconnues pour Helen et spéculer ne les mènerait nulle part. Alors au bout d'une demi-heure frénétique, elle mit un terme à la discussion. Elle avait besoin qu'ils partent sur le terrain à la recherche de Suzanne.

Alors qu'elle traversait le couloir pour rejoindre les journalistes qui l'attendaient, elle se rendit compte que ses mains tremblaient. Elle avait enterré son passé depuis si longtemps que le révéler aujourd'hui était comme rouvrir une vieille blessure. Son équipe continuerait-elle à la suivre ? À croire en elle ? Elle priait pour que ce soit le cas : elle avait le mauvais pressentiment que le pire restait à venir.

94

« La population court-elle un risque, commandant ? »

Emilia Garanita veilla à pouvoir poser sa question en premier. Elle n'allait pas rater l'occasion d'être en présence des journalistes des tabloïdes nationaux et des grands quotidiens pour retourner le couteau dans la plaie. L'attaque caractérisée de Whittaker lui restait en travers de la gorge.

« Nous ne pensons pas que le grand public soit en danger, mais nous conseillons vivement aux gens de ne pas approcher la suspecte. Elle pourrait être armée et son comportement est imprévisible. Si quelqu'un aperçoit Suzanne Cooke, il faut immédiatement faire le 999.

— Quel est son lien avec les morts récentes qui ont eu lieu à Southampton ? »

C'était le *Times* qui avait posé la question qui tue.

« Nous sommes encore en train d'essayer d'établir les tenants et les aboutissants, répondit Helen en remarquant qu'à ces mots, les sourcils d'Emilia se soulevèrent en une expression cynique, mais nous la soupçonnons d'avoir eu une part active dans les meurtres de Sam Fisher et de Martina Robins. »

Sa tension monta d'un cran. Elle avait longuement hésité à mentionner ou non Martina durant le briefing. Si la presse se jetait sur cet os et pistait Caroline, le pot aux roses serait découvert. La jeune prostituée serait incapable de taire le rôle diabolique que Suzanne avait joué dans ces meurtres.

« Est-ce vrai que vous avez été promue, commandant ? »

Garanita revenait de force dans la conversation.

« La rumeur circule que le commissaire Whittaker a été suspendu et fait face à de possibles accusations de corruption. »

À ce moment-là le parterre explosa : les questions fusèrent dans tous les sens. Helen n'avait d'autre choix que d'essuyer l'assaut prolongé, qu'importe si les questions étaient nuisibles ou provocatrices. Comme elle avait besoin de la vigilance de la population, la presse ne pouvait pas être hors jeu. La pilule était amère, mais la situation était critique à présent. Parfois dans la vie, on doit tendre le bâton pour se faire battre.

95

Une douleur atroce le transperça. Mark ferma les yeux, terrassé, et s'effondra. Que lui était-il arrivé, bon Dieu ? Il porta d'instinct sa main à l'arrière de son crâne et grimaça en sentant ses doigts palper la plaie profonde et sanglante. Sa tête lui faisait un mal de chien, mais à dire vrai, le reste de son corps aussi : il avait l'impression d'avoir subi un tabassage en règle.

Lentement, les souvenirs revinrent. La traque de Tanner, la course poursuite à travers l'hôpital et soudain... black-out. Il se rappelait vaguement une nanoseconde d'alarme, le sentiment qu'il y avait quelqu'un ou quelque chose derrière lui. Quel gros con : il avait dû tourner le dos à Tanner et en payer le prix.

Il examina les alentours. L'endroit sentait à la fois l'antiseptique et le renfermé. Il essaya de nouveau de lever la tête, acclimatant ses yeux à l'obscurité. Il était dans une espèce de chaufferie. Était-ce le sous-sol de l'hôpital ? Si oui, comment avait-il atterri là ?

« Mark. »

Charlie. Dieu merci. Il tourna lentement le cou, ignorant les douleurs fulgurantes qui accompagnaient le moindre de ses mouvements, et vit Charlie recroquevillée dans un coin. Elle tenait à deux mains une lampe de camping cabossée, leur seule source de lumière.

Alors même qu'il commençait à enregistrer cette vision étrange, des sonnettes d'alarmes commencèrent à retentir dans sa tête.

« Elle nous a eus, Mark.

— Tanner ? »

Charlie se contenta de secouer la tête et s'enfouit le visage dans les mains. Enfin, elle finit par murmurer :

« C'était un piège. C'est *elle* qui nous a eus. »

Mark se releva brusquement et scruta la pièce en chancelant. Il s'était levé trop vite, des étoiles apparurent devant ses yeux, puis il se sentit tomber avec un bruit sourd.

Quand il revint à lui, il avait la tête sur les genoux de Charlie, qui lui soufflait sur le visage. Il avait chaud et froid, il transpirait – et il avait la gorge en feu. Il était content du réconfort que lui apportait le contact de Charlie. En levant les yeux pour la remercier, il vit qu'elle pleurait.

« Elle nous a eus, Mark. »

Ça avait été une illusion. Il n'y avait pas de réconfort ici.

96

Elle avait l'impression que le Glock était taillé pour sa main. Ça faisait un moment qu'Helen n'avait pas eu de flingue entre les doigts, pourtant en tenir un à présent lui conférait un sentiment rassurant de puissance. Elle signa le registre avant d'aller récupérer les munitions qui lui étaient attribuées. Sur le formulaire de demande, elle avait écrit que c'était pour sa protection personnelle étant donné la menace potentielle qui pesait sur sa vie. Était-ce la vraie raison ? Ou y avait-il un besoin plus sombre qui la poussait à s'armer à présent ?

Le protocole avait beau décréter qu'elle ne pouvait plus travailler seule vu le niveau de danger, ce n'était pas là un voyage qu'elle pouvait partager, alors elle avait menti, disant qu'elle était demandée au Q.G. régional pour faire un briefing sur les événements en cours. L'équipe avait gobé le mensonge, mais d'autres ne se laissaient pas berner aussi facilement : alors qu'elle filait vers le nord, elle remarqua la Fiat rouge de Garanita qui la suivait en ronronnant. Relativement discrète – ce n'était pas une amateur – mais encore pas assez. Helen sentit monter une vague de colère et tourna violemment la poignée de gaz. Elle traversa la zone limitée à soixante-dix à plus de cent à l'heure, mettant au défi sa poursuivante civile de la suivre. Heureusement Emilia, comprenant qu'il aurait été désespéré de violer la loi afin de poursuivre un flic, jeta l'éponge. Une fois hors de vue, Helen opéra un demi-tour et repartit en direction de la rocade, et donc de Londres.

La liste de ses repères d'enfance était courte, alors quand elle avait découvert que la tour de Chatham allait être démolie, elle avait décidé de se rendre là-bas en premier. Vu le mode opératoire de Suzanne, c'était l'endroit idéal. Tout devait faire sens. C'était drôle cette façon qu'elle avait de continuer à l'appeler Suzanne, comme si quelque part c'était moins douloureux que d'employer son vrai nom. Ceci dit, elle-même avait investi confortablement sa nouvelle identité à présent – elle avait choisi le patronyme Grace pour ses connotations rédemptrices et le prénom Helen à cause de sa grand-mère maternelle – et elle aurait trouvé aujourd'hui extrêmement bizarre et déroutant de s'entendre appeler par son vrai nom.

Se rendant compte qu'elle roulait à cent quarante à l'heure, elle y alla mollo sur la poignée. Elle devait s'efforcer au calme. Comme elle n'avait aucune idée de la façon dont cette partie était censée se terminer, elle devait garder la tête vissée sur les épaules si elle voulait qu'elle s'achève selon ses propres termes.

Elle avait conscience à présent d'être restée longtemps dans le déni, repoussant sans cesse l'idée que sa sœur aurait pu être impliquée dans ces meurtres. Cela faisait plus de vingt-cinq ans qu'elle n'avait pas eu de contact avec elle et c'était très bien comme ça. Loin des yeux, loin du cœur. Seulement quand elle avait vu le rapport médico-légal concernant la maison de Sandy Morten, elle n'avait plus pu nier. Les experts avaient trouvé une portion incomplète d'A.D.N., un fragment d'empreinte digitale. Ils avaient réussi à en tirer quelque chose et comme les résultats semblaient correspondre à la séquence A.D.N. d'Helen, ils l'avaient écartée comme étant la sienne. C'était le processus habituel afin d'éviter de pourchasser des moulins à vent à cause de la négligence des flics sur les scènes de crime. Seulement il y avait un hic. Helen n'avait jamais mis les pieds chez Sandy Morten. Cette anomalie, si elle était passée inaperçue, avait sauté aux yeux d'Helen, confirmant ses pires craintes.

Elle traversait désormais les banlieues les plus miteuses du Sud de Londres. Peu après, la tour de Chatham se dessina. Conçue comme une utopie des années soixante, elle était aujourd'hui vouée à la démolition. Le rêve avait tourné court. Bien qu'Arrow Security, l'entreprise chargée de sécuriser les lieux, eût été contactée, Helen dut attendre que quelqu'un arrive avec la clef. Pendant que le gardien bougon déverrouillait la porte en bois donnant accès au site, Helen le mitraillait de questions pour savoir si des planches qui entouraient le bâtiment à l'abandon avaient été forcées. Il assura que non – les gosses étaient trop occupés à se poignarder dans le centre commercial du coin pour s'emmerder à venir ici – mais Helen fit tout de même le tour complet de la barrière du périmètre, tâtant les planches en quête de trous ou de faiblesses. Elle finit par admettre que c'était sécurisé et ils se rendirent à l'intérieur du bâtiment. Quelqu'un aurait-il pu escalader les planches avec une échelle ? Possible.

L'ascenseur étant interdit, ils grimpèrent à pied jusqu'au onzième étage, Helen tambour battant, son compagnon en traînant la patte. Elle se retrouva devant le numéro 112 sans même s'en rendre compte. Elle prit appui d'une main sur le mur tandis que le gardien essayait d'ouvrir la porte. Un jeu d'enfant : elle n'était pas fermée à clef. Il s'apprêtait à entrer quand Helen l'arrêta.

« Attendez là. »

L'homme, surpris, accepta :

« Faites-vous plaisir. »

Sans un mot de plus, Helen pénétra dans l'appartement et disparut, engloutie par l'obscurité qui régnait à l'intérieur.

97

« Il faut qu'on reste forts, Mark. Si on reste forts, si on reste unis, elle ne gagnera pas. »

Mark hocha la tête.

« Elle ne va pas nous battre. Je ne la laisserai pas faire », poursuivit Charlie.

Mark se releva maladroitement avec l'aide de Charlie et ensemble ils explorèrent leur cage. S'ils étaient à l'hôpital, il n'y aurait pas moyen que quelqu'un les entende. Le conseil municipal essayait depuis des années de refourguer ce bâtiment à des promoteurs, sans le moindre succès. Il se dressait, seul, dans une partie de la ville délabrée, oubliée.

Ils étaient cernés par des murs de béton. Il n'y avait pas de fenêtre et la porte avait été récemment renforcée avec grand soin – rénovation qui contrastait avec cette pièce par ailleurs vétuste. Ils avaient essayé de s'attaquer aux charnières, mais sans outil d'aucune sorte, c'était dur d'avoir une prise. Enfin c'était quand même à étudier. S'ils parvenaient par quelque moyen à desserrer les gonds, alors...

Ignorant sa tête qui le lançait et sa température qui montait en flèche, Mark s'affairait sur les charnières pendant que Charlie tambourinait sur la porte. Elle faisait pleuvoir ses poings sur le battant. De plus en plus fort, tout en gueulant à pleins poumons, suppliant qu'on leur vienne en aide. Ce tapage aurait suffi à réveiller les morts – mais y avait-il seulement quelqu'un qui écoutait ?

De grandes volutes de poussière s'élevaient déjà, les enveloppant tous les deux, s'insinuant dans leurs oreilles, dans leurs yeux, dans leur gorge. Même la voix brisée, Charlie ne lâchait pas. Ils continuaient sans trêve, s'encourageant mutuellement à ne pas jeter l'éponge, mais après plus d'une heure d'efforts vains, ils s'écroulèrent au sol, épuisés.

Charlie refusait de pleurer. Ils avaient beau être coincés dans le pire cauchemar qu'ils auraient pu imaginer, il fallait garder le moral. C'était crucial s'ils voulaient avoir la moindre chance de survivre.

« Tu te rappelles Andy Cressed ? demanda-t-elle d'un ton aussi guilleret que possible, sa voix éraillée démentant son enjouement.

— Bien sûr, répondit-il, perplexe.

— Apparemment il porte plainte contre la police du Hampshire. Il prétend avoir été victime de harcèlement sexuel de la part de femmes flics. »

Mark grogna un petit rire. Andy-la-Caresse, comme on le surnommait affectueusement, était un capitaine de Portsmouth préposé à l'accueil, dont les mains baladeuses étaient légendaires, surtout quand il y avait des officiers subalternes de sexe féminin dans les parages. Charlie poursuivit son histoire et bien que Mark eût désespérément besoin de sommeil, de tranquillité, il joua le jeu, sachant pertinemment qu'ils devaient combattre le désespoir.

Alors qu'ils s'échangeaient des anecdotes, aucun ne mentionna le flingue qui gisait entre eux.

98

J'étais persuadée qu'ils allaient se réveiller et m'empêcher de me marrer, mais c'est dingue l'effet que sept pintes de cidre peuvent faire. Mon père avait toujours été un gros buveur – bière, cidre, tout ce qui lui passait sous la main, en fait – et ma mère avait suivi. Ça rendait les coups plus supportables et ça lui évitait de penser. Si elle était restée sobre suffisamment longtemps, elle se serait rendu compte de l'égout qu'était sa vie et elle se serait foutu la tête dans le four. Par certains côtés, je regrette qu'elle ne l'ait pas fait.

J'avais envisagé ce moment d'un tas de façons différentes. Dans mes rêves, j'utilisais toujours un couteau. J'adorais l'idée des artères tranchées, du sang qui gicle sur les murs, mais en réalité je n'avais pas le cran. J'avais peur de foirer. De ne pas frapper assez fort, de rater une artère. Quand je le ferai, il faudrait que je le fasse bien, sinon j'allais y passer, y avait pas photo. Ce salopard prendrait son temps, en plus – Dieu seul sait ce qu'il m'infligerait – alors il fallait pas que je me plante.

J'avais dégotté des rouleaux de scotch stockés dans la loge du gardien et j'en avais chouré trois. Au final j'en ai utilisé qu'un, mais j'étais nerveuse et je voulais être sûre de pas me retrouver en rade. Je me suis occupée de lui en premier. J'ai pris son poignet et j'ai enroulé doucement le scotch autour. On aurait presque dit un geste tendre, comme si je pansais une plaie. J'ai enroulé, enroulé encore, ensuite j'ai soulevé son bras et je l'ai placé à côté de la tête de lit en fer en faisant plusieurs tours de scotch autour du montant métallique, jusqu'à ce que son bras soit bien fixé. Après j'ai fait pareil avec l'autre.

J'avais le cœur à deux doigts d'exploser tellement il battait fort. Mon père, gêné, remuait déjà, alors il a fallu faire fissa.

Je me suis vite occupée du bras gauche de ma mère, mais elle s'est réveillée pendant que je faisais l'autre. Enfin je crois. Elle a soulevé les paupières et m'a regardée droit dans les yeux. J'aime croire qu'elle a pigé ce qui se tramait et qu'elle s'est laissé aller. Qu'elle était d'accord avec moi. En tout cas elle a vite refermé les yeux et j'ai plus eu de problèmes avec elle.

Comme ils étaient tous les deux attachés, j'ai foncé dans la cuisine. Ça n'avait plus d'importance que je fasse du bruit. Tout était une question de vitesse. J'ai chopé le rouleau de film étirable et je suis revenue au petit trot dans leur chambre. Depuis que j'avais vu ça dans un film, je m'étais toujours demandé comment ça ferait en vrai. J'en ai déroulé une grande feuille, que j'ai doublement et triplement renforcée. Ensuite j'ai grimpé sur le pieu, enfourché le torse de mon père endormi et levé doucement sa caboche. J'ai posé le film sur son visage, j'ai vite fait le tour de sa tête avec, et j'ai recommencé encore et encore jusqu'à ce que ses yeux, son nez et sa bouche soient complètement enrobés dans le plastique tendu.

Et là il s'est mis à se débattre à mort. Il a ouvert les yeux et il m'a regardée comme si j'étais tarée. Il a essayé de gueuler, de libérer ses mains. J'ai dû lutter ferme pour garder l'équilibre quand son corps se contorsionnait, mais y avait pas moyen que je me fasse voler ma victoire. J'ai appuyé plus fort. Il avait les yeux exorbités maintenant, la tronche couleur prune. À côté de lui, ma mère se réveillait lentement, irritable, ensuquée.

La force le quittait. J'ai appuyé encore plus fort. J'agrippais tellement les rebords que j'en avais mal aux mains. Mais il fallait que je m'assure que ce n'était pas un piège. Il fallait que j'achève mon vieux.

Et puis brusquement il a plus bougé. Ma mère était réveillée maintenant et me regardait, l'air complètement paumée. Je lui ai souri, et puis je lui ai plaqué le film étirable sur le visage. Une seule feuille cette fois-ci. Je ne m'attendais pas à ce qu'elle se défende beaucoup.

Tout a été terminé assez vite. Je me suis levée et je me suis aperçue que j'étais trempée de sueur. J'ai commencé à frissonner. Je n'étais pas heureuse, c'était décevant : j'aurais cru l'être. Mais c'était fait. Basta.

99

Debout dans la chambre, elle regardait la dévastation qui l'entourait. Les affiches défraîchies et les meubles d'occasion qui étaient là jadis avaient disparu depuis longtemps : ne restaient plus que les déchets des clodos et des junkies qui passaient par là depuis que le bâtiment était condamné.

Il y avait tant de souvenirs dans cette pièce. Des bons, des mauvais, des atroces. Chaque fois qu'elle se représentait cette chambre, elle se rappelait sa peur, sa confusion, son sentiment d'impuissance quand elle gisait, parfaitement immobile, en écoutant sa sœur se faire violer dans le lit en dessous du sien. Ces pensées tourbillonnaient autour d'elle. Enfant, elle était restée si désarmée, si désemparée pendant si longtemps que ça lui semblait profondément étrange de se tenir là maintenant, adulte – une adulte avec un flingue à la main. Si seulement elle avait eu sa nouvelle personnalité à l'époque. Une femme qui pouvait mettre de l'ordre, soulager la souffrance et dispenser la justice. Peut-être que tout cela aurait pu être évité si quelqu'un – n'importe qui – avait écouté ses appels à l'aide.

Le lit superposé avait été repoussé dans un coin. Il n'y avait plus rien ici maintenant, juste un poster corné de Britney Spears, récemment souillé avec un feutre. Helen se surprit à traverser la pièce et à arracher l'affiche. En passant sa main sur le plâtre rugueux où s'était trouvée la chanteuse, elle trouva ce qu'elle cherchait. *J.H.* Ses initiales. Elle les avait gravées dans le mur bien des années auparavant à l'aide de son compas d'école. Vestige de la détresse terrible de son enfance : elle avait espéré que ces lettres survivraient ici même si ce n'était pas son cas.

De sombres pensées s'amoncelaient autour d'elle, elle s'empressa de sortir de la chambre. Elle plongea dans l'autre pièce, la cuisine puante doublée du salon moisi. Mais il était déjà évident qu'il n'y avait rien à trouver ici. Elle qui avait été persuadée que cette visite donnerait des résultats, elle en ressortait bredouille.

Ce serait la dernière fois qu'elle verrait cet endroit. Elle s'arrêta un instant pour embrasser l'appartement du regard. C'était étrange que les proprios n'aient jamais eu de mal à le louer, même après ce qui était arrivé cette nuit-là. Quand on est pauvre, on ne peut pas se permettre de faire le délicat ni d'être superstitieux. Une nouvelle famille avait emménagé dans la semaine. Et puis progressivement, au fil des ans, le tissu de ce foyer s'était effiloché, déchiré, jusqu'à n'être plus bon que pour les animaux. Juste destin, peut-être.

Elle s'éloigna vite du pâté d'immeubles, le gardien retourna en grommelant à sa tasse de thé froide. Elle resta un moment sans bouger sur la selle de sa moto en réfléchissant à la suite des opérations. Son instinct, qui ne l'avait jamais trompée, lui avait ici fait faux bond. « Il n'y avait qu'une solution : explorer les autres possibilités. » Pister le moindre lien.

Elle ralluma son téléphone et fut aussitôt alarmée par le nombre d'appels manqués. Ses craintes laissèrent place à l'effroi quand elle écouta le premier des nombreux messages du lieutenant Bridges.

Mark et Charlie avaient disparu.

100

L'espace d'un instant, elle fut libre. Elle était dans un centre commercial, en train de courir vers l'escalator. Sa mère, en haut de l'escalier roulant, parlait à un vigile, lui faisant la leçon sur ses responsabilités. Jamais elle n'avait été aussi contente de voir sa mère, elle fonça la rejoindre. Alors qu'elle approchait, le vigile se tourna vers elle mais bizarrement il était incapable d'articuler, il se contentait de la dévisager en gémissant, gémissant, gémissant...

Charlie se réveilla en sursaut – giflée par la triste réalité. Mark gisait par terre à côté d'elle en gémissant, gémissant, gémissant... Elle réprima un éclair de colère : ce n'était pas sa faute. Sa blessure à la tête n'était pas belle à voir, ils n'avaient pas pu la soigner. Au début, elle s'était servi de sa salive et de la manche de sa chemise pour la nettoyer, mais elle craignait à présent de n'avoir réussi qu'à y enfoncer encore plus de saletés. Mark était déjà mal en point avant même qu'ils se fassent enlever – trop d'alcool, trop de nuits blanches – et l'hémorragie l'avait affaibli encore davantage. Maintenant il avait une vilaine blessure qui montrait les prémices de l'infection généralisée. La fièvre semblait s'installer. Que ferait-elle s'il devenait gravement malade ?

Repoussant cette idée, elle regarda sa montre. Combien de temps avait-elle dormi ? Pas assez. Le temps passe si lentement quand on a perdu tout espoir. Le premier matin, il s'étaient tous les deux montrés actifs, pleins d'espoir même, déterminés à se façonner une sortie dans cette tombe. Ils avaient décidé de dormir la nuit et de travailler le jour. Le deuxième matin, ils avaient utilisé les boucles de leurs ceintures pour essayer de faire levier sur les gonds pesants de la porte. Hélas, il est difficile de persévérer quand tous les efforts sont vains. Les boucles avaient fini par se briser et dès leur deuxième après-midi de captivité, l'apathie et le désespoir gagnaient déjà du terrain.

Jamais Charlie ne s'était sentie aussi sale, aussi repoussante, si complètement impuissante. L'espace exigu de leur prison commençait déjà à devenir répugnant. Ils s'étaient mis d'accord pour déféquer et (dans son cas) vomir dans le coin opposé de la pièce, et Charlie s'y était tenue religieusement, courant se vider les tripes sur le sol puant chaque fois que ses nausées matinales la prenaient. Apparemment, Mark était déjà trop faible ou trop négligent pour honorer leur pacte. Il venait de se pisser dessus, la puanteur emplit les narines de Charlie.

Un haut-le-cœur l'assaillit aussitôt, elle fila vers le coin infâme et vomit un long filament de bile acide. Son estomac se convulsa encore et encore, avant d'enfin s'apaiser. Soudain sa gorge s'enflamma : une soif dévorante, exténuante. Elle fit brusquement le tour de la pièce, en quête d'une source d'humidité, n'importe quoi, tout en fermant convulsivement les yeux pour essayer de pleurer et lécher les larmes salées. Rien : elle était à court de larmes. Tout était per...

Un mouvement. Du coin de l'œil, elle vit un mouvement. Terrifiée à l'idée de regarder – paniquée par ce qu'elle pourrait découvrir – elle tourna la tête centimètre par centimètre. Il était là. Un bon gros rat.

Il était apparu de nulle part. Pour Charlie, c'était une vision d'espoir miraculeuse – une oasis dans le désert. De la bouffe. Elle se voyait déjà y planter les dents, arracher la chair des os, réduisant au silence les cris de son estomac tiraillé. Il y en aurait peut-être assez pour deux vu la taille de l'animal.

Vas-y mollo. Pas trop vite. Ça pourrait faire la différence entre la vie et la mort. Elle fit glisser sa veste de ses épaules – pas génial comme filet, mais il faudrait s'en contenter.

Un pas en avant. Le rat leva brusquement la tête, scrutant l'obscurité. Charlie se figea. Puis après un petit reniflement, l'animal reprit son grignotage, la gourmandise prenant le dessus.

Encore un pas. Cette fois-ci, le rat ne bougea pas.

Encore un. Elle était tout près maintenant.

Encore. Elle était quasiment au-dessus de lui.

Elle bondit, laissant tomber sa veste sur sa tête. Le rat se débattait comme un beau diable tandis qu'elle tabassait la bosse qui se contorsionnait. Le rongeur finit par s'immobiliser. Avait-elle réussi ? Elle asséna encore un coup histoire d'être bien sûre puis relâcha d'un cran sa poigne pour vérifier. Le rat fila en un éclair dans une tentative de fuite désespérée. Elle se jeta sur sa queue, faillit s'en saisir, mais il lui glissa entre les mains et se carapata en lieu sûr, à travers une fissure dans le mur.

Charlie se releva laborieusement. La situation était tellement désespérée que ça en était presque drôle. Elle avait mal au bide tellement elle avait faim, sa gorge était en feu. Il fallait qu'elle avale un truc. De quoi la soulager. Un petit truc à grailler.

Elle céda et fit ce à quoi elle avait juré de ne jamais s'abaisser. Retirant sa culotte, elle pissa dans sa main en coupe puis but le liquide chaud d'une seule traite.

101

Était-ce son imagination ou la tenaient-ils responsable ? Cela faisait quarante-huit heures que Charlie et Mark avaient disparu, l'angoisse de l'équipe se muait en choc traumatique. Maintenant qu'Helen organisait la chasse pour retrouver leurs collègues disparus, elle commençait à voir des regards accusateurs partout, comme s'ils avaient décidé à l'unanimité que tout était sa faute.

Grâce à la triangulation par satellite, on savait que la dernière fois que Mark et Charlie avaient été géolocalisés, ils se trouvaient dans Spire Street. Information qui concordait avec le tuyau anonyme au sujet de Tanner, lequel les avait conduits à se rendre dans ce quartier. Mais après ça, la piste s'arrêtait net. Ils avaient éteint portable et radio et n'avaient contacté aucun de leurs collègues. Au début, l'équipe avait espéré que l'info sur Tanner fût authentique et que d'une manière ou d'une autre – dans un lieu ou un autre – Charlie et Mark bossaient encore dessus. Hélas, il était devenu progressivement évident que cet appel téléphonique était de l'intox. Il n'y avait pas eu de tentative de vol à l'arrachée : Mark et Charlie avaient été attirés délibérément dans ce lieu. Ça sentait le piège à plein nez. Tous pensaient la même chose : est-ce qu'*elle* les avait eus ?

Partant de Spire Street, ils avaient cherché dans tous les immeubles, parlé à tous les gérants de magasins, à tous les passants, et lors du deuxième tour de l'ancien hôpital pour enfants, un agent à l'œil aiguisé avait repéré une planche mal fixée sur l'une des fenêtres. Il y avait de la boue fraîche sur le rebord, comme si quelqu'un avait grimpé par là récemment. Helen avait voulu envoyer tout de suite des officiers à l'intérieur, ses supérieurs avaient refusé qu'elle le fasse sans la brigade d'intervention.

Il avait fallu une éternité pour mobiliser une unité armée, mais Helen avait poussé une gueulante et fonçait désormais en direction de l'ancien hôpital, la brigade d'intervention sur les talons. C'était un bâtiment énorme, doté d'une multitude de sorties, or elle ne voulait pas laisser Suzanne leur glisser entre les doigts. Si elle était là évidemment.

Ils effectuèrent leur entrée aussi prudemment et discrètement que possible. La brigade partit en première ligne, suivie de près par Helen, le lieutenant Bridges et une douzaine d'agents. C'était une zone gigantesque à fouiller, mais en se déployant ils pourraient la couvrir assez rapidement, sans jamais couper le contact radio.

Tout le corps d'Helen était tendu. Elle savait qu'elle devait s'efforcer de contrôler ses nerfs : une nervosité excessive conduit à prendre de mauvaises décisions, surtout quand on a un Glock à la main. C'était une journée de tempête, le vent qui sifflait à travers les carreaux brisés conférait à l'ensemble du lieu un air surnaturel, presque hanté. Ressaisis-toi, se tança-t-elle, inutile de voir des ombres et des fantômes là où il n'y en a pas.

Mais pas facile de se détendre quand les enjeux sont aussi importants. C'était bel et bien sa faute, tout ça. Pas seulement parce qu'elle avait inspiré les meurtres, mais parce qu'elle avait supplié Mark de reprendre le boulot. Si seulement elle lui avait foutu la paix, ç'aurait été une loque triste, mais une loque *sauve*. Il était retourné bosser sans une once de récrimination ni de colère. Parce qu'il croyait en ce qu'il faisait et parce que – en dépit de tout – il croyait en elle. Quelle amère moisson il avait récolté pour son dévouement !

Elle monta discrètement les escaliers, rompant avec le protocole en s'éloignant en solo. Elle jeta un œil dans la première chambre. Solitaire, oubliée, un endroit sombre et poussiéreux. Elle enleva le cran de sécurité sur son flingue. Son instinct lui disait que sa sœur n'aurait pas l'imprudence d'aller se jeter dans la gueule d'une unité de brigade d'intervention. C'était après elle qu'elle en avait. Helen leva son arme tout en passant lestement la tête par la porte suivante – convaincue qu'elle se retrouverait bientôt nez à nez avec sa Némésis.

Soudain la radio grésilla. Le lieutenant Bridges. Il avait l'air plus excité qu'alarmé. Il avait entendu des bruits. En provenance du rez-de-chaussée. Il était en route pour aller voir de quoi il retournait. Helen rebroussa aussitôt chemin et descendit les marches quatre à quatre.

Alors qu'il courait ventre à terre en direction du battage, le lieutenant Bridges n'en revint pas de voir Helen le devancer. Il avait toujours été fier de sa rapidité, mais son commandant était une possédée. Elle avait beau essayer de ne rien laisser paraître, il voyait bien que c'était un ressort qui ne demandait qu'à sauter. Désormais, poussée par la peur, l'appréhension et la colère, elle s'appropriait cette affaire. Elle voulait être celle qui mettrait un terme à ce cauchemar.

Au rez-de-chaussée, les couloirs partaient dans quatre directions. La radio grésilla de nouveau, Bridges l'éteignit, réduit au silence par le regard venimeux que lui avait jeté Helen. Ils tendirent l'oreille.

Droit devant. C'est sûr, le bruit venait du couloir juste devant eux. Ils s'élancèrent. La première porte était verrouillée, mais le bruit venait de plus loin. Ils repartirent de plus belle. C'était là, répétitif, insistant : bang, bang, bang. En provenance de la pièce voisine. La porte était fermée à clef. Qu'importe, ils entreraient. Il le fallait.

Alors qu'Helen beuglait à travers le battant, espérant une réponse, un agent fila chercher un pied-de-biche. Il fut de retour en moins d'une minute, accompagné d'autres officiers. Pesant de tout son poids avec son épaule, il s'attaqua à la serrure de la lourde porte métallique. Il fit jouer le pied-de-biche, avant, arrière, avant, arrière, jusqu'à ce que la porte finisse par céder avec un craquement de protestation. Helen et Bridges l'écartèrent violemment du passage et se ruèrent à l'intérieur.

Pour découvrir une pièce vide.

Une fenêtre cassée, à moitié sortie de ses gonds, battait un rythme entêtant sur son cadre métallique, ballottée sèchement par le vent.

102

Il avait envie de mourir.

Pour Mark, la mort aurait été une bénédiction désormais, un soulagement de la douleur qui le torturait. Il avait essayé de combattre la fièvre, de se concentrer sur le moment présent, de trouver comment lui et Charlie pourraient opérer une sortie quelconque, mais cela n'ayant fait qu'empirer sa migraine, il s'était laissé aller à la léthargie.

Combien de temps faut-il pour mourir de faim ? Trop. Il avait perdu la notion du temps, pourtant il était certain qu'ils se trouvaient dans leur prison depuis presque trois jours pleins, maintenant. Il avait des crampes d'estomac en permanence, la gorge gonflée, à vif, c'est tout juste s'il avait l'énergie de se redresser. Il essaya de convoquer des souvenirs d'enfance histoire de s'occuper, mais ses pensées sur l'école dérivèrent sur *Le Paradis perdu*, le poème de Milton qu'il avait étudié (détesté) au lycée. Il avait l'impression d'être devenu un personnage de ce tableau cauchemardesque, torturé sans fin par le froid glacial la nuit et par les horribles suées qui s'emparaient de lui durant les journées interminables. Il n'y avait pas de répit.

Sa fièvre empirait. Il avait des bons et des mauvais moments. Des moments de lucidité où il pouvait bavarder avec Charlie, et des moments où il baragouinait des propos incohérents. Allait-il en arriver à perdre complètement la boule ? Il rejeta cette idée.

Il porta la main à l'arrière de son crâne afin d'explorer sa blessure. Ses doigts sales palpaient la balafre large et profonde.

« N'y touche pas, Mark. »

La voix de Charlie transperça l'obscurité. Même après trois jours de purgatoire, elle veillait encore sur lui.

« Tu ne vas faire qu'empirer les choses. »

Il l'ignora : quelque chose remuait contre ses doigts. Sa plaie était vivante. Il retira sa main et se la mit sous le nez. Des vers. Sa plaie était infestée de vers.

Il porta sa main à sa bouche et balaya les asticots d'un coup de langue. Il eut une sensation étrange quand ils glissèrent le long de sa gorge. Étrange mais agréable. Il en sortit une autre poignée de sa blessure et les enfourna.

Charlie approchait déjà. Elle s'accroupit à côté de lui. Mark s'immobilisa : leur amitié et le simple savoir-vivre revinrent au galop. Au prix d'un grand effort, il tourna la tête, s'offrant à elle. D'un geste hésitant, elle piocha quelques vers à deux doigts et se les jeta dans la bouche. Elle les savoura, les laissant se dissoudre sur sa langue, puis replongea un doigt dans la plaie.

Ce fut trop vite fini. Terminé le festin d'asticots. À présent leurs estomacs se contractaient sous la faim : les minuscules bouchées qu'ils venaient d'ingurgiter n'avaient fait que rappeler à leurs entrailles leur indicible vacuité. Plus. Plus. Plus. Leur estomac en voulait plus. Il avait *besoin* de plus.

Or il n'y avait plus rien à lui donner.

103

Ils avaient passé au peigne fin le moindre centimètre carré de terrain dans un rayon de près de trois kilomètres autour de l'ancien hôpital : toujours aucun signe de Mark ni de Charlie. Ce qu'ils avaient trouvé en revanche, c'était du sang frais dans un couloir au quatrième étage du bâtiment. Des analyses avaient ensuite attesté qu'il s'agissait de celui de Mark. Le lieutenant McAndrew était en larmes et elle n'était pas le seul membre de l'équipe à être visiblement bouleversé. Jusqu'à maintenant, Helen ne s'était pas rendu compte à quel point Mark était populaire au sein de l'équipe. Pas étonnant qu'ils la détestent.

Ainsi donc Mark et Charlie avaient été attirés à l'intérieur de l'hôpital, attaqués, puis emportés ailleurs. Il n'y avait aucune caméra de surveillance à proximité immédiate du bâtiment. Les caméras placées dans les rues animées alentour avaient filmé d'innombrables camionnettes Transit dans le quartier à peu près à l'heure correspondante, mais laquelle était *la leur* ? Où les avait-elle emportés ? C'est sûr, il y avait un paquet de bâtisses et d'entrepôts à l'abandon dans le quartier. Les agents les passaient au crible les uns après les autres, aidés par des chiens policiers qu'Helen avait réquisitionnés. Ils sondaient tous les témoins potentiels, tous les passants, et se livraient à un porte-à-porte élargi. Toutes les personnes faisant preuve d'un comportement étrange voyaient leur maison fouillée du sol au plafond – mise à sac si nécessaire. Il *fallait* les retrouver.

Helen misait tout sur l'idée qu'ils devaient être restés dans les parages. Suzanne les avait peut-être déplacés, mais il s'agissait là d'officiers de police sur leurs gardes, des sujets plus difficiles que les autres victimes. Elle n'aurait pas envie de foirer les choses : elle allait certainement jouer la sécurité à présent. Il leur fallait des yeux et des oreilles – autant que possible – pour fouiller Southampton, Portsmouth et même au-delà. Helen avait déjà demandé des renforts aux commissariats voisins, ramené des officiers auxiliaires du Soutien communautaire et annulé les congés de tous les flics bossant à Southampton Central. Pourtant ce n'était pas encore assez.

Il restait une carte évidente à jouer. Emilia Garanita avait eu vent du raid avorté dans l'ancien hôpital pour enfants. Agacée de ne pas avoir été prévenue à temps, elle avait harcelé Helen de coups de fil, cherchant désespérément à savoir le but de cette opération et pourquoi il y avait un tel déploiement d'activité depuis. Étaient-ils à la recherche de Suzanne ? Ou de nouvelles victimes ?

C'était un coup risqué, mais elle n'avait pas le choix. Après quatre jours de recherches, ils n'avaient toujours rien. Elle décrocha donc le téléphone et composa le numéro de la journaliste.

104

Emilia Garanita adorait son boulot. Elle faisait des heures à la pelle, touchait un salaire minable, et nombreuses étaient les personnes au sein des autorités à se montrer ouvertement grossières avec les journalistes de la feuille locale, mais rien de tout ça ne lui importait. Elle était accro à l'adrénaline, à l'imprévu et à l'excitation que son job lui procurait au quotidien.

Et puis il y avait aussi le pouvoir. Les politiques, les flics et les conseillers municipaux avaient beau se montrer dédaigneux, ils étaient tous terrorisés par les journalistes. Ils dépendaient trop de la bonne volonté du peuple pour l'avancement de leur carrière – or c'étaient les gratte-papier comme Emilia qui dictaient leurs pensées au peuple. C'est ce pouvoir qu'elle ressentait à présent, assise en face d'Helen Grace. C'était elle qui avait choisi le lieu – pas Grace – et c'était elle qui donnait le ton à présent. Grace avait besoin de son aide, alors il n'y aurait plus de mensonges ni de faux-fuyants.

« Deux de nos officiers sont portés disparus, commença Grace sèchement. Charlie Brooks et Mark Fuller – vous les connaissez, je crois. Il se pourrait qu'ils aient été enlevés et nous avons besoin de votre aide – de l'aide de vos lecteurs – dans nos recherches. »

Alors que Grace poursuivait ses explications, Emilia ressentait ce titillement familier. C'est ça, l'autre truc super quand on est journaliste : à n'importe quel moment une histoire juteuse, un truc énorme peut tomber du ciel. C'est pour des jours comme ça qu'on se crève le cul. Toutes ces heures perdues à couvrir des procès en correctionnelle – vandalisme, bagarres, cambriolages – sont le prix à payer pour gagner une *vraie* histoire. Et quand il y en a une qui débarque, y a plutôt intérêt à être prêt. C'est avec ce genre d'articles qu'on se taille un nom.

Même en sténo, Emilia n'arrivait pas à écrire assez vite. Les développements de cette histoire étaient sidérants, elle s'imaginait déjà les gros titres. Devancer les quotidiens nationaux sur un truc pareil, c'était de l'or en barre.

Elle promit de faire tout son possible et Grace s'en alla. Le commandant s'était déclarée satisfaite de la conclusion de leur « entretien », pourtant elle avait l'air plutôt verte, songeait Emilia. Ce n'était pas une femme qui aimait demander de l'aide ni jouer les seconds rôles à côté d'une autre nana. Pour la solidarité féminine, on repassera.

Elle retourna ventre à terre à son bureau. L'excitation nerveuse qu'elle avait ressentie s'était désormais dissipée, laissant place à un calme étrange. Elle savait exactement ce qu'elle allait faire.

Tout au long de sa carrière, elle s'était servi du journalisme comme d'une arme : pour dénoncer, blesser ou détruire ceux qui l'avaient bien cherché.

Il n'en irait pas autrement cette fois-ci.

105

Six heures trente du matin, le soleil refusait de se lever. Un brouillard épais, froid et humide étreignait Southampton : l'incarnation parfaite de l'humeur d'Helen. Elle claqua la porte d'entrée derrière elle, enfourcha sa moto et fonça en direction du centre-ville, tournant la poignée de gaz avec une agressivité inutile.

Trente-six heures de plus s'étaient écoulées et toujours aucune nouvelle. Non, ce n'était pas vrai, il y avait eu plein de « nouvelles », mais aucune ne s'était révélée utile. Depuis qu'elle avait quitté Emilia, Helen n'avait cessé de se flageller, craignant d'avoir commis une grosse bourde. Certes elle n'avait guère eu le choix, il *fallait* que la presse soit informée, mais elle n'avait fait qu'empirer la situation. Comme elle avait vu Emilia tard le soir, l'article du lendemain, bien que pauvre en détails, avait fait sensation. Ce que proposerait le *Evening News* ce jour-là en revanche, promettait d'être d'une tout autre trempe.

À son arrivée, un exemplaire du journal l'attendait sur son bureau. Un membre de l'équipe qui voulait se rendre utile ou quelqu'un qui cherchait à lui faire connaître son opinion ? Elle sauta le titre racoleur et alla droit aux articles dans les pages centrales. Affreux. Du porno sadique qui ne disait pas son nom. Les journalistes guidaient leurs lecteurs à travers les différentes phases de la faim et de la déshydratation aiguës jusque dans les moindres détails obscènes, spéculant sur lequel des deux officiers tiendrait le plus longtemps et quelles étaient les causes possibles de décès. Pour les lecteurs un peu bouchés, ils avaient même mis un graphique fort utile – une programmation du déclin mental et physique – soulignant comment Mark et Charlie avaient dû se sentir le premier jour. Puis le deuxième. Le troisième. Le quatrième. Le cinquième. Un grand point d'interrogation était suspendu au-dessus des jours suivants, mais il ne signifiait qu'une chose.

Enfoui au milieu de toute cette débauche d'obscénités se trouvait le numéro de la hot-line de la police, prétexte de la couverture approfondie de cette affaire. Comme il fallait s'y attendre, le téléphone n'avait pas arrêté de sonner. Pas étonnant, vu la fébrilité suscitée par cette histoire extraordinaire. La majorité des appels étaient passés par des gens qui cherchaient désespérément à attirer l'attention, Helen bouillait de rage.

Quand elle s'assit avec le mec de Charlie et les parents de Mark, elle eut peu de réconfort à leur apporter. Les reportages à sensation publiés dans le *Evening News* les ayant rendus fous d'inquiétude, ils passèrent leur colère sur elle. Tout en étant franche avec eux quant aux chances de survie de leurs proches, elle promit de faire son possible pour les ramener à la maison. Ils étaient sonnés, n'arrivaient pas vraiment à comprendre, comme si c'était là quelque cauchemar sinistre duquel ils allaient bientôt se réveiller.

Helen mourait d'envie de leur donner quelque chose, une bonne nouvelle qui mettrait fin à leur détresse, mais à quoi bon mentir ? Elle savait que Mark et Charlie se montreraient forts, hélas, cela faisait près d'une semaine maintenant qu'ils avaient disparu de la circulation. Qui savait dans quel état ils étaient ? Et combien de temps ils pourraient tenir ? On est tous humains, après tout.

Les aiguilles de l'horloge défilaient, à présent chaque minute comptait.

106

Charlie essaya de se lever. Le sol tangua. Elle avait des vertiges, l'impression d'être saoule, elle s'effondra sur les fesses. Elle tourna la tête, eut un énième haut-le-cœur. Seulement il n'y avait plus rien à vomir : deux jours qu'il n'y avait plus rien.

Elle mourait de faim. Elle appréhendait maintenant l'horreur pleine et entière de cette phrase qu'elle avait employée tant de fois avec désinvolture. Accès répétés de diarrhée, convulsions des articulations, plaques rouges sur l'ensemble du torse, la peau horriblement gercée autour de la bouche, des coudes et des genoux. Elle avait l'impression de muer, de se désintégrer. Bientôt elle ne serait guère plus qu'un squelette. Il n'y avait plus de vers depuis longtemps. Mark serait probablement mort avant qu'ils reviennent.

De l'autre côté de la pièce, il se mit à marmonner *Jingle Bells* en guise d'accompagnement musical. Cela faisait maintenant plusieurs jours qu'il massacrait des comptines – peut-être sa mère les lui avait-elle chantées, ou peut-être les avait-il chantées à sa fille.

Quoi qu'il en soit, il se plantait complètement dans les paroles, mélangeait les mélodies. Il faisait juste des sons, en fait, histoire de se prouver à lui-même qu'il était encore en vie. À qui voulait-il faire croire ça ?

Charlie examina leur prison pour la énième fois. Les mêmes quatre murs lui renvoyèrent son regard. La puanteur était infâme à présent, six jours d'excréments, de sueur et de vomi se mêlaient en un cocktail monstrueux. Sans compter qu'ils commençaient à avoir affreusement froid. Elle avait essayé d'emmitoufler Mark – dont les dents claquaient sous l'effet de la fièvre – dans de la laine de verre, mais la matière le grattait, l'agaçait, et de toute façon ça ne tenait pas.

Elle avait alors envisagé de la manger, mais elle savait qu'elle ne la digérerait pas, or elle n'avait plus la force d'affronter davantage de vomissements inutiles. Elle restait donc assise dans son coin, à ruminer des idées noires.

Elle appuya la tête contre le mur glacé. La fraîcheur de la pierre l'apaisa un instant. Cela serait donc sa tombe. Elle ne reverrait plus jamais Steve. Elle ne reverrait jamais ses parents. Pire, elle ne verrait jamais son bébé.

Il n'y aurait pas de salut. Elle n'espérait plus l'arrivée des secours. Tout ce qu'il leur restait à faire, c'était d'attendre la mort.

À moins que. Charlie garda la tête appuyée contre le mur, les yeux convulsivement fermés. Elle savait que le flingue n'était pas loin, mais elle refusait de le regarder. Il aurait été si simple d'aller le ramasser. Mark n'aurait pas pu l'arrêter, tout aurait été très vite terminé.

Elle se mordit violemment la lèvre. N'importe quoi pour la distraire de cette idée. Elle ne le ferait pas. Elle ne pouvait pas.

Pourtant soudain elle était incapable de penser à autre chose.

107

C'était un anéantissement. D'autres flics se seraient peut-être dérobés à leurs responsabilités en envoyant quelque bouc émissaire affronter cette tempête d'emmerdes. Pas Helen : elle se savait responsable de cette situation, elle n'avait donc d'autre choix que d'être l'agneau sacrificiel.

Flanquée de deux énormes gros plans de Mark et de Charlie, elle briefa la presse nationale, encourageant tous ceux qui avaient le moindre soupçon à prendre contact avec la police. L'article d'Emilia qui s'étalait en double page dans le *Evening News* avait déclenché une ruée vers l'or. Tous les tabloïdes et les quotidiens nationaux les plus importants de Grande-Bretagne étaient représentés dans la salle de conférence bondée, où on voyait également des journalistes venus d'Europe, des États-Unis et même au-delà.

Plus moyen de se cacher. Ils traquaient une tueuse en série. C'était l'aveu public qu'Emilia Garanita avait tant attendu et à présent, elle en faisait des tonnes, appelant Helen à démissionner. Elle exigeait qu'il y ait une enquête officielle sur la façon dont elle avait dirigé cette affaire. Le *Evening News* publiait une nouvelle double page où étaient répertoriés les mensonges, les demi-vérités, les dérobades et l'incompétence qui avaient, selon le journal, caractérisés l'enquête jusque-là. Helen se laissait piétiner : tant que le message passait auprès du public, le prix professionnel à payer importait peu.

Elle avait l'intention de rester sur le front toute la nuit, histoire de passer sa colère et sa frustration dans le travail, mais son équipe, inquiète, réussit à la persuader de rentrer chez elle – au moins une heure ou deux. S'ils s'étaient tous épuisés à la tâche, Helen, elle, était en panne sèche.

Elle rentra en moto, maintenant une vitesse régulière : elle était encore toute retournée. Une fois chez elle, elle se doucha, se changea. C'était bon de se sentir propre, un regain d'énergie l'envahit aussitôt et, plus ridicule encore, d'espoir.

L'espace d'un instant jubilatoire, elle fut persuadée qu'elle allait les retrouver sains et saufs.

Hélas, tandis qu'elle regardait par la fenêtre le paysage nocturne lugubre, ce court spasme d'optimisme s'évapora peu à peu. Ils avaient cherché *partout*, ils étaient revenus bredouilles. Pendant que la police du Hampshire retournait tout Southampton dans sa traque des officiers disparus, Helen avait contacté ses collègues du Met, le Metropolitan Police Service. Peut-être y avait-il quelque chose de personnel dans le choix de lieu qu'avait fait sa sœur ? Peut-être avait-elle opté pour un endroit « fun » pour se marrer une dernière fois ? Il y avait les entrepôts abandonnés, où jadis elles allaient briser les vitres, le cimetière où elles se bourreraient la gueule, les lycées où elles séchaient les cours, les passages souterrains où elles regardaient les garçons faire du skateboard. Elle avait demandé à ce que tous ces lieux soient fouillés.

Jusque-là, rien. Le même silence écrasant. La même frustration débilitante. Mark et Charlie étaient là, quelque part, et elle ne pouvait rien faire pour les aider.

Elle tint dix minutes dans son appartement, puis sortit en trombe et retourna ventre à terre dans la salle d'enquête. Il y avait forcément un indice quelque part. Elle devait le trouver.

108

Le bébé n'arrêtait pas de hurler.

Charlie se l'imaginait sans cesse en elle. Bizarrement, elle savait que c'était une fille. Et quand elle se la représentait, elle était déjà humaine, avec une personnalité et des besoins, ce n'était pas qu'un tas de cellules. Elle se l'imaginait qui pleurait de faim, désorientée et affligée de ne pas comprendre pourquoi sa mère ne lui donnait rien. Ce n'était pas censé fonctionner comme ça. Son minuscule estomac se contractait-il comme le faisait le sien ? Si ça se trouve elle n'a même pas encore d'estomac, songeait Charlie, et pourtant elle n'arrivait pas à se sortir cette image de la tête. J'affame mon bébé. J'affame mon bébé.

Ils s'étaient jetés dans la gueule du loup. C'était eux les responsables. Mais son bébé était innocent, lui. Pur et innocent. Pourquoi devrait-il payer le prix fort ? La colère que lui inspirait leur stupidité la consumait. Au moins sa volonté n'était pas amoindrie, contrairement à son corps décharné, inutile.

Elle essayait de ravaler sa rage. Elle essayait de dormir. Mais la nuit était longue. Froide. Silencieuse. Elle essayait de dormir mais son bébé n'arrêtait pas de hurler.

Hurler de ramasser le flingue.

109

L'équipe avait été briefée et dispatchée. Alors que Bridges, Sanderson et le reste des coéquipiers s'étaient déployés à travers tout le comté et au-delà, Helen était restée dans la salle d'enquête. Il devait y avoir quelqu'un pour coordonner ces recherches massives, sans compter que, ayant la désagréable impression de rater un truc, elle voulait réexaminer les indices.

Elle avait suivi le moindre début de piste. Toutes les mairies du Sud de l'Angleterre avaient été contactées et le personnel administratif passait actuellement en revue la liste des friches industrielles en attente de rénovation ou de démolition. On avait également joint les autorités portuaires : elles étaient en train de compiler une liste des entrepôts et des embarcations hors service. On faisait la chasse aux propriétés en location, mais seules les plus récentes pouvaient être traitées, or qui pouvait savoir si Suzanne n'avait pas loué un logement plusieurs semaines en arrière ?

Les recherches, impressionnantes, englobaient tout, pourtant une sensation d'inutilité continuait de la tarauder. Si le lieu où ils étaient retenus prisonniers avait été choisi au hasard, quelles étaient les chances de le trouver ? Poussée par la peur de l'échec et le sentiment que la réponse se trouvait juste sous son nez, elle passa de nouveau en revue les sites-clefs de son enfance qu'elle avait partagés avec sa sœur. Elle avait toujours admiré Marianne, la plus forte d'elles deux, et l'avait suivie partout comme une ombre. Si tu trouves Marianne, tu trouveras Jodie, c'est ce que les gens disaient. En changeant de nom, en changeant de vie, Helen avait essayé de sortir de cette ombre, mais voilà qu'elle lui retombait dessus, apportant ténèbres et désespoir dans son sillage.

C'est en parcourant le dossier sur Arrow Security qu'elle ressentit ce premier frisson d'excitation et d'euphorie annonciateur d'une nouvelle piste. À cette époque d'égalité entre les sexes, la présence d'une vigile sur les listes du personnel n'aurait pas dû attirer son attention. Mais combien voit-on réellement de femmes vigiles ? Et surtout, celle-ci avait rejoint les rangs d'Arrow Security seulement deux mois auparavant. On lui avait confié la surveillance des propriétés aux alentours de Croydon et de Bromley, puisque c'était son lieu de résidence. Toutefois ses références paraissaient douteuses – falsifiées – et une vérification rapide auprès des services administratifs révéla qu'elle avait donné une fausse adresse.

Helen faxa à Arrow l'original de la fiche anthropométrique de Marianne ainsi que l'image générée par ordinateur d'une Marianne « plus âgée », et l'entreprise alertée réagit rapidement. Il se pouvait que la femme sur ces photos soit leur nouvelle employée, qui se faisait appeler Grace Shields.

Grace. Aucun doute possible. Mais était-ce un « va te faire foutre » ou un « rapplique-toi » ? Helen opta pour la deuxième hypothèse et se retrouva une fois de plus à filer en direction de la tour de Chatham. Elle ne pouvait pas être certaine que sa sœur ait voulu qu'elle découvre ce lien – ni quand –, mais sa décision était prise. Soit c'était Marianne qui se trouvait dans la tour de Chatham, soit c'était Mark et Charlie, et elle comptait bien les trouver.

Une vague d'espoir monta en elle alors qu'elle fonçait vers le nord. La fin de partie était amorcée.

110

Il pleuvait quand ils m'ont emmenée.

Je ne m'en étais pas rendu compte quand ils m'avaient traînée vers le panier à salade, mais une fois assise à l'arrière comme une vulgaire criminelle, j'ai remarqué que les lumières bleues clignotantes se reflétaient dans les flaques d'eau.

Je me sentais anesthésiée. Les psy disaient que c'était à cause du choc après les meurtres, mais je ne l'ai jamais cru. C'était bien un choc, ça oui, mais pas à cause de ça. Ils avaient essayé de m'amener à leur parler, mais je ne voulais pas – ne pouvais pas – leur sortir un mot. Je commençais déjà à me refermer. C'était le début de la fin pour moi.

J'ai levé la tête et je l'ai vue me dévisager depuis le seuil. Elle était enroulée dans une couverture, il y avait une assistance sociale qui s'agitait autour d'elle, mais elle regardait juste droit devant elle, comme si elle n'arrivait pas à croire ce qui était en train de se passer. Et pourtant si, et c'était à cause d'elle. C'est elle qui a déchiré la famille, pas moi.

C'est moi qui me suis tapé la mauvaise réputation, qui me suis cognée de la taule, moi qu'on a diffamée, moi sur qui on a craché. Pourtant c'est elle qui avait commis le véritable crime et elle le savait.

Je le voyais dans ses yeux alors qu'on m'emportait. C'était Judas, non, pire que Judas. Lui n'avait trahi que son ami. Elle avait trahi sa sœur.

111

Vite, fais-le maintenant. Qu'on en finisse.

Mark s'exhortait à bouger, à rassembler ses dernières réserves de forces pour passer à l'action. Hélas, sa fièvre faisait rage, tout son corps était douloureux et il avait du mal à lever les jambes. Mais nécessité fait foi : il se força à agir.

Charlie gisait de l'autre côté de la pièce. Elle pleurait, hurlait à présent. Perdait-elle la tête ? Si calme, si chaleureuse en temps normal, elle n'était désormais que rage et violence, harpie sifflante sur la voie de la folie. Qui sait ce qui lui traversait l'esprit ?

Le flingue était à égale distance entre eux. Mark n'arrivait pas à en détacher les yeux. Maintenant qu'ils avaient épuisé toutes leurs tentatives d'échappée, cette arme était pour eux la seule solution.

Il se redressa sur les coudes. Ils cédèrent aussitôt sous son poids et son menton percuta violemment la pierre froide. Furieux, il réessaya, bandant tous ses muscles dans l'effort de lever du sol son corps squelettique. Cette fois-ci il y parvint, poussant l'avantage en ramenant ses genoux sous sa poitrine. Des douleurs aiguës le transpercèrent au niveau du torse, des jambes, des bras : son corps se rebellait contre lui, mais il ne le laisserait pas gagner.

Il lança un nouveau coup d'œil au flingue. Tout doux, maintenant, pas de gestes brusques. Il se redressa lentement sur les fesses. Se retrouver en position verticale lui provoqua aussitôt des élancements dans le crâne, faisant ressurgir un souvenir enfoui : Elsie qui lui appliquait un gant de toilette froid sur le front histoire d'apaiser une gueule de bois de la Saint-Sylvestre. Elle avait toujours été un petit ange. Son petit ange.

Le flingue était à un peu plus d'un mètre de lui. Quel temps lui faudrait-il pour couvrir cette distance ? Une fois engagé, il ne devrait pas y avoir de marche arrière. Une seconde de plus et sa résolution lui échapperait. Une seconde d'hésitation et son corps risquait de le lâcher. Maintenant que sa décision était prise, il ne devait laisser aucun doute de dernière minute l'arrêter.

Il avança à quatre pattes. Malgré la douleur insupportable, il poursuivit sa progression. Charlie l'entendit et se retourna aussi sec : trop tard, Mark était arrivé. Il s'empara du flingue et l'arma. Il était temps de tuer.

112

Il pleuvait à verse à présent : un orage venait d'éclater, les gouttes fouettaient Helen tandis qu'elle fonçait en direction de la tour. Comme si la météo était emplie de la même rage qui poussait Helen à avancer.

L'eau qui dégoulinait sur sa visière lui brouillait la vue, alors quand elle l'aperçut pour la première fois, elle lui apparut fantomatique, pareille à quelque vision. Au début, elle crut que c'était le représentant d'Arrow qui venait à sa rencontre, avant de réaliser qu'il s'agissait d'une femme. Elle se crispa aussitôt, ralentissant, cherchant son flingue.

Puis soudain elle ne parvint plus à respirer. Elle ferma violemment les yeux, les rouvrit, voulant se tromper. Hélas, elle ne se trompait pas. Elle s'arrêta dans un dérapage, bondit de sa moto et se précipita sur la silhouette détrempée à moitié nue.

Charlie la dépassa en titubant comme si elle ne la reconnaissait pas. Helen lui empoigna le bras et la tira vers elle. Charlie se retourna et, le regard animé d'une colère sauvage, essaya de la mordre au visage. Helen la repoussa d'une grande claque. Ce coup sembla assommer la jeune femme, qui s'effondra sur les genoux. Trempée, dénudée, c'était une version cauchemardesque de l'officier plein d'entrain qu'Helen avait connue.

« Où ? »

La question d'Helen était brutale, insensible.

Charlie n'arrivait pas à la regarder.

« C'est lui qui l'a fait. C'est pas moi. Il l'a fait pour me sauver...

— OÙ ? » beugla Helen.

À présent les larmes inondaient le visage de Charlie. Elle leva le bras droit et désigna la tour de Chatham.

« Au sous-sol », répondit-elle d'une petite voix brisée.

Helen la laissa en plan et s'élança vers la tour. Elle retira le cran d'arrêt sur son arme alors qu'elle franchissait en courant l'entrée ouverte du site. Il n'y avait là de place ni pour la stratégie, ni pour la prudence. Il fallait trouver Mark.

Elle repoussa tout au fond de sa tête la possibilité qu'il soit déjà mort : il était encore sûrement temps de le sauver ? Il le fallait. Elle prit conscience en un éclair qu'elle avait bel et bien eu des sentiments pour lui. Pas encore de l'amour, mais une agréable sensation de chaleur qui aurait pu évoluer. S'ils s'étaient rencontrés, il y avait peut-être une raison. Peut-être étaient-ils censés se sauver mutuellement et réparer les dégâts du passé.

Elle franchit la porte comme une furie et scruta les alentours, éperdue. La seconde d'après elle traversait l'atrium en sprint et ouvrait d'un coup de pied la porte jouxtant les ascenseurs. Elle descendit, plus bas, toujours plus bas, dévalant les marches quatre à quatre.

Sous-sol. Elle shoota dans la première porte et découvrit... un placard vide. Non, ça n'aurait pas été, la porte n'était pas assez solide pour maintenir quelqu'un enfermé à l'intérieur, elle aurait eu besoin... Et là elle la vit : la porte blindée métallique qui battait sur ses gonds. Elle traversa le couloir en un éclair et s'engouffra à l'intérieur de la pièce.

Quand elle entra, ses genoux cédèrent, elle s'effondra. Elle avait vu Mark. Elle avait vu le pire. Elle leva lentement la tête, sans que ce deuxième regard lui apporte rien de mieux. Mark gisait dans une mare de sang. Le sien. Il était mort, serrant encore le flingue qui l'avait tué. Helen rampa jusqu'à lui sur le sol infect et enlaça délicatement sa tête. Il était froid, figé.

Un grand fracas, elle leva les yeux. À qui s'attendait-elle ? Charlie ? Bridges ? C'était Marianne, évidemment.

« Salut, Jodie. »

Marianne sourit tout en verrouillant la porte derrière elle.

« Ça faisait un bail. »

113

Il n'y avait pas de victoire. Pas de bonheur. Pas même un sentiment de soulagement. Charlie avait survécu. Elle allait vivre. Son bébé allait vivre. Mais l'ancienne Charlie était morte et enterrée. On ne revenait pas de ce qu'elle avait vécu.

Gisant sur le bitume, elle subissait les assauts de la pluie. Son cerveau moulinait. Le choc se mêlait au dégoût. Lentement, l'épuisement la gagna. Elle ferma les yeux, ouvrit la bouche. La pluie tombait dans sa bouche desséchée et sanguinolente. Une brève sensation d'apaisement, la vie qui l'envahissait, puis l'oubli. Ses yeux se fermèrent, son cerveau divagua, elle se sentit aspirée sous l'eau, entraînée dans des ténèbres aussi réconfortantes que débilitantes.

Soudain une voix. Une voix étrange, lointaine et mécanique. Charlie essaya de s'extirper de l'abysse, mais la fatigue la paralysait. La voix retentit de nouveau. Pressante, insistante. Elle réussit à ouvrir un œil. Personne.

« Où es-tu ? S'il te plaît, réponds. »

La voix désespérée se faisait plus nette.

Charlie ouvrit l'autre œil, parvenant à soulever la tête du sol.

C'était la radio d'Helen qui gisait sur le sol à côté de sa moto abandonnée. Et la voix… la voix était celle du lieutenant Bridges. Qui la cherchait.

Peut-être que tout n'était pas terminé. Peut-être que Charlie avait droit à un coup d'essai pour se racheter, après tout. Elle savait qu'elle devait sauter sur l'occasion. Elle se releva à la force des bras, puis s'écroula sur les genoux. Son corps tremblait, ses dents claquaient. Elle voyait double. Pourtant il fallait qu'elle se débrouille pour atteindre la radio.

114

« Comment as-tu pu ? »

Marianne s'esclaffa. Il y avait une belle ironie dans la question de Jodie. C'était exactement celle que Marianne lui avait posée bien des années auparavant. Un large sourire se dessina sur son visage : qui aurait pu prédire que tout fonctionnerait aussi bien ?

« C'était plus simple que ce que tu pourrais croire. Avec les hommes, ça a été facile : tu sais bien comment ils sont quand ils voient un joli minois. Et les filles, ma foi elles étaient très... confiantes. Je dois dire que c'était un sacré boulot, mais comme tu le vois, j'ai fait porter aux autres les charges les plus lourdes. »

Elle jeta un œil en direction du corps de Mark.

« Tu as vu Charlie, au fait ? Comment va-t-elle ? Elle est passée à côté de moi en courant quand j'ai ouvert la porte, alors je n'ai pas bien pu la regarder.

— Tu l'as détruite...

— Oh, ne sois pas si mélodramatique. Ça ira. Elle va se retaper, être avec son mec, avoir son gosse. Est-ce qu'elle pourra regarder le môme dans les yeux ? Ça c'est une autre histoire, mais elle a gagné. Elle a survécu. J'ai cru qu'elle allait le faire, mais Mark le lui a arraché des mains.

— Pourquoi ne t'es-tu pas contentée de venir me chercher ?

— Parce que je voulais que tu souffres. »

C'était dit : net et sans fioritures.

« J'ai fait ce qu'il fallait. Si c'était à refaire, je le referais », aboya Helen, gagnée par la rage.

Et pour la première fois, quelque chose – de la colère ? – zébra le regard de Marianne.

« T'en as jamais rien eu à foutre, en fait, de ce que j'ai enduré, hein ? cracha-t-elle.

— C'est faux.

— Ce n'est pas que tu voulais que je souffre. Juste tu t'en foutais, ce qui est pire.

— Non, ce n'est jamais ce que j'ai ressenti ni ce que j'ai vou...

— Je suis restée à l'ombre *vingt-cinq ans*. On a essayé de me briser dans le centre de détention pour mineurs et rebelote à Holloway. Je t'ai écrit, alors ne fais pas mine de ne pas savoir de quoi je parle. Les coups de bouteille, les insultes, les passages à tabac. Je t'ai tout raconté et je t'ai aussi raconté comment je leur avais fait payer. À Holloway, j'ai arraché l'œil d'une de ces salopes – tu te rappelles ? Bien sûr que oui. Mais tu n'écrivais toujours pas, tu ne me rendais pas visite. Tu n'as *rien fait* pour m'aider parce que tu voulais que je moisisse. Que je me flétrisse et que je crève. Ta propre sœur.

— Ça fait longtemps que tu n'es plus ma sœur.

— À cause de ce que je leur ai fait ? Au moins, moi, j'avais des couilles, espèce de sale petite ingrate. »

Le venin commençait enfin à suinter.

« Je t'ai *sauvée*. T'étais la prochaine sur la liste. Petite comme t'étais, ils t'auraient *bousillée*. »

La vérité de cette accusation transperçait la conscience d'Helen.

« Je le sais. Je sais que tu avais l'impression de m'aider...

— On aurait *pu* être heureuses ensemble, toi et moi. On aurait pu partir quelque part, vivre dans la rue, magouiller un truc. On ne nous aurait jamais retrouvées. Si on était restées soudées, on serait toujours tranquilles à l'heure qu'il est.

— Tu crois vraiment ça, Marianne ? Parce que si c'est le cas, t'es encore plus timbrée que ce que je pensais... »

Soudain sa sœur se dirigea vers elle, des flammes dans les yeux. Helen leva aussitôt son Glock, Marianne s'arrêta, interrompant sa charge. Moins d'un mètre les séparait.

Helen examina son visage. Si familier dans sa forme et dans ses traits, si étranger dans son expression. Comme si un monstre s'était insinué en elle et se taillait sa sortie à coups de crocs.

« Comment oses-tu me regarder avec mépris ? siffla Marianne. Comment oses-tu... me juger ? C'est toi qui subis un procès ici, pas moi.

— Parce que j'ai fait ce qu'il fallait ? Ce qui était *juste* ? Tu as assassiné nos parents, Marianne. Tu les as assassinés de sang-froid.

— Et ils t'ont manqué ? Après ? Ils t'ont manqué, ces violeurs ? »

Pendant un instant, Helen resta perplexe. Elle ne s'était jamais posé cette question. Après les faits, elle avait été tellement obnubilée par sa sœur, tellement embourbée dans son propre voyage étourdissant via les familles d'accueil et les services sociaux, qu'elle n'avait jamais vraiment eu d'espace pour se laisser aller au chagrin.

« Alors ? » insista Marianne.

Un long silence s'ensuivit, puis :

« Non. »

Marianne se fendit d'un sourire. Un sourire victorieux.

« Tu vois bien. C'était des moins-que-rien, pire que des moins-que-rien. Ils méritaient un sort encore plus misérable que ce qu'ils ont eu. J'ai été gentille avec eux. Aurais-tu oublié ce qu'ils ont fait ? »

Elle retira sa perruque blonde pour révéler son cuir chevelu. Les cheveux n'avaient jamais repoussé à l'endroit où son père lui avait maintenu la tête contre le radiateur électrique, laissant une partie chauve étrangement rebutante sur le sommet du crâne.

« Ça, c'est juste les cicatrices visibles. Il aurait fini par nous tuer. Alors j'ai fait ce qui devait être fait. Tu devrais m'être foutrement reconnaissante. »

Helen observait sa sœur : le défi et la colère dont elle avait fait montre pendant son procès étaient encore là, à l'identique, toutes ces années après. Il y avait du vrai dans ses propos, pourtant à l'entendre on aurait dit les divagations d'une folle. Helen eut soudain une envie irrépressible de sortir de cette horrible pièce et de s'éloigner de cette haine ardente.

« Comment cela se termine-t-il, Marianne ? »

Celle-ci sourit, comme si elle avait attendu cette question.

« Ça se termine comme ça a commencé. Par un choix. »

Et voilà que tout prenait sens.

« Tu as fait un choix il y a bien longtemps, poursuivit Marianne. Tu as choisi de trahir ta sœur. La sœur qui t'avait aidée. Qui avait tué pour toi. Tu as choisi de te sauver et de me jeter aux loups.

— Et toutes tes victimes ont fait face à un choix, repartit Helen, l'horreur du plan de Marianne devenant parfaitement claire.

— Tu penses que les gens sont bons, Jodie. Tu fais partie des optimistes de la vie. Mais ils ne le sont *pas*. Ils sont mesquins, égoïstes, cruels. Tu l'as prouvé. Tout comme l'ont prouvé chacun des sales petits égoïstes de merde que j'ai enlevés. Au final, nous ne sommes que des animaux qui nous arrachons les yeux pour survivre. »

Elle avança d'un pas : d'instinct, Helen agrippa la gâchette de son flingue. Marianne s'immobilisa, sourit, puis leva son Smith and Wesson à hauteur des yeux d'Helen.

« Et maintenant tu es face à un autre choix. Tuer ou être tuée ? »

C'était donc ça. Helen et Marianne étaient destinées à être les dernières joueuses de cette partie mortelle.

115

Le lieutenant Bridges laissa Charlie là où elle gisait et se précipita vers le bâtiment. La brigade d'intervention était en route avec l'attirail complet et les secours fonçaient sur les lieux, mais il n'avait pas le temps d'attendre. Helen était là-dedans avec la tueuse – Suzanne, Marianne, qu'importe son nom – et il ne donnait pas cher de sa peau. Ce genre de schéma est toujours voué à se terminer dans un bain de sang.

Il entra en trombe dans le hall. Les ascenseurs étaient H.S., mais la porte qui menait au sous-sol étant entrouverte, il s'y rua. Descendit les escaliers, parcourut le couloir. Il n'était pas armé, tant pis, merde. Chaque seconde était cruciale à présent.

Elle était là. La porte métallique verrouillée. Il tambourina et la voix d'Helen retentit, forte, nette, lui intimant de reculer. *M'en fous,* songea-t-il en scrutant désespérément les alentours en quête d'un outil quelconque.

Au bout du couloir vide se trouvait un placard de réserve, encore jonché de bouteilles de Javel et de désinfectant à moitié vides. Et abandonné par terre, un extincteur. Un de ces vieux modèles des années soixante-dix, lourd et dense. Il le souleva péniblement.

Et revint en sprint devant la porte métallique. Il s'immobilisa, serra les dents, puis balança l'extincteur contre la serrure.

116

La porte vibra sous l'impact, un cri métallique étourdissant se répercuta à travers le couloir, mais Marianne ne cilla pas. Les yeux braqués sur sa sœur, elle caressait du doigt la gâchette de son arme.

Bam ! Nouvel impact fracassant sur la serrure. Il était déterminé, le bougre. La porte gémit sous la violence de l'assaut.

« Il est temps de prendre une décision, Jodie, décréta Marianne en souriant. Je tirerai à la seconde où cette porte s'ouvrira.

— Ne fais pas ça, Marianne. Les choses peuvent se passer autrement.

— Il est trop tard pour rappeler les chiens. Il arrive. Fais ton choix. »

La porte commençait à ployer. Bridges progressait.

« Je ne veux pas te tuer, Marianne.

— Alors le choix est fait. C'est dommage, vraiment : je pensais que tu sauterais sur l'occasion. »

Le battant émit un craquement sinistre : il ne restait plus que quelques secondes.

« Je veux t'aider. Pose ce flingue.

— Tu as eu ta chance, Jodie. Tu t'es lavé les mains de mon sort. Tu as sauvé tous ces gens. Tous ces *inconnus*, mais mon sort à moi, tu t'en es lavé les mains.

— Et tu ne crois pas que je me suis sentie coupable ? Regarde ce que tu m'as fait. Ce que tu me fais encore. »

Helen avait arraché sa chemise pour dévoiler les cicatrices de son dos. L'espace d'un instant, Marianne se figea, choquée par ce qu'elle voyait.

« La culpabilité me dévore chaque minute de chaque jour qui passe. Évidemment. Mais j'avais treize ans. Tu avais tué deux personnes. Tu avais tué ma mère et mon père dans leur lit, bon Dieu. Tu as assassiné nos parents. Qu'est-ce que j'étais censée faire ?

— Tu étais censée me protéger. Tu étais censée être contente.

— Je ne t'ai jamais *demandé* de les tuer. Je n'ai jamais *voulu* que tu les tues. Je n'ai jamais rien voulu de tout ça. Tu ne comprends donc pas ? Tu t'es infligé ça toute seule.

— Tu le crois vraiment ? Est-ce que tu le crois *franchement* ?

— Oui.

— Alors il n'y a plus rien à dire. Au revoir, Jodie. »

Bridges défonça la porte pile à ce moment-là et un coup de feu, un seul, retentit.

117

À travers la pluie battante, Charlie aperçut deux silhouettes. Un homme faisait sortir une femme de la tour. Charlie n'avait jamais été croyante, pourtant ça faisait dix minutes qu'elle priait, espérant un miracle envers et contre tout. Maintenant elle allait avoir sa réponse.

Repoussant le secouriste à ses côtés, elle s'élança. Elle n'avait pas fait dix mètres que ses jambes cédèrent. Elle tomba à genoux sur le sol détrempé. La main en visière pour se protéger de la pluie, elle s'efforçait de percer l'obscurité : Bridges aidait-il cette femme ou la maîtrisait-il ?

Soudain le soleil sortit et pendant un instant, l'obscurité se leva.

C'était Helen. Elle avait survécu. Les secouristes se précipitaient déjà sur elle, ses collègues l'entouraient. Elle les repoussa. Charlie la héla, elle la dépassa sans l'entendre.

Se dégageant de l'emprise de Bridges, le commandant Helen Grace avança seule sous la pluie. C'était fini. Elle était vivante. Mais elle n'avait pas gagné. Son supplice ne faisait que commencer. Car comme Marianne ne le savait que trop bien, la paix n'existe pas pour ceux qui ont versé le sang de leurs proches. À son tour, à présent, de vivre avec cette tache.

LES ESCALES

Jeffrey Archer
Seul l'avenir le dira
Les Fautes de nos pères
Des secrets bien gardés

Jami Attenberg
La Famille Middlestein

Fatima Bhutto
Les Lunes de Mir Ali

Daria Bignardi
Accords parfaits

Jenna Blum
Les Chasseurs de tornades

Blanca Busquets
Un cœur en silence

Chris Carter
Le Prix de la peur

Justin Gakuto Go
Passent les heures

Lena Gorelik
Tolstoï, oncle Gricha et moi

Olga Grjasnowa
Le Russe aime les bouleaux

Titania Hardie
La Maison du vent

Cécile Harel
En attendant que les beaux jours reviennent

Casey Hill
Tabou

Victoria Hislop
L'Île des oubliés
Le Fil des souvenirs
Une dernière danse

Yves Hughes
Éclats de voix

Peter de Jonge
Meurtre sur l'Avenue B

Gregorio León
L'Ultime secret de Frida K.

Amanda Lind
Le Testament de Francy

Owen Matthews
Moscou Babylone

Colette McBeth
À la vie, à la mort

Sarah McCoy
Un goût de cannelle et d'espoir

David Messager
Article 122-1

Hannah Michell
Dissidences

Derek B. Miller
Dans la peau de Sheldon Horowitz

Fernando Monacelli
Naufragés

Juan Jacinto Muñoz Rengel
Le Tueur hypocondriaque

Chibundu Onuzo
La Fille du roi araignée

Ismet Prcić
California Dream

Paola Predicatori
Mon hiver à Zéroland

Paolo Roversi
La Ville rouge

Eugen Ruge
Quand la lumière décline

Amy Sackville
Là est la danse

William Shaw
Du sang sur Abbey Road

Anna Shevchenko
L'Ultime partie

Liad Shoham
Tel-Aviv Suspects
Terminus Tel-Aviv

Priscille Sibley
Poussières d'étoiles

Marina Stepnova
Les Femmes de Lazare

Karen Viggers
La Mémoire des embruns

A.J. Waines
Les Noyées de la Tamise

RÉALISATION : NORD COMPO À VILLENEUVE-D'ASCQ
CET OUVRAGE A ÉTÉ ACHEVÉ D'IMPRIMER SUR ROTO-PAGE
PAR L'IMPRIMERIE FLOCH À MAYENNE EN MARS 2015
DÉPÔT LÉGAL : MARS 2015
N° D'IMPRESSION : 88087
Imprimé en France